我望灯

葛水平 著

北京出版集团公司

北京十月文艺出版社

目录 — Contents

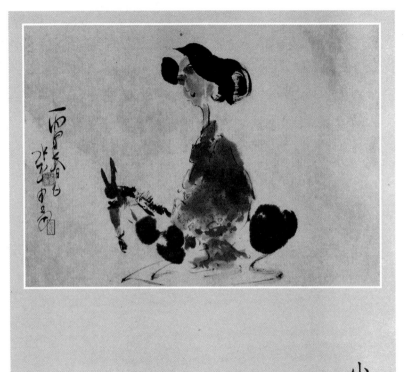

小包
袱

一

单冬花一天里几乎要两次穿过一个叫煤灰坡的菜市场，嘈杂、闹腾，人声鼎沸，特别能抓住她的孤独。

这样的时刻，大多是黄昏，夕阳的余晖斜斜地照着，暝色弥漫，恰似彼时的心境，落寞、寡合，把一天意兴阑珊的情绪送到菜市场，看人讨价还价，看人闲侃，两个来回，这一天就算过踏实了。

一直以来，单冬花觉得北京生活既幸福又快活，住了一个冬天，闲时坐在床前细思量，也都是有限的。老天不见太阳，烟云尽过眼底，举目远眺，楼挨着楼，影影绰绰，看一会儿头就沉了。人不见太阳是很容易生长恩怨是非的。老家的那些光照、星星、山林、白云，人看着看着，难过就化开了。城市里楼道里见了相互陌生着，一副冷脸，什么内容都没有，只是身体躲让一下。小区里有健身设备，有时候单冬花下楼去绕着小区遛一圈，看人家健身，人家做人家的，走在小区连一句话都碰不见，人都显得很匆忙的样子。小区外是个巷子，叫煤灰坡菜市场，有两行菜摊，摊主是几个脏兮兮的农民兄弟。单冬花喜欢去和他们拉拉话，方言不一，有些话也听不大懂，可她就喜欢那大声大气的打问声。

儿媳金平见了很不高兴,拉下脸说:"我最讨厌他们,乡下人和城里人的脏都混合在他们身上了。"

单冬花喜欢,也只有从他们身上闻得见一点泥土香。

没有人买菜的时候他们就坐在三轮车上打盹。打盹多好,在忙忙碌碌的世界里打盹,单冬花就想到了乡下。靠在墙根下,纯净细碎的阳光照过来,几个老人排排坐在一起打盹,阳光都舍不得吵醒他们。一个冬天住下来让单冬花很失望,说是来过冬,其实是来坐监。儿子张孝德像传达指示似的要求单冬花尽量待在屋子里,并当着媳妇举着指头和单冬花讲日常的约法三章,比如菜市场那地方不可去,买菜什么的要去超市;不和陌生人交谈,一是方言不一叫人笑话,二是太近乎了叫人小看乡下人,没见过的人不能和人家套近乎;再比如不能给任何人开门,就怕坏人趁着家里没人欺瞒老太太。儿媳金平是医生,绝不允许单冬花随地坐和随便跟乡下人聊天。

单冬花想逛逛菜市场,简直是偷着摸着,就像贼见不得光似的。

人一老就被子女绑架了,不能按自己的意愿做事,老矛盾,拗不过儿子,血亲着、筋连着,都是为了好。好什么呀,一进入冬天日子就分外难熬。有的时候因为思想开小差想起了乡下的什么人事转移了目光,有时候回到屋子当下的空里,便觉得屋子是一个笼子,心坠得难受。村子里的那些人事老是在眼前晃着,当下,一个冬天里的单冬花却只能抓住一些乡村的回忆。

张孝德在机关上班,儿媳在医院,孙子上大学不回家,只有夜晚儿子和儿媳才会回家。听他们唠叨一天发生的事情,两人都显得怨气十足。通常,张孝德总是一边玩手机一边听金平讲一天里医院发生的

4

事情，对着单冬花张孝德没有声音，甚至话都少说。单冬花感觉儿子是一个内向、乖巧、听话又十分依恋儿媳的人。曾经的儿子不是这个脾气，世事颠倒了，女人占了上风。单冬花在厨房里做晚饭，有些忧伤，一辈子她都没有活在男人的管制下，清心寡欲的日子过惯了，年老时被儿子管住了。儿子管自己也算是福气吧，可儿媳指挥得儿子团团转，她有些看不惯，可也只能装进肚子里。偶尔瞥一眼客厅，看到儿媳，儿媳坐在一张高脚凳上，一只手拿着手机，一只手拿着玻璃杯子，喝着一杯果茶。晃荡着两只脚，不时地抬脚指着儿子叫他拿一块点心过来，那双活泛的脚，单冬花睁眼看着儿子果然就给人家拿了。尿脬打人，骚气难忍，略显尴尬。单冬花故意装着眼瞎了，可心里的气胀得和气球似的。单冬花硬忍住难过，想着乡下，快回老屋里一个人时好好哭上两嗓子，哭他个痛快。

七九河开，八九燕来。

乡下强大的吸引力，从这个时候敞开了。城市是个胃，再不回家，就要把单冬花消化了。

二

单冬花开始整理她随身携带的小包袱，包袱有枕头那么大，针头线脑都装在里面。包袱皮是一个旧格子方头巾，包袱的外边用一根布带子扎扎实实地捆绑着，像一个小型炸药包。儿子张孝德常笑话她的小包袱，说里头不一定都装着针头线脑，一定还有什么秘密宝贝。不然无论是到弟弟家住，还是到北京住，神秘的小包袱一直不离她身；就像美国总统身后的保镖随身携带的那个小黑匣子一样，显得是那样的神秘、重要。好像只要轻轻一按，地球就要爆炸一样。单冬花笑一笑，不言语，不错眼地看那小包袱，半晌，又勾下头凑近去看，把包袱拿起来放到别处，东拉西扯说一大堆吃呀喝呀穿呀的话。张孝德发现这个小包袱跟随单冬花五个年头了，来京过冬也五个年头了，母亲每次都抱着它，如母亲的晚生子，生怕有人抢了去。

女儿张小梅从乡下来接母亲回家，瞅着一个傍晚单冬花去和菜市场卖菜的乡下人告别，张小梅悄悄打开了包袱。包袱里包着包裹，打开里面发现是一个一个信封，都是当年弟弟在外当兵和工作时的信封，信封上缠着红红绿绿的线，缠绕得严实。信封里装了内容，内容有厚有薄。张小梅猜是放了钱。这么多年来，两个儿子在外工作过年过节没少给母亲钱。那些钱她几次提议说存进信用社，可母亲说没几个钱，放信用社不安全。看包裹里的信封不少，如果都是，就按早年的小面值，她估摸着上万了。张小梅小心翼翼按照原样包好包裹，压在枕头下，觉得看不出什么破绽了，便拿起电话给张孝德说母亲包袱里的钱。

张小梅神秘地说："妈的包裹里放了钱，有多少不知道，早年没有大面值票子，看捆着的信封有四五十个。"

张孝德说："姐，你没事闲着，妈每天看她的包裹，你动了她准知道。"

张小梅说："知道就知道。年前你小外甥娶媳妇，姐有个存折不到期不想动，知道妈有存钱，问她借，她说没有，哪来的钱，你两个弟弟不容易，给两个零花钱都叫吃药了。都是一个娘的肚子里出来，她就偏你和二弟。重男轻女！"

天快麻黑的时候单冬花回来了，进了屋门，发现屋子里黑着灯，沙发上张小梅坐着似一个轮廓。电视没开，单冬花瞅了闺女一眼，心无端恍惚了一下，接着直奔自己的卧室，拉开灯，她发现枕头动过了。掀起枕头发现包袱动过了，打开包裹发现信封没动。她明白是闺女张小梅动了。单冬花不喜欢闺女，再孝顺的闺女也是人家屋里的媳妇。何况二流子女婿她就不喜欢，不是正经人家的人，劳动人不像劳动样，长年做些偷鸡摸狗的事，不下力，跑毛蛋（对生活不负责任之意）。庄户人家的腿插进土里知道自己是泥腿子，他不是，整天和行脚僧一样，一会儿河东，一会儿河西，一会儿又跑到了北京，一会儿又移驾河南，一直闲不住。张口南腔北调，说是做买卖，不见钱往来，俩外甥的工作还是张孝德给找下的。单冬花一时还不想揭穿闺女的把戏。她知道闺女是心焦包袱里的钱，可包袱里的钱不心焦她。

单冬花无事一样走进卫生间抹把脸，照着镜子用水抿了抿头上几根稀疏的头发，佯装洗了尘，一身轻松样走进厨房。

张小梅隔着厨房墙说："他们不回来吃饭，就咱俩。"

单冬花在厨房里答："咱俩也长了嘴，也得吃。"

张小梅想顶撞两句，难掩激动，也隐隐担忧张孝德回来骂自己。隔着一堵墙，脸上绽露出怨恨，想着那钱都该给了自己。两个弟弟都有工作，唯独自己在乡下，抓钱不容易，母亲没有花钱的地方，日常生活又能花几个钱，钱在包裹里发霉了。

单冬花做饭中间，张小梅也不想进厨房帮把手。单冬花忍着那口气做好饭要闺女来吃。坐到餐桌上看着冒着热气的饭，张小梅突然就来气。人在吃上是最自私的，生怕自己少吃一口。单冬花突然觉得闺女的吃相很难看，吃相亮了自己的护身符，挑挑拣拣一盘菜，下作样。

单冬花忍不住了说："这不是在乡下的屋子里，人要有个吃相。"

一只飞蛾舞扰在饭桌上空旋来旋去，还挑衅般朝手上落。张小梅扔下筷子，双手一拍，蛾子不见了，但是并没有打死。也真是奇怪，你不动弹，蛾子就在眼前头；你要打它，它又连踪影都找不见了。这样，张小梅对蛾子的仇恨更强烈了，站起来追着打，粗笨的身子在逼仄的餐厅歪来倒去。单冬花难过得手没处放，起身端了碗离开，走进了客厅。一个女人在家庭的地位，什么叫举重若轻，什么叫行方思圆，先是要懂得一个"镇"字。不说话就是镇。单冬花咽不下饭，做母亲也有偏袒儿女的时候，她不想偏袒张小梅，偏偏压不住心口的跳动，几次想张嘴，却欲言又止，端起碗又放下，头脑出乎意料地清醒了。不能挑明，闺女算计包袱里那点钱呢，越在我眼前晃越当没看到。这当口张小梅斜睨了母亲一眼，母亲的脸蜡黄蜡黄，像黄杨木芯，像色调深重的秋天。

那只飞蛾到底没有打着。张小梅说："妈，你咋躲客厅里了？一碗饭还是一碗饭，咋不动筷子？"

单冬花不接荐。看着是个便宜捡起来就上当，闺女满脑子都是那小包袱，不答话，就想把闺女动包袱的事丢开，怕一说话点捻子，引到包袱上。

单冬花不吭声，张小梅反倒真不知该说什么，该做什么。她端了碗也过来坐在了沙发上。单冬花的心一直往下沉，头重如山，不由得往坏处想，有一天闺女会偷拿我包袱里的信封。这时张小梅似乎又看见了那只蛾子在飞，又急着站起身。单冬花又想说，真要是力气没处使，下楼扒单杠去。还是不能说，有问无答，母女俩的饭一下就吃闷了。

单冬花不是不疼闺女，自己身上掉下来的肉，是不喜欢闺女那算计样。每次见面都是一堆杂七杂八的事，全都离不开钱。趁着单冬花转身的工夫都要翻一下枕头，床铺下，有三块五块的顺手牵羊入了自己的口袋。张小梅说，手头倒不开，妈，借俩，倒开了就还。每次拿了钱都不见还，不光是钱啦，家中的牙膏、洗衣粉、香皂、罐头、饼干什么的，手软软伸过去，紧一下，拿上就往包包里放。每次见闺女连叹息的机会都没有，每一次见面心里都酸酸的，又没有合适的话茬发作，由着她拿。这是北京不是乡下，这儿子的屋子里还住着儿媳。儿媳是城里人。张小梅乡下人做派叫人家笑话乡下人不懂礼貌，不守规矩，这样的结果是叫儿子张孝德受气，在城里人面前端端正正的，乡下人不能没有威信。倒好，趁着我不好说，你就要惦记我包袱里的东西了。

光阴过得真叫快，单冬花开始整理乡下的往事时，乡下的日子是刀子刻下来的，疼也罢，甜也罢，都在骨头上留下了记号。她开始想着乡下那些还活着一起下苦的人，岁月苦熬，年年都有早走的人，遗在这世上的人都是亲人哪。想着见了他们该说啥，说啥都得有件礼物，大东西带不带，小礼物也该有件。张孝德知道母亲的心事，其实也是回乡前必做的一件事。通常都由金平陪单冬花逛超市，也算是给母亲的一份安慰。

小包袱放在床上没来得及往枕头下压，单冬花关上房门的刹那想返回去的念头就打消了，一是怕儿媳妇埋怨自己事多，二呢，觉得张孝德在家。一早她打开包袱数了，一共四十五个信封，这个数字早已烂熟在心。两日后返乡的车票钱她要出，超市买回乡的礼物钱她要出。要花的钱已经备好了一个信封，走之前给了儿媳，剩下的应该是整数。好记。儿子给的钱就要花在正途上，叫子女知道自己不是一个没用人，也有钱花呢，钱对她这把年纪的人来说没用。

　　张小梅看着她关上门时，迫不及待地冲进母亲住的房间，她把小包袱取出来，三下五除二就打开了。这个包袱对于张小梅来说是一个心事，老在她的腔子里长着，像是长着石头长着铁。她喊了声："弟啊，你过来看妈的包袱。"

　　张孝德看到打开的包袱觉得姐姐有点过分了。张小梅不管不顾继续说："妈这么大年纪了，她不说，但咱不能不知，我当着你的面看这个包袱，知道是啥有啥，也有个数，免得乡下那些四下里的邻居眼里长了心。妈是文盲，不保证不叫人家顺走她的包袱。"

　　张小梅扯着脖子说话的样子让张孝德想起来从前的日子。小时候遇事叫人欺负，都是姐姐横在中间。姐姐横着脖子骂对方的样子就像现在的样子一样。这么多年来，母亲和姐姐之间其实存在着某种隔膜，不厚却很有韧性。张孝德不知道该如何消除它，并且觉得有能力消除它的是姐姐而不是母亲。事实也确实如此，比如当下这件事，姐姐就不该动母亲的小包袱。

　　念头一闪而已，他也就原谅了姐姐乡下人的小心眼。

　　人一旦离开乡村，就有可能成了另外一个人。原本乡村的壳虽然一直背着，可壳下的自己却是努力想甩掉背上的壳，实现一种表层化生存，小心翼翼地浮在生活上面，决意不去管生活下面是什么。忘情于生活的细枝末节，研究如何保养自己更有利于健康，如何修剪指甲使手指看起来修长；经常性地出去吃饭，耗费许多时间和各种各样的人交往。饭桌上讲讲当下社会的政治格局，讲讲那些要被提拔的人背后的故事，一个人的职务比这个人的名字还重要。其实也都是偶然停留，没有以后，交情仅够加个微信，点个赞。可这些东西很上瘾，大把的时间被浪费了，每一次都觉得认识了一两个有用的人很重要，饭局安排得值。扯风扯雨后回家看见孤独的母亲，又开始内疚，连陪母亲说话的机会都找不出，一个冬天就过去了。

看着姐姐的样子，很快张孝德就释然了，至少他从现实的世界里明白了，人生并不是一件很严重的事情，用不着摆出时刻准备安慰什么人的样子。许多原以为泾渭分明的事，其实界限原来不甚分明，走着走着就混淆在一起了，就成为了一种习惯。许多原以为必然如此，不容置疑的东西，其实只是一念之差或一时兴起。他开始原谅姐姐的一时兴起如同原谅自己一样。看着姐姐打开母亲的小包袱，看见包袱里边有用小毛巾、旧布块、塑料纸，里三层外三层地包着一个小包包，小包包里又有四十多个信封。信封都是自己早年当兵后给家里写信用过的牛皮纸信封，封面的字迹还清清楚楚，邮票也完好如初。张孝德也稀罕得捏捏那些信封里装着的厚薄不一的东西。至于里边是什么，姐姐猜是钱，张孝德认为不一定都是，母亲没有这么多钱。还应该有我和弟弟工作后往家里写的信。张小梅想拆一个看看里面然后照原样缠好。张孝德也同意，真要拆时，发现信封上密密麻麻地捆绑着的丝线就像一件手工活，不仅拆起来困难，而且照原样恢复会更困难，显然母亲是用心做过记号的。

张孝德说："姐姐，不拆了。真要拆开了，等于是知道了妈的秘密，妈会不高兴。"

张小梅数着那信封突然就说："孝德，你说我拿走一个妈会不会不知道？"

张孝德瞪大了眼睛说："妈是文盲可她识数。"

不看那小包袱了，没意思。张孝德开始玩微信，一条一条看，有认为可亲近一下的人就送个赞，转发几条标题好玩的微信。又觉得母亲的小包袱该拍个照，点击相机开关拍沙发上摊开的包袱和包袱里的信封，然后开始秀图。姐姐是怎么收拾起母亲的小包袱的他忘了，母亲是怎么回来的他也忘了。他把拍下的图发到群里并写下了一段话：深刻的亲情是不能被浅薄的快乐填满的，一想到城市生活那些背后空洞无物，我就惶恐不安。看看母亲的小包袱，让我想起了童年和成长、对母亲的感情，我好痛恨自己不能用语言表达对母亲的爱意。

微信发出去了。很快就有人点赞，接着有人跟："母爱是伟大的。""那信封里装着的是什么？钱吗？还是信？""你肯定不会在母亲节给母亲送花，母亲是天下儿子的攒钱机器。钱是什么东西？哪个儿子会在母亲需要你的鲜血时，毫不犹豫地伸出胳膊？"他回这条微信，"如果要我的血，我一定会犹豫，犹豫的结果肯定是伸出胳膊，但我就是做不到毫不犹豫。"又有人跟帖："明明已经注定了，还要装模作样犹豫一番，似乎经过了深思熟虑，其实什么也没想，选的还是一开始就认定了的事。"这下有意思了。微信群里一个人问，

"假如出现两难选择，你是先救母亲还是先救老婆？"有人替他回答："肯定是母亲，母亲只有一个，媳妇有若干丈母娘养着。"他回答说："选择其实是很可笑的，永远只能选择其中的一种，永远无法知道选择另一种情况会是如何，无法重来就无法比较。所以，我不选择。"因为这个群里也有他的媳妇金平。这时候金平发过来一个愤怒的表情。群里的人开始互相将军了。

微信就是这样，在一些无关紧要可有可无的问题上，尽可以口若悬河，绘声绘色。一旦真正企图表达什么时就肯定找不着一个合适的词，完全是不用动脑子的快乐。金平发来图片，张孝德看到拍下的图片中有十几双线袜子。金平说，"陪婆婆逛超市，婆婆与单纯的农民又不一样，她买的东西叫人感到奇怪无比。"张孝德跟帖，"谢谢老婆！咱们的妈妈像土坷垃那般质朴，她惦记她的乡邻就像我惦记老婆一样质朴。"这样的聊天会延续很久，这样的聊天让当下的张小梅以为弟弟很忙很忙。

张小梅收拾包袱，似乎在想包袱没有解开时的样子，张小梅思忖事情时有母亲的神态。张孝德说，姐，抬一下头。张小梅抬起头的瞬间，一张照片摄入了手机，他同时不忘放进微信群，并写下了一段话：姐姐一张布满沧桑的脸和脸前妈妈的小包袱，照片太有感觉了，两代女人，一个是母亲，一个是姐姐。犹记当年母亲凭着她瘦小的身躯，挑着水桶，每天天不亮就出发下河挑水。她为这个家，一刻也不停顿地操劳着，消耗着她的心血。

姐姐也不容易啊，说到母亲重男轻女这方面，仔细想，母亲真有。姐姐年长，自己和弟弟孝勤哪里下过地，一门心思读书。记得有一年姐姐领着自己和弟弟去供销社买作业本，姐姐盯着柜台上摆放着的漂亮花布。红底绿花，十分耀眼。以往供销社只卖蓝的、白的、红的和宝蓝布，很少卖这种花布。姐姐抚摸着沉迷得很。就像刚才盯着包袱看的神态一样。

卖货的妇女说："叫你妈来给你扯点吧，做个袄罩子多好看，这布进得不多，是我走后门托了关系才弄到的。"

姐姐拉着自己和弟弟几乎是一路跑回家的。平常姐姐从来跑不过我们，可那天跑得飞快。一进门姐姐就哭了，边哭边央求母亲替她扯那花布。那一年父亲刚刚去世，家里的日子要往前走，都得算计着过，两个儿子要读书，哪有多余的钱给姐姐扯花布。母亲无奈地说："你咋这么不懂事呢，叫你去给弟弟们买作业本，你倒看上了花布，那是你穿的？等明年夏天上山采下药材好给你扯裙子。"姐姐说："不让我读书，还不叫我穿一件花布袄罩子，你看人家闺女们都穿戴得花红柳绿，我穿得黑不溜秋。"

母亲瞪着眼说："这天下营生是男人家的还是女人家的？你读书，你有那出息将来养家糊口？穿什么也成不了仙女，穿不露肉就行了。"

记忆中从来就没有见姐姐穿过花布衣裳。

想到这里张孝德掏出五百元钱递给姐姐："拿着，去买一件春天的外罩，穿戴像个样子。现在的社会吃穿都不愁，瞅你，还是穿得黑不溜秋。"

张小梅说："你接济我太多了，不拿，有多少都填补不满日子里的需要。"

张孝德说："叫你拿着你就拿着，金平和妈就要回来了。"

张小梅眼里噙着泪接过来装进口袋。

真正认识自己的子女，也是需要眼睛和头脑的。单冬花看着床上同一位置不同方格子布的包袱，知道闺女又动了。

明天就要离开儿子家了，不能把气留在这里。她忍着，装了没事的样子解开包袱，让她大吃一惊的是一个信封居然被拆了。她装着不知，取出一个丝线捆绑着的信封，一定要给金平，一要付超市里的钱，二要付回家的路费。这也是每年临走前的必修课，不要她就急。金平推让了两下就把那信封扔到了茶几上，算是收下了。

黄昏降临的瞬间里，金平开亮了客厅的灯。

金平突然说："我看到微信群里姐姐打开妈的包袱里，那一小捆一小捆的都是信封，是不是信封里都是钱呀？"

单冬花不知道什么是微信群，但是闺女打开自己的包袱了她听得一清二楚。张孝德摆手不叫金平再往下说。

单冬花说："我一辈子没出息，一分钱也没挣过，能有什么钱啊！"

一句话不置可否地绕开了话题。

三

当天晚饭，单冬花基本上是在半兴奋中度过，明天就要坐火车回乡下了，一切的不快都要远去。单冬花和张小梅各自收拾好自己的东西，有绳子捆着的，有细线缠着的，整整齐齐地摆在地上。自己走后，儿子这一家除了白天上班，在家的生活就是由电视机和手机的陪伴下无聊度过，她有些可怜儿子。每夜躺在被窝里想象村里发生的那些事，想象迷迷蒙蒙的夜晚虫草之间来回走动的情景，想象泥地上那些植被和庄稼挣脱束缚成长的样子，心潮一阵阵涌起，总是一件很温暖很有美感的事。同时，伴随着明天离开儿子家，更多的是牵挂和担心，又要从乡下开始了。

晚饭后，单冬花进厨房和闺女合作一起包明天一早的饺子。母女俩无话，单冬花把注意力从厨房转移到了窗外。夜浓了，感觉天空比正月天高很多，看不见星星，能看见对面高楼上的格子窗户亮着灯。风扑打着玻璃，春天不能不起风，风不来天气就不暖。北京春天的风不少刮，乡下的风是自生的，离人很近，就在自己家门前那棵老枣树下，起风的时候，树皮发青，风在枣树枝条处发出号叫，枣树的叶子就被叫醒了。风越过院墙，渐已成势，沿河的杨柳树最早开始变得烟蒙蒙一片鹅黄色，风叫醒了冻土。城里的风无根，乱刮，似乎永远也停留不到地面，尘土被扬在半空，什么东西也想去敲击。过年才擦干净的玻璃，隔着一层细麻麻的土，风没有回落的意思。

玻璃上停留的风让单冬花有点不安，像是要发生什么事情，头发都干蓬着。她看了看案板上的面，约莫馅和面的最后比例。围裙带起了静电，张小梅佯装看不见。擀完最后的皮，单冬花站着看夜色里的那些灯光发呆。单冬花就想哭了，住哪儿都不如住乡下好，就怕乡下也不是自己的家了。人老了，做不了主了。老了真不好。儿子叫你来住，住够了女儿来叫你回，合理合情。只有单冬花知道，养大的儿女不是真疼你，是尽义务，合乎世上的道理来摆布一个老人剩下的日子。

张孝德探进头来问："妈，还没有包好吗？"

看着案板上摆成行的饺子，说着就举起手机拍照。张孝德说："有妈的孩子是个宝。"

这一下单冬花忍着的泪来了。抬一抬袖子抹了一下眼角，一张粲然的脸露给儿子。张孝德说："妈，哭啥，包完饺子你早睡。"

天黑着，客厅里的闹钟响了。凌晨三点。其实单冬花躺下时眯了一小会儿就醒了，睡不着。每次来城里过年，走时都睡不着。单冬花起身先下厨房煮饺子，闺女小梅也起了，洗漱，收拾地上的大包小包。

一家吃过饺子后，开始提着大包小包下楼，准备坐54路公共汽车到北京西站。单冬花紧紧地抱着她的小包袱，小梅和金平搀扶着她下了楼，向小区西侧的公共汽车站走去。到达车站后，离第一趟车到达时间还有十几分钟。为了化零为整，减少行李的数量，张孝德建议把小梅的一个小提包和母亲那个小包袱捆绑到一起。捆绑中间，公交车徐徐驶近了，迷蒙的夜色，朦胧的路灯，张孝德先架着单冬花上了车，小梅和金平提着大小包包也随后上了车。

上车后售票员说："老人家请坐好。"

单冬花说："闺女，坐稳当了坐稳当了。"

单冬花还想说什么，车上的人都耷拉着脑袋睡，售票员也把脸别往别处，车身抖动着，夜色苍茫，一路滑过的街灯亮着，显得回答的声音很大。

张孝德小声说："妈，都睡觉呢。"

金平说："人家就是客气一下嘛，你还当真了。"

公交车行驶了四十分钟后到达北京西站。车门打开，一股湿气挤进来，天下着小雨，昨晚的风，一定是携着雨来的。下车后开始清点行李，有些该安顿的客气话此时要说。

单冬花说："回吧，到了火车站，你姐就知道路线了，那边有你姐夫接站，不怕。春天的风沙大，上班记着关窗户。夏天放了暑假叫孙孙回去住几天，你们如果有时间也回来住几天，就当是你们城里人旅游，乡下的山水到了夏天可是好看呢。"

她的话被晾在一边，大家似乎在焦急地找什么。

单冬花说："把我的小包袱给我，拿惯了，手里空空的，总觉得少了什么。"

包袱不在了。

张小梅以为是单冬花拿着，单冬花以为是张小梅拎着，全家人急得团团转。

张孝德说："我叫姐把包袱捆在一起，姐的提包呢？"

张小梅的提包在。

单冬花说："出门时我拿着，坐公交车时孝德说要和小梅提包系在一起，我明明知道小梅从我手里接走了包袱。"

张小梅说："妈的包袱啥时候舍得叫旁人拿，我还有福气拿，我是真没有见。"

金平指着孝德的手机调侃说："你没有拍下来吗？"

张孝德说："你不要无事生非。"

单冬花腿软得由不得要往地上坐，地上湿漉漉的，金平说，地上到处是全国各地的龌龊。金平和张小梅急忙架着单冬花。

张孝德说："我们冷静地回忆一下。"一家人开始重复当时的细节。短暂的回忆后，孝德认为忘记把那个包袱带下车了。孝德立即在路边拦了一辆出租车，向54路公共汽车的下一站追去。

车站上的行人多了，赶往各地的人匆匆从她们身边走过。单冬花抱着一线希望张望着往来的行人。

半个小时后，张孝德气喘吁吁地回来说，车上根本没有那个包袱，司机说，车从北京西站向岳家楼行驶中途没有停，若包袱放在车上是不会丢失的。全家人又开始回忆，摸索着开始理清一早出发到车站的每一个细节。最后张孝德做出了比较客观的判断：应该是我们急着上车时，没有将那包袱带上车，丢在了车站上。

张孝德急忙打电话向马家堡派出所报案。电话响后接警的警察说，因为是自然丢失，没有当时的线索，这事不好确定你是否是真在马家堡的地界上丢失。你们留一个电话号码，如有人捡到后寻找失主，我们立即与你们联系。也就是说，这件事情得等寻找失主的人出现。单冬花脸色煞白，嘴里喃喃着，菩萨保佑，有好人，有好人，这世上总归是好人多。

这时，小梅开始埋怨包袱的存在，包袱是眼睁睁着丢了，它可从来没有离开过妈的身子，怎么偏偏在离开的一段路上丢了，跟上鬼了。包袱里有啥不能放我屋里，我替你保存，费心思走哪儿带哪儿，一辈子好强，临老了还好强，就怕我算计你的包袱。我才不稀罕呢，就算有万两黄金我也不稀罕。

单冬花不说话，话在喉咙里哽着。从未见发过脾气的张孝德，听完这句话开始训斥小梅："你少说一句少啥了？你每天都惦记着妈的包袱，还说不惦记。叫你拿一会儿你就丢了，你咋没丢了自己的提包！论年龄我该叫你姐，可你就是不成熟！"

五十多岁的小梅，且患有严重的脊椎侧弯病，行走极为困难。面对弟弟的训斥，既自责又难过，一时说不出话来。

金平一边安慰着大家，一边问单冬花，包袱里有多少值钱的东西？那信封里是信还是钱？

单冬花说："是钱。不少，不少。"

张小梅忍不住又呛了一句："直接说有多少钱。"

单冬花只说不少，就是不愿意说出大概数字。

张孝德说："妈，你说个实数，都这时候了。"

单冬花嗫嚅着说："有一万多元，还有你弟媳妇给我买的金耳环。"单冬花看了一眼金平，怯怯的眼神怕伤害了什么。

张孝德说："包袱都丢了，还不说有多少钱，究竟是多少，一万多，多是多少？你说的数字不对，人家拾上也不会还给你。"

单冬花哭了。这是她这一辈子唯一一次当着子女的面哭。她哽咽着说："有两万多。"

张小梅接话："零头有多少？"

单冬花说："两万八千六百多。"

一家人不说话了。谁也没想到单冬花的包袱里有这么多钱。小梅见过那信封，可没有多想信封里都是钱。

张孝德显得有些生气，同时又不相信母亲有那么多钱，又问母亲说："您包里到底有多少啊？您哪儿有那么多钱啊！"

单冬花浑身颤抖嘴唇哆嗦着说："儿啊，我二十多年积攒的钱都在里边，一分一厘省下的。多的一个信封里有五千元，少的有三百元，大大小小几十个信封，我也说不出个准确数目，只能说个某约（大概）。"

金平瞪了一眼张孝德。这么多年丈夫背着自己给了他妈这么多钱，也许不止这些呢。

单冬花读懂了金平眼神里的内容，忙说："也不全是孝德的钱，还有孝勤，还有我能爬得动山时，采摘连翘卖后攒下的钱。我不舍得花，攒着，身后有个底气，一辈子，我怎么好临老变得赤手空拳，有几个钱搂着，邻居不敢小看，子女不用嗔怪。"

单冬花非常满意自己大清早能够举重若轻地吐出这些话，这些话本来不到说的时候。事情来了，不得不说。

围观的人多起来，广场路灯下所有人的脸都发着青白光，所有看见的人都张着嘴说话。嗡嗡的声音中似乎有希望冒出来。"赶紧去调那个车站附近的监控录像，或许能看清捡到包袱的人。""把你们的联系电话告诉附近的派出所、居委会，以便捡到包袱的人与你们联系。""老太太也是，这么老了自己还存钱，有钱不放银行，你说这年龄要钱有什么用啊？"金平突然和孝德说："发微信，快发微信，或许微信可以帮助我们。"

众口议论声此起彼伏。小梅突然想了起来，说，我的手机还放在那个包袱里边。整理包袱时想着妈的小包袱最重要，手机也最重要，顺手就塞进去了。孝德问，是否开着机？小梅说，开着呢。孝德急忙拨号，结果是关机。

微信群开始转发孝德关于母亲小包袱丢失的微信。其实张孝德清楚，能遇到雷锋式的好人太走运了，几乎是不可能。只要捡到母亲包袱的人关掉包里的手机，就预示着他不可能把东西送还失主。

金平想尽快逃离。她已经好多年没有到过火车站了，蓬头垢面的人群中嘴巴淡兮兮说一些幸灾乐祸的话，真是受不了。这些乡下人像热沥青似的粘着城市的犄角旮旯，这是她最不喜欢的场面。不管婆婆包袱里放了多少钱，对于金平来说她从来都不去多看一眼，不喜欢那包袱的样子。什么年代了，老脑子，不认知社会。人要长高，要成熟，但并非成熟就一定是明白。有时肉体扩展了，年轮添加了，反而变得糊涂了，越活越老土。婆婆就是这样一个典型，这把年纪了，住在城里居然还牵肠着水灾旱情，同情城市里彷徨的农民，更可笑的是，不舍得花钱，一辈子挽着藏钱的包袱东奔西颠，说出来真是可笑。

金平说："出了这事只能怪自己没有操心拿好，丢肯定是丢了，我去报案，能否找到是个未知数。这是个教训，以后也反思一下。"

单冬花半天没有言语了，还有以后？

张孝德说："去哪里报案？"

金平说："54路嘉园三里站。事发在那里。"

单冬花觉得自己变成了一个倾家荡产、一穷二白的人了，心恍惚着，就要到开车时间，包袱像是长了脚似的离开了自己。几十年都拿着，朝朝暮暮看着，说不见就不见了。单冬花叫小梅打开自己的提包，看是不是顺手装提包里了。

小梅仿佛受到了莫大的侮辱。

"妈，你的包袱从来都不叫人动，丢了就是丢了，我的提包里没有你的包袱。"

人流拥挤着开始进站。虽然故作镇静，但单冬花知道腿上是一点力气都没有了，身子越发单薄得拉不动日子了。张孝德仿佛感受到了母亲此时此刻的痛苦程度，搀扶着在一旁反复安慰母亲，说，破财免灾，只要您健康长寿，比任何财产都值钱。更何况，如今的社会还是好人多，人们的日子也不像过去那样艰难。大都不在乎您这点钱，人家捡到后，一定会给咱送回来的。你们放心回家，不等火车到家就会有好消息。城里的派出所办案和乡下的不一样，他们神速着呢，就等好消息吧。

　　安顿她们坐好后给那边接站的姐夫打了电话，孝德又安顿了母亲，这才走下即将开动的火车。

　　火车放了三次气后开始徐徐驶出车站。玻璃窗户上闪着母亲和姐姐的脸，勉强挂在脸上的笑容，母亲似乎还在安顿什么。走出火车站，张孝德突然清醒地明白母亲老了，她一生的脾气在子女和生活面前彻底垮了。这样的事情发生，该有一顿泼骂从天而下，反倒是姐姐顶撞了母亲，日子颠倒了，母亲下火车时怕是迈不动步了。

　　张孝德给金平打电话想知道报案的结果。

　　电话那边金平问："走了？"

　　孝德说："走了。你报案了没有？"

　　金平说："又不是贼偷了、抢劫了，自己丢了，丢在哪都不知道，去报案？你以为我真去呀！"

　　孝德说："你很有腔调啊。"

　　金平做事有点出格了。不是自己的母亲，人情世故少了不说居然撒谎。对自己的妻子孝德是无奈的，其实，金平不屑和凡俗打交道的时候有她的气场，气场中心的孝德常常显得很猥琐，不具备反抗的力量。

张孝德走着遇见了一家快餐店，他极需要坐进去。要了一份早餐，一碗皮蛋瘦肉粥，两根油条。他忘记了一早吃过母亲包好的饺子，粥和油条像刷锅水一样难吃，但他仍旧锲而不舍地尝试。脑子里一直幻出一个火车走远的声音，吃下去的味道似乎也非常机械。他不自觉地给弟弟孝勤打了电话，弟弟在新疆工作，此时或许还赖在床上。

"这么早，哥，出啥事了？"

"妈今天一早回老家了。往火车站的路上丢了她自己的小包袱。包袱里有钱。"

"妈自己拿着丢了？"

"不是。姐拿着。怕上下车不利索，叫姐拿着，不经意丢了。"

"包袱是妈的心肝。妈说有多少？"

"有将近三万。"

半天，电话里传来一声闷音："妈有可能害下大病。"

这句话让张孝德有着战栗的恐惧。

四

单冬花在软卧车厢躺下的那一瞬间，她觉得自己已经看不清楚周围的颜色了，最为重要的是她不记得刚才的事，张口说第一句话就把五十年前的事情说成了昨天。

"你怎么没有把你两个弟弟抱到床上来？"

单冬花小心地看着进入软卧车厢的人，先是个子不高，身子很敦实，长方脸红扑扑的男人，只见他细长眼睛眯缝着，进车厢就笑，说话嗓音洪亮，透着实在。看着单冬花大声说："老人家，我坐你脚头儿。"单冬花也笑，笑得难看，伸开的一双脚缩了回去。接着又进来一位学生娃，不打招呼，直接爬到了上铺。

男人指着小梅问："老人家，这是闺女还是媳妇？"

单冬花勉强答应了一声："闺女。"

男人说："闺女好，贴心。"

张小梅笑。单冬花突然很讨厌闺女的笑，转了一下身子脸朝里。闺女和男人在她的身后说话，她不想听，尽量让自己进入一种沉思。闺女蚊子一样的笑声毫无节制，单冬花被这笑声击倒了，好像自己做了什么十恶不赦的事一样。其实她一直在躲避周围，从一开始进入卧铺车厢，她努力不去想不去看，就因为躺着可以让眼睛朝上看，躺下的那一瞬间，她甚至恍惚回忆起了此前，意识很快就回到了当下。她开始强迫自己去冷静回忆刚才发生的事情，儿子坚持要她帮我拎着小包袱，碍于儿子的面子，自己假装很不在意递给了她。一路上眼睛从没有离开那个包袱，只有一次，上车，儿子搀扶着她，她不能够拒绝搀扶，这是儿子表达他自己对母亲的疼爱。大约有五六分钟，视线断了。上车后和售票员说话，问答只有一个来回，包袱应该不在闺女手里，她看得清楚，虽然闺女坐在车尾，她想，上车前闺女合并提包，包袱一定是并在了闺女的提包里，没有多想。她没有想到的是，包袱不见的那一瞬间，包袱真的长了脚了。这中间一定在某一个环节有人起了念了。乡下的日子里，她常常坐车去另一个村庄看戏，小包袱不离身，谁照顾过她的上下车，她手脚利索得很哪。在儿子面前她不能像从前那样对儿子说："讨厌，丢开手！"她是儿子的老娘，人一老，距离来了，隔膜来了，客气来了。五六分钟时间，包袱就不见了。长大了的儿女离心离肺，彼此知道计较，知道假模假样了。一下按捺不住情绪，单冬花坐了起来。

小梅的笑没能保持住，她看到母亲的脸拉得很长，不言不语，盯着地上的旅行箱看，她想母亲要说什么，但母亲没有话。

单冬花转过身盯着闺女的脸看。冷不丁冒出一句话："得了。"说完躺下了，像一个中年人一样利索。

张小梅高昂了一下头，这时，有人喊男人去打牌，男人站起来走出了车厢，疑惑什么又回头张望了一下。张小梅干脆提起旅行箱放到了自己脚头，没多话，也躺到了铺上。母亲刚才说什么她没有听清，但她明显感觉到了母亲在怀疑什么。她懊恼地开始回忆一早的事，可想到那个包袱的时候，上车前的等车过程突然没有了记忆。想不透彻，哀哀地难过，心疼母亲，想和母亲多说说话，坐了起来，站到母亲跟前。单冬花凝视着虚空的眼睛突然合上了。张小梅坐到小桌前扭头望窗外，竟看到了满天的毛毛雨，火车哐当哐当的声音在脚下推动，一些风口的树，在秋天里凋零得早，在春天里新生得也早。天空的云团呼呼四散，一线阳光，扒着云缝射到远处的山头上。张小梅的心酸了一下，她一下明白了母亲对她的敌意，从来没有离过身的包袱被自己拿着时丢了。可那个包袱对自己来说有多么生疏。

单冬花闭着眼，小梅知道母亲睡不着，包袱丢了，天塌了。她喊了一声："妈。"

单冬花纹丝不动。

张小梅说："妈，包袱丢了，都怪我。我从来都不敢动。你常说，人一天有仨迷糊，我手里不常拿的东西我手生啊。"

"妈，你一直盯着我，可你咋就没有盯住我呢？一转眼的工夫好过了旁人。"

"妈，我早和你说，存信用社，你不听。丢了，也不知哪个没屁眼的人捡了。"

单冬花睁开眼恶恶地说："你怎么也敢说短话？"

张小梅说："我说短话，我是咒捡到包袱的人，我咋不敢说短话？"

单冬花咧了一下嘴说："你啥不敢？"

张小梅瞪着眼睛看着单冬花："妈，你啥意思？就算我把你包袱弄丢了，就算！知道你心疼包袱里的钱，是你两个儿子过年过节孝敬你的，他们疼你，拿钱叫你花，拿钱买你对他们的牵挂。明知道你不花钱，你是攒给他们的，你最终是攒给他们的。你抱着你的包袱，抱着他们的疼。可你怎么就不想想，这么多年，我几乎是两天看你一次，洗洗涮涮，那点口粮地，春种秋收，哪一件事缺我了？伤风感冒，头疼脑热，是你闺女守着你啊！你不信任我，就算我丢了你的包袱，我一辈子做你闺女的好买不来你一个包袱？"

单冬花哆哆嗦嗦坐起来盯着张小梅说："你是往我心口上插刀！"

张小梅怎么能知道单冬花的难过。

单冬花三十一岁上守寡，拉扯着三个孩子成长，一个女人的一辈子，那是在人眼皮底下活人的难熬啊。她还记得去年秋天张孝德回乡陪着她住了一个月，单冬花在院子里扫院，起伏之间张孝德说："妈，六岁那年我记得你的辫子落在腿弯上，槐树那年有胳膊粗。"

单冬花怔了一下，掩饰什么地说："妈再也不能活回你六岁那年了。都要经过老，你是笑话妈老了。"

张孝德龇着牙笑。满头白发的单冬花，太阳照过来，照出了单冬花粉红的头皮，曾经，头发盖着头皮，两条粗黑辫子匐匍在单冬花的脊背上。

记忆来得越发深了。

秋天庄稼黄熟了，六岁的张孝德坐在驴背的驮架上，他爸赶着驴。驴背上的张孝德不安生，两条腿来回踢打着驴肚子，把驴惹毛了挣脱了缰绳，张孝德摔了下来，驮架砸在了张孝德头上。他爸抱回张孝德，坐在院子里槐树下。那时候有个井辘轳闲置在那里，血把张孝德的布衫洇红了。单冬花站在槐树下，看见血的那一瞬间，眼一黑，天上的云彩旋起来，单冬花就不会说话了。那年单冬花三十一岁，张小梅十岁，张孝德六岁，张孝勤四岁。他爸看着单冬花的样子吼着："我死了你咋办？瞅你的样子，除了生娃你啥尿不成！"

秋天，他爸在煤矿下窑，瓦斯爆炸被炸死了。

人被抬到村口那一刻，单冬花出奇的镇静。她身后三个娃，三个娃也都不哭。单冬花告诉孩子们："那棺材里躺着你爸，你爸是张家的男人，他管自己去享清闲去了。张家得出一个有本事的人，天下有本事的人是男人，在卵崖底村只有家里出了有本事的人才不叫人下看。我和你们的姐姐供你们弟兄俩念书，只要走出去一个人，前路就看得到光明。"

单冬花破天荒冷静地在跑过来看热闹的人前说下此话。单冬花的头昂着，面孔仰着，脸上留着怨恨，保持着乡下人认可灾难的冷静，里面有一种不可理喻的坚强和难过，她忍着不哭。她丢开孩子们拢住眼，趴在棺材上掀起单子看。她的汉子，一身的对襟青色涤卡布衫，一顶劳动呢八角帽，帽子和身上的衣裳都不是很合套，但都是崭新的。只能怨他命不好，死了赚了一身新。单冬花挪不开步，没有力气挪开，身后的家族议论着后事的全部细节，该怎么做有矿上人张罗。身后村庄里的女人们小心地看着单冬花，不敢大声议论，却也不断地追忆着棺材里的人的生前种种生活细节。感动之处，爱哭的老人禁不住流泪了。单冬花期待什么，哪怕有一句那样的话出现："剩下的孤儿寡母怎么过日子哟。"没有。矿上答应给张家一个顶替下矿的指标，单冬花听见公公在身后交涉，娃都太小够不着年龄，叫小叔子去。

单冬花的屋子里除了少了汉子，什么也没有少，多的是三个子女三张嘴。老天连叹息的工夫都没有给单冬花留够，一场秋天的连阴雨后院墙塌了，单冬花站在院子里护住三个娃，自己却闭上了双眼。村里人看见难过，一升米一碗面帮衬帮衬，总归不是长久的事。槐树就在院子里粗壮着往高里长，子女也往高里长，槐树喝水，子女吃粮。自己好养，养活子女难，一年到头屋里屋外，每天往身上沾的有两样东西：尘土和猪食。尘土拍拍就掉了，猪食洗了又溅上，衣裳哪敢多洗，布衣裳不耐磨啊。单冬花知道，这是命，命是什么，老天早安排好了的，谁都不能改变的。既然认命，单冬花就少在人前叹息，也不埋怨，她在老天给她画的框框里闹腾。三个孩子除了吃饭，还得穿衣，还得学习，学习和穿衣就得花钱，钱在腰里支撑着，硬气，才不会在人跟前低头。

单冬花找石匠在屋子里錾了石磨，她学着磨豆腐，用豆渣养猪，卖了猪可供养子女上学。天亮起床驾驴磨豆腐，一头驴带着捂眼转磨道，磨慢慢悠悠转，磨眼里插着三两根筷子，豆子要三颗两颗均均匀匀地下，灌豆子时勺子里几颗豆子加几多水，更是马虎不得。性急时，常使磨子打空，心粗的，豆子下得不均匀，这样磨出的浆粗，点出的豆腐不能炸素丸子，一落油锅就起沫。单冬花从来不放心别人掌勺，喜欢张孝德搭边手推。一是磨重，需要张孝德知道赚钱不易；二是驴从五更天开始劳作也累了；三是想叫世人看看，寡妇是怎么带大了一个有出息的儿。

那年月，学校不重视教育，张孝德学习也不好，单冬花觉得日子没有啥希望了。傍晚时分，月明要升上来，单冬花坐在屋前的台阶下，人乏得骨头都碎了，就是不见瞌睡来。有时自己在院子里慢腾腾走，想一些事情，好好的，心酸得就想哭。背着人哭是她恢复体力的过程。三个孩子从外边跑进来，不知日子的深浅争抢一个果子，孩子不知道大人的苦楚，在院子里追逐打斗，那么欢实，吵闹着耍。一个女人带三个娃，一辈子的好日子叫娃们捎带了，千难万难大人能克服，娃过不去，娃的路长着呢，有人疼有人爱娃才能长好，人一辈子不就是为了娃嘛！看着眼前的景，心里腾开了地方，累着也不觉得难过了。风吹日晒的光景，让年轻的单冬花面如重枣；四十不到，头发白了一半，皮肤跟榆树皮一样。她坐在月影里，压着声音，哭一会儿笑一会儿。人说，有苗不愁长，可到底能长出啥结果啊？

十七岁的张孝德当兵走了，是公社照顾单冬花。单冬花看着长大的儿子，突然发现那个死去的人又活了。瘦条个子，小眼睛，身子精瘦如柴，新发放的军装架不住，两条腿晃荡着，眼睛却带着电看人，看得单冬花心里是七上八下的。儿子要当兵了，部队教育人，是好事呢，也许将来随着儿子的出走能过上好日子。单冬花的眉头便也舒展了，流露出酸楚的幸福。熬到头了，心里想着要安顿张孝德啥话，又没有适合的话安顿，从包袱里取出卖豆腐的钱递给儿子，叫他装好了。张孝德不要，说部队都管。单冬花握钱的手颤抖着说，还是国家好啊！便安顿了一些成长的话。

单冬花说："当兵的人，抛头露脸，牵连人情，你见人了，首要的是嘴甜。人活在世上靠了嘴活，嘴是人的软刀子，千难万难，多张嘴问，难事就都化解了。你出门在外接受教育，要关心一起生活的人，当兵人吃公家饭，公家才是稳当的靠山，遇着不容易，吃苦受罪了，心里头都要欢欢喜喜的，不去埋汰他人。你不可和你爸一样，不管嘴，由着嘴伤人。在部队要学得腿勤快，皮实的人谁都喜爱。家里你不用操心了，有妈，有你姐，等你姐嫁个好人家，得了彩礼钱，你弟就能上高中了，这日子啊已经看见好苗头了。"

单冬花脸上难得有了笑容，虽然隐约着一丝苦涩，笑容能来到脸上，那是咽了太多的苦水换来的。

二十一岁的张小梅看着母亲的笑容，她不能够确定自己能嫁个好人家，她心里有人了。说出那个人来母亲一定不会同意。自己迟早是别人的，乡下女子土里刨食吃，女子顶不下劳力，工分都是赚半个，还要梳头打扮，多一份花销。虽然亲骨头亲皮肉都是妈生的，可女子嫁人，那是要一次性把娘家的成本和利润算清，自己中意的那个二流子哪里有钱出这彩礼？有一次张小梅和二流子说没有进过城，二流子说跟我进城逛逛，管叫你世面大开。两个人避开村里人在公路上扯风扯雨站了半个钟头，拦下一辆拖拉机，爬上后拖挂算是进了一回城。走在高低错落的楼房中间，肚子饿得咕咕叫，二流子没有一点买饭的意思，张小梅不好意思说。进了一家小旅店，二流子上下瞅瞅，示意张小梅进去。二流子指着空着的上铺叫张小梅上去，二流子也爬了上去，抱住张小梅又搂又亲。听见外面有动静，二流子用被子盖住张小梅，他压在被子上。一个女孩进来了，看着上铺说："你登记了没有？"二流子不说话，呼噜声骤起。女孩问了几遍，见人睡得实骂了一句："死猪。"反身摔上了门走了。二流子掀开被子匆匆破了张小梅的身子，饥饿没了，羞耻像一疙瘩热牛粪一样粘上了她。就一次她就怀孕了。

张孝德走的那年，张小梅年底嫁了二流子。提亲的日子是秋天，二流子不知在哪儿喝醉了，穿一身卡其布缝的深蓝色中山装，有些显小不合身，兜兜里别着一支钢笔，还戴了一顶里头垫了一圈报纸的蓝帽子，一条灰裤子看不出原先是什么颜色，脚上一双解放球鞋，手里提着两瓶汾酒两条大光烟，红着脸讪讪来到了张家。进门不打招呼名正言顺坐在了张家的床沿上。他先是看羞红脸低头搬弄手指头的张小梅，接着看站在地上拣黄豆的单冬花，又眊着清汤寡水的屋子，酒和烟顺手放在了床上。还没有来得及说话，外面的热闹就来了，两个后生因为什么事情吵闹着走到了单冬花门前。一个抓着一个的领口喊："你借钱不还，你今儿不还钱，今儿就是你的忌日。"一个说："你弄死我，我早就不想活啦。你弄死我，只要你能活成人，我服你！"

村里人不知道发生了啥事，跟了声音都跑来看热闹，聚在门前指指点点，让单冬花无地自容。

二流子走出门，兜兜里掏出一包烟，二指一弹，弹出三支烟，自己抽一支，伸出烟盒要别人一人一支。打火机啪一声伸过去问："借了多俩钱，值得要一个人的命？"一个说："十块。"一个说："听听哥，我的命就值十块钱。"二流子掏出十块钱递过去说："拿走。少他妈在我丈母娘家门前闹事，今天是我定亲的日子，饶了你们，否则你俩的命都得喂猪。"

两个人不吵了。一个说："知道哥是能人，能把地方粮票换全国粮票。几天前我还见派出所所长往你嘴上按烟哩，公社书记的门你是一抬脚就进去了。"

一个说："哥，你叫我咋报答你，我这贱命给你了！"

二流子二指夹着烟不耐烦地指着二位说："走走走，我今天是心情好，放我不乐意时早撇下你们不管了，你们这点事坏了我的好日子，影响我丈母娘以后对我的看法，惹得众乡亲看笑话！还在这里张着乌鸦嘴叫啥，还不快滚！"

二人抬脚就跑。单冬花莫名其妙地看着，但也知道是闺女惹下的事。没念过书的人真是好坏人都分不清了。她瞪着眼看张小梅，张小梅的脸煞白，没有半点主意，无助地看二流子。张小梅原以为会有媒人来，哪知二流子自己来了。看着的村民都知道张家的闺女在外恋爱了，恋了个"能人"。

单冬花说："你招来的人，你愿意，你就自己做主，我不同意。嫁出去的闺女泼出去的水，人活脸，树活皮，你就这样丢人现眼，把你弟弟保家卫国的脸都丢尽了！"

二流子掏出纸烟发给四下里看热闹的人，看见有抱小孩的妇女，变戏法般掏出糖递给孩子，捎带捏一下孩子的脸。一群大一些的孩子也跑了过来要糖吃，二流子说："一人一粒糖，好事要成双。"

抽烟的吃糖的也算是分享了张家闺女的好事。有人知道二流子是隔山那边东屿上公社的人，谁家的娃一时想不起来。单冬花觉得自己没脸在这世上见人了，反身快速走进家门哐当一声上了门闩。

二流子反倒不在意，正中下怀。一手拉着六神无主的张小梅，一手放在裤兜里说："卵崖底的乡亲们，你们见证，小梅今天是我的妻了，我本来今天是拿了彩礼来定日子的，没想到两个泼皮搅了我的好事，我的丈母娘不想听我的解释就把我妻张小梅关在了门外，我无所谓，男人家脸皮厚，叫一个女人的脸往哪里放？你们都见证了啊？"突然地从裤兜里掏出一沓钱晃着，乡下人哪里见过这么多的钱，觉得单冬花小家子气，有人就想上前劝说，单冬花不开门。二流子也不听劝，拉着张小梅的手往大路上走，一边走一边说："总有一天我抱着外孙回卵崖底来看你们。"等远离了人群，张小梅突然跪在了路当央开始哭，哭得站不起来，那个人也跪下重重磕了仨头，拽起张小梅扬长而去。

单冬花攒钱是出了名的，一分一厘抠，零钱换整钱，两个儿，修房盖屋娶妻，谁都帮不上忙，只有钱能帮上忙。嫁闺女反倒一分钱没有收，就这样叫一个泼皮活生生拉走了。单冬花不怨二流子，怨自己的闺女，缺心眼，没脑子！

五

当兵走的那年老屋的墙上糊着一九八三年的报纸，报纸的外面贴着"保家卫国"白底红字奖状，奖状的旁边是杨柳青的年画。窗台上放着一面圆镜子，镜子是一九六三年单冬花结婚时的嫁妆，上面有毛主席的军装肖像，下面是对称着的六朵向日葵。靠门的墙边有一口老柜，上面放着手掌大一个相框，是张孝德当兵时戴着红花的照片。儿子的照片成了单冬花的精神寄托，每年往来的信件，看后保存到小包袱里，信件成了单冬花克服困难的力量。

儿子在外，家里没有亲戚人脉，出社会之后更要靠自己，没法靠关系，所以在外的人比家里的人加倍难。从儿子的信中，单冬花知道儿子一开始在部队上喂猪，把部队的猪当了自己的亲人，后来不喂猪了进了后勤。因为是乡下走出的兵，一旦受了部队上的教育，人就变得讲究忠贞，认定了自己的工作，从头到尾不生二心。部队中人情味特别浓，不分你我，新兵蛋子，互相帮助，勤勤恳恳的老实人总是会受到重视。这样，三年后张孝德又调往军区给领导当了生活秘书。张孝德后来复员到北京某房管所工作，通过关系把孝勤安排成援疆工人，又把姐姐家的哑巴闺女安排在省城一家福利院，并让她成了家。这一系列的改变，让卵崖底人对寡妇单冬花很是刮目相看。

单冬花还记得当兵五年后的秋天，张孝德回乡探亲，到家时已是黄昏时分。卵崖底的人知道张孝德回乡了，都聚在张家的院子里，人们的兴奋程度就像是过年。毕竟是走了五年的人，单冬花看到儿子个子高了，人壮实了也白了，再看那张相片，觉得不一样。卵崖底的水土不养人，个个儿长得黑干细瘦，还是外头的水土养人啊，看人家孝德根本就看不出是卵崖底人。皓月当空，人们发现单冬花粗糙的脸上有了水分，被月亮的光笼罩了一层神秘的笑容，笑容生动着过日子的不易和忧伤，卵崖底的人被什么东西感染了，大伙都齐齐开始同情单冬花的不易，三十一岁守寡到四十多岁，寡妇门前居然没有任何是非。培养出这么一个有出息的好儿子，也算是命好之人啊。单冬花烧了热茶，村庄里的男人才发现这么多年来是第一次进张家。屋子还是早先那样没有添一件新家具，日子过得简朴。他们并不推辞，端碗时却轻手轻脚，喝茶只是站着，更不随便说什么，只是听张孝德说。轻里有一份敬。单冬花说，你们坐呀，怎么都不坐？所有人都不坐。喝完一碗又喝一碗，张孝德看到了母亲在卵崖底人心里有一种地位。

　　张孝德忍不住问起了姐姐，单冬花不语，张小梅是单冬花的一个痛点。有人应答，你姐嫁人了，过几天叫她回来看你。也该走动走动了，这么多年哪有闺女不上门认娘的道理，再不认就忤逆不孝了。张孝德想知道姐姐嫁了什么人，到底发生了什么事。一股野风吹过来，呼啦一下吹乱了单冬花的头发，单冬花的习惯还是和早先一样，用手往后掠了掠，这使张孝德猛然看到母亲头发的颜色已十分相似于斑驳的老墙，灰白而没有光泽。单冬花不说话，倔强着，背转身。母亲的样子让张孝德心中打鼓，但同时又有点儿意外的高兴。

谁知单冬花出其不意地说："嫁了个二流子。没脸回来。"

家丑不外扬，喝茶的人就都开始放下碗找借口告辞，单冬花也不留，女儿触痛了她的心。张孝德看留不住就一一和大家告辞。这时候张孝勤去乡里送豆腐回来了，一进门一身风尘，看见张孝德，有几分不好意思。单冬花说："你弟弟也不念书了，不是供不起他念书，是他自己死活不想念，就在家和我一起磨豆腐。不是人才的命就安心做个受才！"

单冬花一心想供出一个读书人，能走出一个读书人是一个家族的脸面，可她没想到两个儿子都不好好念书。她这一辈子都是赌气在活着，家中能走出一个读书人构成了她生命和理想的明天，这是她心底藏着的一个夙愿。眼下她只能感叹自己命不好，生活磨砺使得她的悲凉已不放在脸上，说此事时单冬花平静中有几分刚强。

张孝德在家住的几天里听孝勤讲了姐姐的事。孝勤告诉张孝德，都说带走姐姐那天，二流子掏出的钱不是真钱，是一沓鬼洋。他就欺我们家没有男人，咱俩找他去，我就想打他一顿出一下这几年的气。张孝德想不出姐夫的样子和做派。决定要回部队的前一天，张孝德借口和孝勤去送豆腐背着母亲去看姐姐。

兄弟俩打听着走进姐姐院子时被一个流里流气的人挡住了。三间石板房，参差不齐的院墙豁牙露齿，灰白的颜色是曾经刷过的石灰，一地的枯枝败叶。和周边砖土结构的四合院相比，更远处立起了几幢全砖楼房，对比告诉了张孝德这户人家的穷困潦倒。屋子里姐姐在喊叫，不一会儿，一个孩子降临了。哇的一声啼哭，惊世骇俗，接生婆说，你曹家有后了，是个小子。这句话使得院子里那个流里流气的人也如同床上的姐姐一样，幸福得微微战栗。张小梅在屋里知道弟弟回来了，无声的泪流下来。张孝德听见屋子里的姐姐说："外甥像舅舅，我的儿将来会有大出息。"院子里流里流气的人握住张孝德的手，扭头吐了一口唾沫说："双喜临门，今儿我请我两个小舅子喝酒。"他哪里有钱买酒，不过是一句谎话。

见到姐夫，张孝德就有了某种直观认识，姐夫那一惊一炸的虚样，他明白了当初姐夫演的那出戏。这样的家庭娶妻是很困难的，他用一种卑鄙龌龊的手段把姐姐弄回家，生米做成熟饭了，说什么似乎都已经是多余。张小梅把屋外的人支走和弟弟在屋子里说一些心里话，她知道母亲还怨恨她，就想有一天母亲能够原谅她，否则，和旁人一说起娘家人来，就有被妈抛弃的滋味，人前人后都挺不好受的。张小梅突然停下了哭，看着孝德说："你的话妈听。她一辈子重男轻女。"

张孝勤说："他是拿着鬼洋羞辱妈，你和他离婚，只有离婚妈才接纳你。"

张小梅说："人嘴里没好话，他那天拿着的上下是两张真钱，中间是纸。"

这句话叫孝德心里很难过。张孝德安慰姐姐不哭，月子里忌讳哭，容易伤身子。张小梅控制不住自己，一座山的背面是娘家，她已经五年没有回家了。看着弟弟她不能说自己看走眼了找了这样的男人，男人好坏是自己跟了人家的，娃也生了，只能放大他的好。还想着贴补娘家呢，看来以后的日子全靠眼前的这两个弟弟了。说话间一个四岁的小女孩走进来，看见有陌生人在，怯怯地站在门口不言语。张孝德蹲下问："你叫什么名字？告诉舅舅。我是你舅舅，想要什么舅舅给你买。"

张小梅说："叫芬芬。大弟，她听不见，是个哑巴。"

时间对于张孝德有点残酷，这个家，让他一下成熟了许多。他恼恨那个人，也不想知道他叫什么名字。姐姐一生的幸福就在他手里毁了，是姐姐心甘情愿被毁了。张孝德放下一些钱，又放下两身普通军装，明知道那个人穿了军装又要在世人面前吹牛，但是，为了姐姐他什么都不去想了。

张孝勤出门站在那个二流子面前捏紧拳头说："你敢欺负我姐姐，小心卸掉你一条胳膊！"

二流子扑通就跪下了，赌咒发誓说："让你姐说，我要是欺负过她我就不是人！我是能力有限，穷家过不了富日子，你们只要给了我能力，金銮殿大，只有你姐一人坐的份儿。我要是待她不好，我自己解决半截去见你们行不行？"

一个人都这样了，你想打他举不起手来，还能怎样?！一只猫滚着地上的搪瓷碗咣啷啷响，村里看热闹的人都来了。芬芬倚着门，咬着手指，一脸惊恐的样子。张孝德不忍心再看，拉着孝勤就走，失落无奈无法抗拒地落荒而逃。

张孝德看姐姐是瞒着母亲的，其实走了一天的人瞒是瞒不住事的。单冬花发过誓一辈子都不见女儿，看着张孝德低沉的情绪，她明白闺女的日子比她想象的还要糟糕。单冬花说，知道你去看你姐姐了，她日子过得可好？

时间已经化解了单冬花的怨愤，跟前站着的两个儿子已经成人，生活教会了她松紧适度，快慢自如。艰难困苦都走过了，看开看不开，都已经无法找回当初。

张孝德便不捂什么一五一十讲述了姐姐的现状，单冬花一句不插话坐在床上听。张孝德告诉母亲，姐姐这一辈子命该过好，可惜因为爸爸早逝，她是舍下自己照顾这个家，如今的结果也不能完全怨她。姐姐找不到好的结婚对象，多半受限于环境，她没有读过书，在看人上难免走极端。尽管如此，姐姐对人性也不曾失望，老说那个人的好，怕我对那个人产生成见。姐姐用不带成见的心来面对生活，她说那个人虽然满嘴跑火车，但也是一个有意思的好人，他是掏心挖肺想对姐姐好，可惜穷日子限制了他。

单冬花回答："屁！"

张孝德看着母亲说："妈，你可能不知道，姐姐的大闺女是个哑巴。"

单冬花咬了咬牙说："外头人不摸底，我是经见过了。我怎么不知道他是什么东西？睁眼说瞎话，偷鸡摸狗，人想不到的事他都做得出来。骗吃骗喝叫人打过好几回了，每次打了都完好无损。人说小梅的女婿禁打，恢复快，这也叫好名声？没个人样，谁都瞧不起他。你不要叫他姐夫，小心污了你的嘴。那闺女哑到什么程度？可听得见人说话？"

张孝德说："听不见。长得好看，和洋娃娃似的。姐姐说那人脾气好，骂他几句也不恼，也不还嘴。喜欢抛头露面，虽然不下力气，要是家境好有背景，说不定也算是乡里的一个人才呢。姐姐有一天领着娃回家了，妈千万要认下她，姐姐心里一直牵挂着妈呢。"

单冬花的泪一下就溢满了眼眶。她可怜那哑巴闺女，上天为啥不叫那个二流子变成哑巴，怎么偏偏就降到了还没来得及成人的娃娃身上？！

娘儿俩不说话，看着窗外的槐树和枣树，秋风起了，成熟的枣儿被刮下来，有鸟啄食。娘儿俩共同回忆起了那些年孩子们在枣树下玩耍，刚放学回来的张孝德扔下书包跑出门，张小梅一下揪住了他："你不做作业往哪儿跑？妈磨豆腐，我来管你，不做完作业不能耍！"

张孝德说："去你的，你管我算老几？"

张小梅说："你不做作业，我就是老大！"

"啊呀！"单冬花叫了一声，"小梅，浆开了，忘记了退柴。"

恍惚又觉得不是从前了，下意识地说了一句从前日子里的话。眼前哪儿有女儿。

此时窗外老槐树上飞走的麻雀又飞了回来，舍不得眼皮下的那一树枣子。张孝德走出院子扬手撵树上的麻雀。

单冬花也起身走出去说："不撵了呀，叫它们吃，能吃几个枣子，肠胃加一起没有一粒枣核儿大。"

张孝德看着单冬花走进西厢房，似乎对姐姐以往的恨已经消解一大半，这就是他善良勤劳的农民娘。

西厢房里，如今已经是用电磨豆腐了。豆香飘出来，顽固持久地弥漫在张孝德身体周围，是一股湿润感觉的香味。那香味催开了记忆的花，记忆被时间的铁锤夯实过多少遍，有生命从幼稚到成熟过程的痕迹。

"退柴！"

柴被从灶火拽出来扔到了屋外，一股青烟。姐姐先用锅盛一盆豆浆，点一勺卤水于其中，再用这带了卤水的豆浆一勺一勺点大锅里的，如此数回，豆浆一点一点清了，豆腐花一层一层地起了，待豆腐花凝成块，轻轻捞起集于一个大大的竹筛子，用勺子挤压成形。这时候屋外早已经站满了人等着起豆腐。张孝德记账，豆腐一块一块被取走了。眨眼工夫过去的景象已经模糊在大脑里，那些记忆却变得越来越清晰。姐姐不在这个家了，这个家里还有姐姐曾经的气息存在。

单冬花喊："孝德啊，在外吃呢还是回屋里吃？"

儿子归队，娘亲的最后一餐饭似在从事一项艺术活动，那一声喊，洋溢着一股爱意喜气。

张孝德说："妈，咱在院里枣树下吃。"

单冬花颠着小脚端着碗送出门，张孝德迎上去要接过来，单冬花不让。屋里只要是男人，饭菜就得女人来端，张孝德便坐回到枣树下的石桌上。四样小菜青绿红白，一碟儿春天的腌香椿芽，一碟儿凉拌黄瓜，一碟儿红萝卜丝，一碟儿葱油豆腐。饭是小米稠粥，粥里煮着红薯、黄豆。吸溜一口稠粥下咽，有如往返于红尘净土，闹市幽谷，便觉得两腋下有清气浸润；鼻息之间，胸腹之间，腻烦全消了。单冬花看着张孝德的吃相，活人的精、魂、梦、根全来了，她想她该原谅那个不孝的女儿。

六

回到家里时金平不在，空空的家中到处是母亲的影子和她的小包袱。张孝德的心极度惶惑，想起了去年农历十月初一，他回家给父亲烧五十年纸，准备提前把母亲接到北京过冬。临走时，姐姐欲把母亲扶上汽车，但母亲迟迟不出门，一定要姐姐到门外等。张孝德从窗户玻璃上斜睨着看到母亲在炕头的那只从来没有上过锁的木箱里翻来覆去找东西，好像一下没有找到，一脸的紧张。姐姐在院子里催促她，她也不急着出门。单冬花站在床边想什么，想着想着拍了一下头，走到墙角的矮柜子前打开取出了什么才往出走。

卵崖底的人们看到单冬花怀里揣着一个小包袱出来了。张孝德知道那是母亲的宝贝啊，走哪儿都不离身，她已经准备好，刚才恐怕是一时忘记放哪里了。单冬花在大家的搀扶下坐到了小车上，像抱着一个出生不久的婴儿一般，抱着她的小包袱不放。当天下午到达晋城，三天后，又坐火车来到北京。一路上，单冬花与那小包袱是形影不离，就是上厕所，也要带在身旁。坐困了，张孝德想替母亲拿一会儿包袱，单冬花都不让，说男人家粗心，给她弄丢了咋办？一路上张孝德老是开玩笑想知道包袱里装了什么，单冬花就是不说。

到家后的第二天单冬花在整理小包袱时，看到张孝德过来，她就停了下来，用包袱皮盖住里边的东西，不想让张孝德看到。时间一长，只要母亲翻动她那小包袱，张孝德就自觉地回避开，并且要儿子

43

和金平也一样回避，生怕母亲多心。一段时间后闲聊，张孝德问母亲攒了多少钱，单冬花笑着说，就你和弟弟逢年过节给寄的那点钱。就是那点钱，我还要补贴你姐，还要用于看病，打针，吃药。你说说能有几个钱？你不是算计你给的那几个钱吧？

张孝德逗她说："就是算计你那钱呀，你把钱花了我还算计个啥。"

单冬花一辈子算计着给子女花钱，轮到自己反倒花一分钱都心疼。

自从张小梅拖儿带女上门，被单冬花认下后，张小梅的女儿芬芬就跟着单冬花过日子。每一次二流子怂恿张小梅来看女儿总是两手空空，单冬花边数落边收拾一些家里多余的吃喝叫她带走。张小梅回去后就和二流子吵架，张小梅的儿子虎子就在这样的吵架声中长大。有一次张孝德和长大的虎子聊天，虎子说，小的时候，我害怕父母吵架，除了吵架他们平常不多说话。等我长大后，他们吵架成为我了解生活的一种途径。从他们的对话中，我听到了以前很多不知道的事情。虎子说，有一次爸爸没有钱花了，周边的村子里已经不好下手去借钱，结果鬼使神差跑到了卵崖底。他先是糊弄村里的人他认识大领导，买农药买化肥小意思，他说认识商店里的采购。结果姥姥村里的人就筹钱要他买便宜货，村里的人满心欢喜等着，他拿着钱没影子了。秋天，卵崖底有人家说书，妈妈去看姥姥，结果被卵崖底人堵在了村口，不得法姥姥从家里取了钱还了欠债。爸爸再去卵崖底，好像这些事都没有发生过，见了人家还家长里短套近乎，人家冲着姥姥的面子不好说什么。他还说，放别村的事情我早不管了，因为这是我丈母娘村里的事情，就跟我家的事情一样样的，就是为了你们村走后门的事情我把人家外村的人惹下了，人家去告我的状。你们知道我有多费神费力，搭进去工夫不说，有时候事不由人，天王老子也只能干瞪眼。钱我是给他们了，你们不摸底，我敢在丈母娘的地盘上耍脾气，迟早要给你们弄。我不行还有我小舅子呢，我小舅子是北京人，二小舅子也当兵，那是谁的能耐，我小舅子的能耐。不缺你们那俩钱，你们不要下看我。卵崖底人觉得我爸爸还好意思说这些。但似乎也构不成坏人，也没有人计较和纠缠他，可姥姥知道了就不依。爸爸居然回到姥姥屋子里顺手牵羊拿姥姥的东西出去顶账，姥姥一直防着爸爸，后来就防着妈妈了。

过年时全家在饭店吃饭，张孝德特意给母亲点了燕窝，母亲很喜欢吃，说好吃。金平说，一碗要五百块呢当然好吃。张孝德看见母亲拿勺子的手哆嗦。单金花看着张孝德说，你们真敢花钱，早知道我就不吃了。

单冬花说，人狂没好事，狗狂挨砖头。人哪敢作践钱，钱是长了腿脚的，你这样作践它就要往人家门上走了。

单冬花告诫张孝德，以后要节省，慢慢岁数大了，要有些积蓄应急。社会不是四平八稳，有捣乱人作怪，想兴风作浪时，受难的常是小老百姓。手头没有积蓄，乱来了，日子难时国家大了，帮不上普通人，只能靠咱自己。单冬花这一辈子最羡慕的人是村里的小学老师，不仅因为人家有知识还因为人家有国家给的工资，除了赞许之外，还有尊重在里面。记得第一次坐车到京城，单冬花把自己打扮得整整齐齐，仿佛要去参加一个重要的聚会。张孝德说，城里也是你的家，不必要从心里就想着这是儿子的家，随随便便就好。单冬花不这样认为，她不想叫城里人笑话，这是谁家的老婆子，瞅瞅那窝囊样，那不是给我丢脸，是给儿子丢脸啊。何况家里还有儿媳妇金平，人家怎么看，人家是城里人，穿衣吃饭都有讲究，不能因为是乡下人就叫人家原谅自己。单冬花疼钱爱钱可也不吝啬钱。亲戚邻居有个红白事，只要告知，不管三十五十的，单冬花都要表示一个心意。每年春节，单冬花还要给孙辈们每人五十元压岁钱。外甥、外甥女，以及外孙女对她非常好，张孝德逗她让她多给一点，她笑着说，我一个没用的老人，他们不给我就行了，我还给他们？我这点钱还是你们给的，我不能拿你们的钱去充大方、做人情，给五十元就蛮不错了。

　　每年的清明节前，单冬花总要给在外工作的两个儿打电话，我昨晚又做梦了，梦见你们的死鬼爸，他不说话，泪在眼窝里转，是不是该给他烧纸钱了，可不能叫他缺吃少花啊。农历十月一鬼节前，单冬花就提醒张小梅，该告诉你弟弟们了，天凉了，别人要笑话老张家没有后人了。单冬花早早把要烧的鬼洋准备好，因为两个在外工作的儿子根本就是纯粹的唯物主义者，而且是无神论者。他们不相信人死了以后，还会有这样的物质需求。单冬花认为，人死了是有灵魂的，存在另一个世界，在那里，她可以和自己的丈夫重逢，继续他们中断了五十年的生活，另一个世界更需要她的孩子们的关怀和照顾。多烧一些纸钱，才好有更多的积蓄。那些不愁吃不愁花的人是因为有钱，有钱好啊，钱多了人少生是非，人世间谁愿意过没钱的日子呀？从另一个角度说单冬花也是从子女们对待他们陌生的父亲的态度，来猜测百年后自己可能遇到的情形。

张孝德想起姐姐小梅说起的一件借钱事。有一次，张小梅家急需用钱，自己借不出就委托哑巴芬芬去借。单冬花对外孙女芬芬的疼爱家族中没人能比，但是，单冬花从不表达自己的情感，不说过多的温情话，她常说的一句话是"宁给个好心，别给个好脸"。由于从小就过早承担了家庭负担，单冬花几乎没有读过书，仅仅在当时农村的扫盲班学会识数，认识的狭隘使得单冬花不可能用复杂的语言和她的孩子们做情感上的交流，但这些并不妨碍孩子们感受母亲内心的感情。张小梅正是抓住了这一点。哑巴女儿比画着要借二百元。单冬花问做啥用？芬芬比画着买书。只要是读书的事单冬花常常不多去想。张小梅借了母亲二百元，一年后，张小梅还了单冬花两张新版一百元。单冬花扔在地上说那不是她的二百元，她的那二百元是蓝色的，票面大，纸质好，能割耳朵。而张小梅还她的软拉巴唧的，还不起可以拖延时间，没必要拿假来充真。

这中间涉及村上一个故事。

秋天，留守在家的老人们收完玉茭，就有大卡车来收购。卵崖底后村有一个叫王清建的老人，秋天卖玉茭得了二千元，王清建豁牙露齿蘸着唾沫数钱的样子大伙还记得，那是劳动得来的钱哇，也是人老了能给孩子们贴补家用不是废人的自信。过年孩子们都回来了，王清建拿出钱来讨好儿子，结果发现钱是假钱。报案两年了，抓捕不到人。乡下收购玉茭的往来车多，谁都没有记住车牌号。哑巴吃黄连，这事情生生叫王清建种下病了。这件事的最后，卵崖底村的人见了大票都认为假的多。张小梅只好换二十张十元小票，才算得到单冬花的认可。

47

去年单冬花八十大寿，之前张孝德问单冬花想要啥礼物。单冬花说，啥都不要，一家人聚在一起就好。可私下里她和芬芬比画着说想要一个金手镯，芬芬迅速把这个想法传递给了张孝德。生日聚餐时，张孝德要金平给单冬花把金手镯戴到手上。单冬花笑着问大家，我是不是老财迷？还管你们要东西，手老成这样戴啥都难看，其实我就是满足一下你们孝顺我的心意。

生日过后单冬花把金镯子送给了金平，金平不解。单冬花说，你是有功劳的人，你为张家生了后代。计划生育政策把人口降下来了，可也把咱的传统降没有了。这金镯子不是要给你，是要给我未来张家的孙儿媳妇。我就怕我哪天来不及交代闭眼一走，心事未了，我见了你死鬼爸，第一句话是要报喜，你爸也好知道我给了他张家孙孙礼物呀！金平认为婆婆传统，这事要传出去会惹弟媳不高兴，弟媳养了两个女孩，女孩也是后代。单冬花说，长子长孙，皇帝家都偏心。我是小老百姓，我就认继承主业的人。

张孝德越想越不自在了，母亲一辈子的钱都在里面。母亲不说真话是因为她老了啊，人一老就变得和孩子似的，会任性，跟这个世道争理，会觉得自己辛苦一辈子，老了没有用了，但是我还有钱，还能过年过节给孙辈发压岁钱，还能理直气壮说话。她常说的一句口头禅：我连累不了你们，我能够养活我自己，我够花了。那是因为她不用为钱的事情犯愁，她藏着钱就是藏着自己的老年尊严呢。

多少年贫苦生活煎熬，钱对于这个家来说简直太重要了。单冬花对生活没有多少要求，就怕没衣穿没饭吃。而要做到这一点就必须有钱。记得弟弟不上学又不想在农村待着，想要外出打工，相跟着村里的人一起出去。年底回家时，领队算账少算了二十块钱，母亲要弟弟去要，弟弟不去，说丢人。母亲自己要去，弟弟又拦着不让。母亲就一遍一遍自言自语，神经质地唠叨，她的表情凄苦，情态悲凉。后来领队送来少算的钱，弟弟还埋怨母亲心眼小。母亲在电话里和张孝德据理力争说，二十块钱是你们小时候半年的学费，我要起早摸黑磨两个月豆腐才能赚得来。

回想母亲这些事情，张孝德就明白了为什么母亲不把那小包袱寄存在家里，或让姐姐为她保管。她不放心啊，若放在自己家里，一旦小偷入室行窃，那还了得？放姐姐家更不是上策，那二流子姐夫越老越不学好。放信用社也不好，包袱里是救急钱，一旦有个头疼脑热，急用钱时还得去信用社取。乡下的信用社存钱老是叫人存几年期，说利息高。你急用时他说期限不到。求人不如求己，实在搁不住和他们费嘴，还是随身带着，方便、放心、踏实。

去年，大年初一早晨，单冬花郑重其事地拿出一个信封，从信封里取出一沓钱对张孝德说，你买了房子，金平又做美容，花了不少钱，在北京花费太大，离开钱一天都没法活。这是三千块，给你补贴家用，另外五百块是给我孙孙的压岁钱。不是我偏心，孙孙的压岁钱就该比孙女的多十倍。这世界是男人的天下，我要是不力主把你送出山，你哪能有工作赚钱，哪能把你弟弟和姐姐的孩子们带出去？你们说我偏心，说我对你姐不好，多少好能满足那二流子的胃口？女人的眼窝浅，但妈的眼窝不浅。

张孝德和金平当时坚决不要。单冬花说，这钱都是你们平常给我寄的，我平素也舍不得花。况且现在国家政策好，我每年还有一千多块低保，一千多块养老钱，足够平日开销了。你们寄给我的钱，我也是为你们暂时保管一下，等我不行了，再交给你们。倒是孙孙高兴得喜滋滋的，把那五百元压岁钱接了过来。孙孙说，我虽然已二十五岁，毕竟还在上学，所以奶奶给的压岁钱还是要拿的，那是奶奶对一个未来延续张家香火人的祝福啊！

包袱丢了，任何多余的情感交流对单冬花都是陌生的。包袱里装着单冬花低下头走进去的岁月，那岁月里有她过日子的欢愉和秘密。张孝德在屋子里待不住了，他要去做一件事，或许对母亲来说是最好的结果。

七

天蒙蒙亮时，就有人起床了。车窗外闪过的田野上，寻不到早春的绿。远处除了一小片一小片的积雪，一概是枯草的黄色，有一种漫漶的苦涩。单冬花贴着玻璃看窗外，行驶中的火车被山地上的荒凉忽略了，无法感觉到真实速度。车停在高平站，卧铺车厢里只剩下了单冬花和张小梅母女俩。走道里的人开始洗漱吃东西，大家似乎因为起得过早以及一路颠簸、就快到终点了而兴奋，竟都灵醒着享受这一刻的热闹。

张小梅问母亲是否要喝水，单冬花不语。

突然单冬花转过身子说："就咱母女俩了，你说我的小包袱是不是你手迷糊放进你的旅行箱里了？"

单冬花脸上一副沮丧的模样。话语中虽然带着求助但是有不信任包含在里面。这样的表情和问话触痛了张小梅，内心有一股火气开始突突冒。母亲这句话意味着打开旅行箱时撕破了亲情的脸。

张小梅提起箱子放到距离单冬花最近的地方。"你打。你是妈。啥事都由你先做！"

真要打开了未免残忍。闷闷的一阵子过后，单冬花说："我不碰你的东西。"

强烈的自尊取代了彼此动手的欲望。单冬花想让闺女说真话，但张小梅就是不说。

母女俩相对而坐，张小梅突然就觉得包袱丢了好，丢了省心。她之所以隐约地嫉恨母亲，是嫉恨母亲那没有节制没有理性的爱，谋杀了自己的前程。母亲对儿子的溺爱，造成了她对学业的懈怠，从而使她的前途一片黯淡。

张小梅突然醒悟了，母亲从来就没有想到那包袱是真丢了，而且一直怀疑是自己装到旅行箱里了，母亲的这种想法多么的可笑！尖厉的声音已经顶在了喉咙处，就在要发作的当下里，张小梅看到母亲那张苍白的脸在灯光下，呈现出一种病态的模样：疲惫、憔悴、枯皱、蜡黄，张小梅的心一下软了。母亲眼睛里枝蔓一般的怀疑和不信任，她不能去阻挡，丢了的包袱已经丢了，由她去怀疑吧。

对峙过程中单冬花别过脸不看张小梅，果然在她的预料之中，闺女不敢打开箱子。单冬花多么想这个女儿跟上那个二流子不要学坏，管了小，管不了大，到底是吃谁家像谁家的人啊！

张小梅猛然倒下，用被子将全身蒙起来，单冬花看到埋在被子里的身体在微微地起伏。她在哭。单冬花心中一阵震动，哀哀地想，好过了那二流子，不用再说了，丢了的东西就让它永远丢了吧。当泪水顺着单冬花的脸颊滑下来时，她立刻有了一种勇气，她要见了那个二流子时腰身挺得直直的。

火车在音乐声中缓慢停下来。到站了。

单冬花自己穿好鞋，往起站时有一阵眩晕，是一宿没合眼的结果。张小梅掀开被子提起地上的旅行箱让单冬花先走，母女俩不说话用身体示意，一前一后随着人流走向出站口。

从远处单冬花就看见了那个二流子，他吆喝着："便宜了，便宜了！大优惠，经济又实惠，过了这一时，就没了这好货，买了是享受，不买是后悔！"张小梅怯怯地看了一眼单冬花，单冬花装没听见。一个保安走过去要撵他离开，他嚷着："接人哩，接我丈母娘和媳妇，我这是捎带咧。"他抻着脖子冲着这边张望，蛇一样拧着脑袋。这才是丢包袱的罪魁祸首呀。

单冬花无法想象自己的闺女是如何和这样一个人共处。二流子在笑，递给保安一支烟，人家挡了回去。他捏着烟嘴嘴和驱赶自己的保安搭讪，脑袋往这边张望，看见了，跳高了往这边招手。张家怎么会出现这么一个男人呢？！小梅啊小梅，你看那卵崖底的女娃，刚刚长成了桃红，水格灵灵的时候，便于村口上，在那唢呐声中，被好人家接了去。那卵崖底的男娃，懂得地里的活路了，肩上知道担了生活的苦重了，便立在村上，盼望着吹着唢呐娶回一个好女娃。一年四季里，卵崖底要送走和娶回来多少新人，自己养大的闺女扯着没皮没脸的哭就那样叫那个二流子拽走了。闭眼睁眼，醒着梦着，什么时候我还敢去村口看人家娶亲？你把你妈吊在卵崖底人的嘴上，你可知跟上你，妈的头上落下多少笑话，你活得扎眼啊小梅！

二流子跑过来一边喊"找见了，找见了"，一边要搀扶单冬花。单冬花甩开他伸过来的胳膊。

二流子说："北京的警察就是有能耐，妈啊，你出门时丢了包袱，到家时就找见了。"

单冬花停下很认真地看着说："包袱呢？"

二流子说："包袱肯定回不来，包袱又没有长脚。不过，妈呀，钱回来了。"

单冬花说："我不信。你是哄鬼呢。"

张小梅说："你快把经过说说。"

二流子说："经过是你们经过的，我哪里知道经过？我只能告诉你们钱回来了。现在就在我口袋里，我准备和妈商量一下，看看能不能转借一年半载，我好买辆电动三轮车跑路。"

单冬花说："你把嘴张得大大的再说一遍？"

二流子缩了缩脑袋："不说了还不行，说错了还不行？"

单冬花要过二流子的电话要给张孝德打。二流子取出电话来说："我来拨。"

电话响了一下，他就放了。

张小梅说："怎么打一下就放了？"

二流子是怕浪费电话费，等孝德打过来。

张孝德为了让母亲不再因丢包袱的事而难过，他和弟弟商量立即打到在晋城跑三轮的外甥虎子银行卡上一万五千元，并让虎子告诉姥姥，他们通过警察，当天上午就找到了捡到包袱的人，要回了一万五千元，剩余的钱作为感谢费用送给了那个捡到包袱的好心人。张孝德再三叮嘱虎子，千万不敢说漏嘴。哪知当时正好虎子的爹二流子在，一定要自己去做这件事。虎子不放心，从银行取出现金，本来说是要和二流子爹一起来车站接姥姥，因有货要送怕耽误接站就叫自己的二流子爹来接。虎子叮嘱二流子，把他姥姥接下火车后，第一时间告诉姥姥这个失而复得的"特大喜讯"。二流子取了钱心花怒放，放嘴上"吧吧吧"亲了几口，他需要演一出戏把这钱想法子弄到手，他太需要钱了。面对钱他没有别的出路，睁眼闭眼，脑子里老有幻觉，这钱该是他的。

电话里，张孝德用另一个版本告诉母亲：都是我们自己不小心把包袱丢到了车上，被一个好心人捡上，他通过派出所找到了我们，包袱里的东西都完好着呢。单冬花不信，说，包袱里的东西你都清点了？

张孝德说，清点了，零票都换成整钱了。

单冬花说，我那些信封里还有东西呀，千万不敢丢了，你可收拾好了？

是什么东西呢？张孝德一时语塞了。假装手机信号不好，问，妈，听不清你说话呀，你说啥呢，我听见你的声音断断续续。你到底是想说啥呢？

单冬花说，那信封里一多半不是钱，是你的信呀，是你当兵时寄来的信，我百年后是要带给你爸，也好叫你爸知道我是怎么养大他的两个儿呀。

张孝德拿着手机无声流着泪应答，都在，妈，钱在信也在。

单冬花开始是半信半疑。张孝德突然想起来自己拍过一张姐姐打开包袱后的照片，急忙把姐姐剪辑掉，发一张彩信到二流子的手机上。单冬花看着这张照片，照片里包袱打开，信封散落在包袱皮上。半天后单冬花感叹道：世上还是好人多啊！

八

四月，田野已经泛青了，那些稚嫩的春草和野花破土而出，一场雨后，就算是风来，只要不那么鲁莽，被洗过的野花在田野上蓬勃得越发妖艳多姿。单冬花坐在自己的菜地里，空气里有清香袭人，地畔上的桃花杏花开了，山水便要柔软起来，明丽起来了。儿子张孝德电话里说，秋天过后，要把她接到北京长期住。单冬花不知道自己在这世上还有多少日子，离开就意味着再也看不见生活过一辈子的乡下了。不舍得，不能做主的恍惚感，从现在就已经开始了。和城市里比较，卵崖底矮矮的，山谷里有顺势而下的溪流，整齐的庄稼地有粪堆稀稀拉拉撒开的印子，满山遍野铺着刺目的阳光。坐在土坎上，单冬花的回忆被引发又被切断，很害怕秋天离开家后自己一去不返。从前是儿子常回家，现在日子好过了，老人要跟着儿子走。一辈子从来没有认真看过这田野，季节一到，今生她注定是不属于这里了。她的目光穿过山山脉脉，丈夫就埋在对面的山坳里，要离开世界的那一天，她一定要挽着自己的小包袱去，包袱里有她碌碌一生的不满和无奈。

山坡上数百只羊朝着一个方向缓缓移动，乍看过去一切都是静止的，像紧紧贴在地面上的图案，就好像看不见的四季微妙的变化。其实，时光都从身边溜走了。儿女大了，各自有所着落。过日子总让人伸不直腰，习惯了一种动作，再想改变有多么的难，可谁能知道单冬花多么不想改变啊！她不想离开家，哪怕那个二流子再不争气，可那都是乡下的滋味。

远处有三轮车开过来，在辨认不清的田野和路中间朝着自己开过来。单冬花的心突然急速跳了起来，那是二流子开的啊，他哪里来的钱呢？车开到缓缓站起来的单冬花跟前，二流子从车上跳下来说："妈，我扶你上车，拉着你咱回卵崖底村绕一圈，我虽然不能和小舅子张孝德的两头平卧车比，可和村里那些没用人比，我也握着方向盘呢。"

单冬花说："你哪里来的钱买它？"

二流子笑着，想到单冬花往日对自己不屑一顾的态度，就想和这个丈母娘开个玩笑。

"妈，人生无非是吃吃苦，受受罪，讲讲排场，丢丢人。我是丢人丢尽，可排场还没有讲过啊。你只管上车，不管买车的事，我就想在卵崖底搬回我的名声来。"

单冬花脸上没有任何表情地说："人家的脖子上都长着脑袋，都知道有个脸面，就你横着脖子，不怕卵崖底人笑话。你告诉我车钱从哪里来的？"

二流子说："你有儿女孝敬，难道我就没有儿女孝敬？"

听完话单冬花扭身就走。

二流子突然觉得钱就是一个人的底气，花钱讲排场，我现在是开着蹦蹦车，还穿着西装哩。哪有丈母娘瞧不起女婿三十年的事，怎么说也不能在她面前丢了一跺脚四面掉土的威风。单冬花在前面走，二流子在后面开着车慢慢跟着。二流子突然想到了丢包袱的事，丈母娘怀疑自己的闺女，闺女在丈母娘家得到啥了？既然怀疑我就直接告诉她。

二流子冲着单冬花的背影说："我能买下这车，我还得感谢妈，没有妈，我买啥车，生米做成熟饭啦。"

单冬花站在了路当央，一下就转过身来："你也算人？你只能算一个活物！你把那信给我，就知道你们合谋来哄我。狼怎么不吃了你，吃了你舔干你的血泊泊。"

二流子见单冬花真生气了，"妈，你小农意识太重，你真相信啦？"

单冬花弯腰捡起地上去冬留下的干牛粪，照着二流子的脸扔了过去。二流子一边倒车掉头一边喊，"我怎么就不能和你开个玩笑呢？你怎么就老是看不起我呢？我就想孝敬你一下，明知道在你张家连个脸熟都混不上，我偏偏屎壳郎变知了，自讨没趣。"

车跑远了话传过来，"我也有十年河东十年河西哩！"

单冬花回家后第一件事就是给张孝德打电话，电话那头接起来时心反倒哆嗦了一下，"孝德呀，妈没事，就想告诉你，二流子是个不知饥饱的饿死鬼，越吃越饿，越饿越吃。都是他教坏了你姐，咱张家水不深，你可不敢叫石头露出头顶呀。"

57

张孝德说："妈，发生啥事情了，没头没尾的一段话？他欺负你了？"

单冬花紧着说："他哪敢欺负我，妈没事，就想给你打个电话。"

放下电话，单冬花望着屋外，看得景物朦胧了，一个佝偻着身躯的老人站在她的屋门口，身后的暮色同样朦胧了他，他看着单冬花说："秋口上你一走哇，能说话的人就又少了一个。"

老人闪过后说："那些果树上的熟果子，秋天连个糟害它们的娃娃都找不见了。"

天空下着雨，雨不大，雾霾很重，更没有电闪雷鸣。张孝德讨厌这不大不小的雨，它不利不爽，最挫伤人的锐意。翻阅微信时看到了打开的小包袱照片，想着这件事情，觉得那个捡到包袱的人，哪怕光归还母亲保存了二十多年的信也好。想到这里，心头一热，就再次拨打大姐的手机号。让张孝德没有料到的是，电话竟然打通了，但没人接。

张孝德一阵狂喜，再打，电话那头传来的是在建筑工地当小工的二外甥虎英的声音，他说："刚才我在扛水泥，没听到电话。"

张孝德说："你妈把电话给了你？"

虎英说："我妈说，这电话她这辈子都不用了。叫我换个号，我办号时发现卡上还有钱，等钱打完就不用了。大舅，我回头告诉你我的新号。你有事吗？"

张孝德说："没事。嗯，你不要和你妈说我打电话了。"

迟疑了一下张孝德又说："以后多孝敬你妈，她这一生不容易。"

张孝德看到窗玻璃上映着他的面孔，想哭，这张脸已经回不到童年。

他翻阅书柜找出一沓旧稿子，坐在书桌前，他在想，二十多年前给母亲写过的信里都是什么内容呢？那些内容他是彻底忘记了。

张孝德提笔写下一行字：妈，我在部队想家了。

接下来呢？文字还能在一个人的疼痛中生长吗？

过光景

一

　　黄昏是容易叫人眼乱的，尤其是月亮在黑的尽头升起的刹那间，苏红觉得有个声音碰疼了她的骨头，她瞪着惊恐的眼睛迅速拉亮电灯，光像液体一样灌满了屋子的所有角落，她长舒一口气，心慢慢安静下来。苏红怕黑，黑像一场灾难，她的脚只要一踩在黑的地上，黑便像点燃的草一样烫。

　　丈夫韩耀亮从外面进来，苏红看见推门进来的黑影时哆嗦了一下，苏红抬起头求助地看着耀亮。

　　耀亮说："明天我们去一趟县城。"

　　苏红像烫了一下，说："闺女有消息了？"

　　耀亮没有回答也不说话，独自走到锅台边舀了饭坐下来吃。

　　女儿丽丽恍惚在月光下冲着苏红笑。苏红说，你为啥跟着你爸在家门口不进家来呀？

　　耀亮停止了吃饭声，片刻，那吃饭的声音又响起来。

　　苏红的女儿丽丽失踪已经两个月了，一个多月前他们就报了案，因为女儿的失踪，一家人一直是孝良村议论和关心的对象。女儿失踪后苏红一直怕黑，黑在身体内部的一个地方蜷伏着，似乎只有女儿的

63

出现才可以点燃苏红心里那盏心灯。耀亮低头吃饭，电视在南墙根前黑了两个月，没有一个人愿意主动去触碰那个开关。耀亮站起来从锅里舀出饭端到苏红面前，他看到两滴大大的泪珠从苏红的脸颊上滚落下来，跌落进碗里。

耀亮说："苏红，你要是不强硬些，这日子过不下去了。"

苏红说："丽丽会回来的，你说是不是？如果回来，我再都不叫她出门了。"

耀亮说："苏红，以后咱的日子过得是该有一股狠劲。"

苏红瞪大眼睛看耀亮。

耀亮出门拽亮了院子里的灯接着进屋关上了门。灯光亮得刺眼，夜载浮了许多疲惫的等待。苏红饭罢开始收拾碗筷，突然觉得门外有响声，她看着耀亮说："快去，闺女回来了！"耀亮知道苏红因为闺女的事难过得头脑有病了。耀亮说："苏红，你要出了啥毛病咱的家就散了。"看着耀亮洗漱罢，苏红铺床让劳累了一天的耀亮先躺下睡。苏红和衣睡不着，很久她都睡不着，往日的亲昵依旧，温馨依旧，她的女儿不倦不休在她跟前喁喁絮语的样子，她不相信女儿会弃这个家而去。耀亮翻了个身说："睡吧。"

人有个坏习惯，长大了都要离开妈，离开养他的家，去读书、谋事；尔后竟然掉头不顾，一眨眼走远了。丽丽你得回来，这世上哪有不要妈的人？你说的那些奇观胜景妈想不出来，你说城市的街道到了夜晚街灯齐刷刷亮着。妈说像丽丽的眼睛，你笑着盯着妈说瞧妈的比喻。可如今妈见不到你的眼睛，妈便见不得黑，黑像村长那一张阴谋得逞后不动声色的脸一样。妈知道许多事情被他操纵着，他那寂寞和阴暗的心理妈都知道。丽丽你的出生带给妈明亮，妈能在黑暗中看到灯光。

耀亮扭过头说："睡啊，再不睡你脑子真要出毛病了。"

灯光下屋子里空得让苏红想喊。

二

公安局来时是通过村长李宽成把苏红和耀亮喊走的。

李宽成走到苏红家门口在门外喊了一声："耀亮啊，该起身了，城里老公家的人和车都来了。"

苏红和耀亮出门、锁门，身上什么都没有带，连一身新衣裳都没有换。李宽成上下打量着苏红，这女人，女儿走丢后人就缩水了。

村街上静悄悄的，静得像一堵墙。冷露清秋时节，天空的雨忽而纷纷，忽而潇潇，那一疙瘩云在头顶上石头一样重，半下午说不好又要下雨了。苏红想：连把伞都没有带。苏红要返回去拿伞，耀亮不让，说："不就是去看一眼，何况有车载着你，带伞做啥。"李宽成说："走时跟我家取把伞。"

苏红想：狗东西也有有情有义的时候。

苏红和耀亮上了警车，坐好后她问车上的人："你们可见着我闺女了？我闺女才十八岁，十八岁走丢了。十八岁是走不丢的，是不是？"

车上没有人搭她的话，用怪异的眼神看了看她。苏红觉得挺尴尬的，耀亮拽了拽她的手，苏红潜意识里还想说什么，话到嘴边就说不出来了。因为对面的人脸上没有话，因为他们自己在说话，那话对苏红是陌生的。

车开进县城，街道上人多车多，车一下慢了。苏红看窗外，人挨人地挤，整天生活在高楼窄巷里，就那噪声也叫苏红受不了。她的脸贴在窗玻璃上，半天后她有些眩晕，扭头和耀亮说："咋这多的人？"耀亮一脸想难过不难过、想搭话不搭话的尴尬相。苏红说："丽丽肯定能回来，你不要怕。"车上的人看耀亮又看苏红，苏红笑了笑回应人家，不能叫人家说乡下人走丢了闺女对谁都感觉要债似的，叫人家笑话乡下人不懂礼貌。

苏红和耀亮坐在桌子前，有两个人并排坐着和他们谈话。这里对苏红有压力，听他们的意思是有一个女孩，十八岁，叫坏人杀害了。女孩死后老公家帮她找爸找妈。世上的人心黑得比夜还黑。苏红知道那不是自己的丽丽。苏红的压力在于当下的气氛很严肃，就好像那些尸体不该是丽丽他们硬要说成是丽丽，叫人恼火，也有点像电影里的情节。对方拐弯抹角开始问话。

你的女儿叫丽丽？

叫丽丽。

失踪两个月了？

失踪两个月了。

最后一次电话是什么时候？

是两个月前的七月初一的夜晚，丽丽打回电话来说，妈，我想回家。

后来呢？

后来电话就挂断了。我打过去手机关机了，一直关机，到现在那手机的声音一直在说对方因欠费停机。

这样的对话已经有好几遍了。苏红都背下来了。

你女儿头上喜欢戴假发？

她有头发为啥戴假发？

这是以前没有讲过的。对方不搭话了，叫人进来抽了苏红和耀亮一人一管血走了。

临出门时对方说，死者十八岁，死去两个月了。死后被人碎尸扔在水库边的背风处，天热肉都烂了，只剩下了骨头，还有几缕假发。我们现在找她的家人，所以有什么你们知道的细节没有来得及想到的，想到了要及时讲出来。

苏红不认为还有什么要讲的事，该说的说了好几遍了。大眼瞪小眼彼此看了一会儿结束了谈话。

他们坐班车回村，回到村上天黑了。苏红拽着耀亮的衣裳往回走，总觉得身后有个影子，后脊梁处有风凉丝丝地吹，脚踩在地上像走在棉花上一样，一脚落地浅，一脚落地高，整个身子暴着鸡皮疙瘩被那股风抓挖得紧。耀亮的手像钳子样握着苏红，苏红的身体完全就由了耀亮拽着走。风把黑切成碎块，然后一块一块砸过来。苏红说："快跑几步。"耀亮跑了几步开了院门，走进院子拉亮了灯。灯光下苏红脸色如纸，浑身瘫软地坐在了屋檐下的石级上。苏红说："耀亮，你看看我是不是面无人色？"耀亮看了苏红一眼，说："回屋去喝口水。"

灯一亮招来了人。村上的人寻了亮来，来打探丽丽的下落。

苏红端坐在床上说:"那女子叫人害了,害得没有了人样,不知是谁家的闺女,验血找妈和爸。那闺女不是我丽丽,那闺女戴假发。你们啥时候见过我丽丽戴假发?挨刀鬼,真要抓到了也该碎尸万段!"

没有人见过丽丽戴假发,谁见过丽丽戴假发?

村长李宽成也在门口站着,发生了这事情,作为一村之长,他有义务第一时间在现场。听苏红讲完,李宽成和大伙说:"都回吧,苏红和耀亮走了一天,这些天事闹得他俩也没睡过好觉。既然不是,那就好,丽丽还有希望。儿大不由娘,女大不中留,说不好在哪里藏着和你们捉迷藏哩。"人们安慰了几句话一个个都起身出门走了。最后一个走的是李宽成,他看人都走光了很神秘地走近耀亮说:"耀亮,我说个事,你不要生气,我有一次在城里见丽丽在路边打车,头上盘了许多小圈圈。我瞅见闺女就亲,跟见着自己的亲骨肉一样,就近在超市里给她买了一箱酸奶。我说丽丽你的头发不如你妈年轻时好,你妈黑漆漆地挂下来,你弄得头上都是圈圈,显得头发少。丽丽说,我那盘的是青蛇头,用的是假发。"

耀亮看李宽成。他觉得李宽成的话里密密麻麻藏着针,他不知道该怎样回答孝良村这个大人物的话,他自己就没有见过丽丽戴假发。

苏红说:"你是醉酒趔趄睡眼未睁吧,你比他当爹的还清楚?"

李宽成说:"我只是说说。日子真快,转眼丽丽都十八岁了。丽丽的明天是一条光明大道,很畅快的,你们不要往心里去。耀亮你该哄哄苏红,不行就放下秋天的生活带她出门去玩玩,散散心,别老是想不愉快的事。我走了啊,别把我的话太当真。"

苏红没有说话,连看都没有看。李宽成从来都不会放下那个没有他不知道的事的架子，啥事在他那里都知根知底。耀亮送走李宽成返回来看着苏红，耀亮说："你是当妈的，可知道丽丽戴过假发？"苏红不屑地说："闺女啥时候戴过假发？他是放屁哩，丽丽的头发黑漆漆的，粗得和挂面似的，戴假发做啥？"苏红的眼里有泪流出来了，像是一种生理反应，只流泪，不啜泣。当眼泪滑过鼻翼时，从未有过的难过一下子涌来了，闺女你叫妈在哪里能再看你一眼？

夜里耀亮睡不着，想李宽成说过的话，那话也不是空穴来风。

耀亮看着苏红："李宽成为啥说那话，那话说出来是要人命哩。"

苏红说："他，你还不知道，什么事情他都要过问，都喜欢小事喊大，干部的坏毛病。他就怕谁家不出事，巴不得家家出事他来做主心骨。"

耀亮说："你把人家也说得有些太那个了，他到底还是孝良村一把手，说话也该知道深浅。"

一周后县里来人把苏红一个人带走了，走时耀亮要陪着去，来人叫李宽成说服耀亮留在家里，不是什么大事，是上一次苏红抽下的血和别人的弄混淆了，再去抽一次。李宽成看着苏红时不说话，一路出门也不说话。

不说话的人心里藏着蛇。

车出了村口停下了，在路的背风处，车上的人看着苏红说："你女儿不是你丈夫的。"

苏红惊讶地看着他们，"我闺女，我闺女在哪里？"

车上的人说，那个死者有可能是你闺女。

苏红倒吸了一口气，那口气没有捯上来，停顿了半天长长地游丝一样呵了出来。苏红害怕，一直以来的怀疑有了结果，却是以失去女儿为代价。不可能！苏红疯了一样站起来："你们瞎说，她爸就是耀亮，你们瞎说就不怕将来不得好死？快告诉我闺女在哪儿？"

你清醒一点，这件事事关你女儿的命案。我们不想知道你曾经发生了什么事情，这是你的隐私。可是，耀亮不是你女儿的父亲。我们想找到她的亲生父亲，只有这样，你女儿的身份才好彻底认定。你该明白。你缓缓神不要慌张，人死不能复生，可生者必须要给死者一个交代。我们对你没有任何偏见，你讲出的话我们也不会外传，也不会给你扩大化。你一定要清醒一些，你该知道她的父亲是谁。

苏红害怕，或者说是惶恐。这是一个惊世骇俗的秘密，也是苏红担心的事情。她把脸别向窗外。从女儿出生到现在，她傻气十足地老是回避一个问题，尽管她现在不知道那个夜晚花会不会一朵一朵开，可是那一丛花朵开得灿烂。那之后她哭得很失态。苏红看车上的人，两个男人，头发有一寸长，一个穿夹克，一个穿西装，穿夹克的两只手插在一起，看到苏红时把手分开，点了点头。穿西装的取过一瓶矿泉水打开递给苏红。苏红接住水，低头时眼泪吧嗒吧嗒落下来，打在塑料瓶子上，那声音很响。苏红再一次看他们的脸，那期待快要叫她窒息了。苏红说：那是一头狼。

风拍打着窗户，苏红看到远处的地里有人一哄而上，有的拎起棍子，有的举着镰刀，人们越缩越紧，不知谁扑下去抢到了一个什么，苏红看到是一只兔子。苏红说，能不能背开那些人？车上的人叫司机发动车朝前挪动。

那些黑暗下开着的花，四处都是暗的，只有那些花朵比月光还耀眼。那梨花在月夜下开得和雪似的，那样的春夜下，春心荡漾，秋波升温。车开到四下全无车影和人影的背风处。车窗外的风势渐大了，苏红觉得有些事情还没有来得及走远，这些感觉，如末日当头，一切都来了，来了。

车上的人期待苏红。苏红说："能确定那是我的女儿？"

穿西装的说："不能完全确定，必须有她父亲在。"

"死后要父亲做什么？"

"因为要知道她是活着或死亡。"

"活着不是很好吗？为什么一定要断定她死亡？"

苏红沉默了半天，"那就是说她还活着对不对？"

车上的人摇了摇头。

苏红抽泣着："既然不说能叫我闺女活着，她爸就是耀亮，喊了耀亮十八年爸，能说不是爸？！"

"如果确定那个死者就是你闺女，你愿意她就那样死无全尸，要那罪犯逍遥法外？"

双方都不说话了。

沉默中苏红难过得想大哭一场。回转头看着窗外，心绪忽上忽下，最后咬着后槽牙说："是村长李宽成。"

三

苏红家院子里满是人，村里人来送秋后的玉茭，玉茭没有来得及晒，有些发潮。耀亮往门外一袋一袋扛玉茭，他有一四轮拉货车，秋天租车的人常找他拉货。收购玉茭的人在过秤，装好的玉茭垛在墙根等耀亮装车，耀亮脸憋得通红往车上扛。多远就看见苏红惶惑着走来，从他身边走过去，走回屋子。耀亮放下玉茭走进屋子里。

"没去县城？"

苏红不说话，不知道说什么好不说什么好，曾经发生过的事情款款地来了，她的大限到了，和耀亮婚姻的大限。她说："外头还等着过秤，你出去吧。"

"我能出去？到底叫你是啥事？"

苏红说："没啥事，验血，他们说还没有找见丽丽。"她停了一下，叮嘱说："送下这车就快回来啊，天要黑了。"

耀亮看着外面，晚夕的日头亮瓦瓦的。他犹豫了一会儿还是出去上货了。

苏红在屋子里，有一道狭窄的阳光极其显眼地在床脚上斜着，几乎不移动。苏红移向那道阳光，让整道光线切割开她的身体，从额头一直到脚下，她想这道光是一把利剑就好了，一把锋利之器，让她消失在人们的目光中。那道光亮突然就抽走了，苏红想拽住它，她舞弄着双臂，屋子里的响动让屋外的人走进来，看到跌倒在地上的苏红，几个人弯腰把她抬到了床上。

苏红你这是要耀亮的命啊，你不敢再往心里想了，就算女儿走了不是还有儿子在吗？你得好好地活着。苏红不说话，有人摸了摸她的额头，烧得滚烫。耀亮急忙去喊了村上一个懂医的人杨广兵。广兵来后摸了苏红的头问耀亮，有白酒吗？耀亮从柜子里取出一瓶白酒，摇晃了一下，听上去是半瓶。广兵说，给她脱光了。耀亮用被子挡着脱光了苏红的衣裳。广兵打开盖子，往手上倒了一股白酒来回搓，然后往嘴里灌了一口白酒，打着了打火机，猛地吸了一口气噗一下顺着火喷在了苏红身上。幽蓝的火苗在苏红身上乱窜，广兵的手掌在苏红身上来回搓擦。不一会儿苏红的胸和背、腋下、腿的根部，红彤彤的。苏红闭着眼睛，人还是不醒。再摸额头，明显凉了下来。十分钟后广兵又来一次，反复做了四次，苏红出了一口长气，有两行泪从眼里挤出来。广兵说："快给她弄姜糖水来，叫她喝，喝出汗，等汗落下来人就好了。她的热是在心里，心里的那个热我搓不凉。"广兵交代完走了，临出门时又交代了一次，安顿耀亮不敢把水断了，一气儿喝，不要下床。

黄昏的时候，苏红被尿憋醒了，一身汗，人几近虚脱。耀亮把痰盂伸进被窝，小手解完后苏红看着耀亮问："我这是咋了？"耀亮说："高烧，支不住病了。"苏红闻见被窝里的酒气说："广兵给我搓了？""搓了。""你把我脱得光溜溜的？"耀亮看着苏红："你也不是个小闺女，都这年纪了，身体要紧。"苏红自己摸了摸头，感觉凉来了。灯光铺了一屋子，窗外的灯也亮着，光像棉花一样，苏红昏昏沉沉睡了过去。

李宽成被叫走时，谁都不知道他进县城去做啥了，来叫的车不是警车，乡下人不认得公安牌照，都以为是去县里开会了。可李宽成知道D字打头的这车是公安牌照。往县城的路是李宽成的熟路，他穿了西装，拿了皮包包，包里放了两盒中华烟。车上的人没有多和李宽成说话，李宽成一个劲儿发烟，对方挡了一下说，车上不让抽烟。一路上李宽成忐忑得厉害，到底是什么事情被公安直接就介入了？到了县城李宽成被领进了医院。抽血做啥？李宽成不明就里，很想知道为啥抽血。没有人告诉他为啥抽血，只是告诉他配合调查一个案子。抽血和案子叫李宽成有些害怕，他虽然坏，可没有做过涉及公安的事，这事太叫他闹心了。

　　李宽成从医院出来，感觉阳光真好，踩在大街上仿佛踩着地，才清醒地知道自己是孝良村的村长，那股仰着头看人的蛮劲又来了。他左右转了一下脑袋，在一片喧闹中首先让自己安静下来，然后和陪同他的人拉话。

　　"没有病白抽我一管血，这是出了啥事？"

　　"能抽血是你的能耐。你能耐不小啊。"

　　"这叫啥话，小兄弟，到底是为了啥？"

　　"你是孝良村的播种机啊！"

　　李宽成很奇怪自己肉质的耳朵听到了这样的声音，这声音像一块石头安卧在一个地方，不防备地被一个人踢过来了。肉眼真是无法识别他的难过，他盯着那个说话的人，半天不说话。

抽血回来有几天李宽成人恍恍惚惚，一肚子气憋着，地里剩下的秋庄稼都没有心思去收。他一想到抽血的事就觉得不调查就下结论，这法律也太妄断了。那么一定是和耀亮的女儿有啥事情瓜葛在一起，有啥事情也不该抽血啊！播种机？我在孝良村是播种机？终于他有些憋不住了。黄昏在村街上绕了个弯，一条长街，一棵古树，以前财主王家的老宅子都被时间消磨得麻糊了。李宽成决定穿过村街去耀亮家一趟。一路上他想丽丽的小模样，那闺女给人的印象怪甜的。他是看着这闺女长大的，读书上学，背着个小书包，两条小辫子一甩一甩。苏红会打扮闺女，闺女走到哪儿都能给人好心情。路过一家小卖店，李宽成进去买了一包烟。拿过烟用小拇指指甲挑开那个塑料皮皮，二拇指就着烟盒屁股弹了一下，跳出一支烟放在嘴边，一边点烟一边想有两种可能：一种是苏红的闺女与自己有事；第二种可能是苏红与自己有事。那么两种可能都归结为零。李宽成冷漠地注视着街道上的老树，村上的贫困户桂仙低着头，嘴里嘟囔着什么走过，她长了一张愁苦的脸，年轻时得过羊角风，年老了人有些痴傻。胸前挂着的蛇皮口袋里鼓鼓的，长年在街上捡垃圾，似乎已经超出了人们怜悯的范围，李宽成想给她一块钱的欲望涌上来又下去了。一阵风刮过来，刮过来一股烧焦的味道。李宽成猛地抽了一口烟，大拇指一弹烟屁股弹出去老远。

　　李宽成推开院门高眄低照了一下，见四轮车不在，说明耀亮不在。见李宽成进家来了，苏红倒抽了一口气，脸拉出老长，立马黑下来。李宽成一进屋很大方地坐在了椅子上。苏红脑子不停打转转，想李宽成一定是被老公家喊过去一回，随后，迟缓地朝对方挪移过脸来。李宽成笑了一下，心里觉得亏得慌，脸上不由得装出一副同情相看着苏红说："我跟你说苏红，你女子真的头上盘了假发，说那是青蛇头。"苏红没有吭气。李宽成又说："县上叫我去抽血，你跟那些人说啥了？"苏红从火台上一粒一粒捡起烤熟的南瓜子，又把那些南瓜子一粒一粒摆放到离火口远一些的炉台边上。苏红很奇怪地笑了一下："你不是脑瓜子活泛，我说啥你该知道。"李宽成说："我知道你对我是发自骨头里在恨，你心里的那个烈焰高处想把我点燃，可苏红你不能害我。"苏红斜睨着眼说："还有比害一个人一辈子更狠？"李宽成站了一下，直起身子看门外远处的山，不吭不响了一会儿，转过身子坐下看苏红："你不会说是我害了你闺女吧？"苏红说："戴着顶党员的帽子你有那个胆？"李宽成心从嗓子眼上往下落了一截子，怪笑了一下："那你是和他们说了我咋你了？"苏红说："你不知道你咋我了？""我每次咋你不是都不成事嘛。"李宽成抬起手在眼角处揉了揉，那地方痒得难受，可这个动作在苏红眼里落了个大人情。苏红说："你还有脸哭，你回吧，是福不是祸，是祸躲不过。"

李宽成听了苏红这句话，反倒不想走了。桌子上有烟袋锅子，李宽成拿过来在烟布袋里掏挖了一锅子，站起来走向苏红跟前的火炉边，弯下腰伸进烟袋锅子猛吸了一口，噗地吹落在了地上。李宽成说："苏红，你说的跟昼夜更换一样自然，我现在在你跟前心在发抖，四肢都有些哆嗦，你弄的事情很难叫我腿脚打实立稳。我毕竟是孝良村的村长，你长这么大你是见过有头脸的人，和那些人比较我屁都不算。苏红你以前和我过不去我不计较，人命关天你还和我过不去，讲不过道理，你真不该，咱俩实际上很清白。"

苏红说："我说你是丽丽的亲爸，丽丽不是耀亮的，可丽丽是你

76

的种。"

李宽成被这句话惊吓了一跳，那还了得："苏红，你是叫我出事。"

苏红说："你不心疼丽丽？她是你的闺女，身上有你的血，你作下的恶，你咋敢说变脸就变脸？"

李宽成放下手里的烟布袋："苏红，你把水搅得越来越浑了。你不敢拿肉眼看见的事就识别是真事，肉眼看不见背后。咱俩人弄几回几回不成，咋就有了丽丽？"

苏红不想说话了，掉过身子说："你走吧，舍不得秕谷套不住麻雀。"

李宽成走出苏红的院子，脑袋嗡嗡嗡响得和弹棉花一样。越走越不对劲，像狼并不知道草丛中的一根树枝一样的东西正是猎人的枪管一样。他捡起一块石头扔到对面王家的老槐树上，没听见喜鹊叫，喜鹊的叫声平常都是扎根在树梢上的。李宽成急需要喜鹊叫两声，每天一听到喜鹊叫，仿佛湿热的液体穿过内心，一天的心情都高兴。这几天似乎喜鹊就没有叫过，果然出事了。踩在泥地上如踩在棉花地上一样虚，心情怎么都安静不下来，然后想思考些什么问题，又似乎觉得思考的问题通过这么一思考满孝良村都容易窥见自己所有的秘密。这些秘密跳动着自己的脚步，让他抬脚落脚时走出很大的响动。

有两个留守在村庄的孤独女人指着对方跳着脚吵架。一个手里拿着一个高粱秆编好的稻草人，另一个人挽着篮子，篮子里放着摘下的老南瓜和几个嫩玉茭，玉茭开花一撮毛，篮子外面挂着的玉茭毛丝丝缕缕地飘着。似乎是那毛被风刮着挂到了脸上，一边骂一边不停地揪一下脸颊处。拿稻草人的骂人时很是理直气壮，"你转甚哩，生下儿女不跛就瘸，我转我生下四个儿女都吃了国家的供应粮。"

"你有本事转，你也吃了国家的供应粮。我看你活，你活千年蛤蟆万年鳖！"

李宽成走过，两个人的骂声断了，说明两个女人看见村干部过来知道了羞耻。李宽成认为自己在失去理智的人面前还能叫她们知羞耻，说明干部的身份就不是平常人。李宽成说："两个人骂啥哩，一个村子里的，抬头见面低头见鞋的，各自回吧。"

两个婆娘没有搭话也没有挪动脚步，看李宽成时怪怪的。这难道预示了村庄里的人知道了些什么？判断失误。李宽成脸上热辣辣的，赶紧低下头走，可又觉得这样似乎自己真做下了什么事，仰着头假装看街道两边的什么建筑。秋风穿过街道，一些树叶从天空落下来，一片两片打着旋。李宽成一时间不想回家，想去找一个人说说话。走着想着那个说话的人，虽然这个世界上人满为患，但要在世态炎凉中找到一位说心里话的人比找一块埋在土里的金子似乎还难。人一当了村长，有些朋友都成了利益关系，比如说和苏红的关系是男女关系，不能说是朋友。这世上有朋友甚至可以成为向别人炫耀的物品。李宽成觉得自己现在很自卑，开始肆无忌惮地怀疑苏红，她来这一手，这世上唯女子与小人难养，她来这一手，为啥来这一手？一群苍蝇跟着李宽成嗡嗡扇动着翅膀飞上飞下，这件事谣传出去，那是要成为大新闻呢。李宽成一时心间一紧出了一头汗。

四

耀亮送下一车玉茭，往回返的路上撞了人家外村人在路边盖下的茅厕，茅墙塌了砸断了茅梁石。外村人不依不饶要耀亮赔茅厕，一日三餐大小便问题不能解决是关乎大事里的排头第一。耀亮找村上的干部王村长解决，村上的干部王村长看到耀亮时像掠获了一只稀罕动物，眼神有些自由，耀亮被那自由的晃动看得很不自在。

王村长问耀亮：“苏红的丽丽可找见了？”

苏红的丽丽？这话里边似乎出来一些味道和想法。耀亮摇了摇头说：“还没有音信。”

王村长接过耀亮递来的烟，就看见耀亮的脸黑得吓人。那张脸很叫王村长不高兴。

“倒霉人撞墙，你撞的还不是正经墙，糟蹋了一坑茅粪。这社会是讲生态的社会，一坑茅粪那不是耍哩，是要泼出一春一夏绿莹莹的青苗哩。我不袒护我村的人，跟你村的村长不一样，人家袒护人家的村民都袒护成了一家子，都要和人家的村民做担挑（姐妹俩的丈夫）。耀亮你说，这茅坑，你想赔多少钱？”

耀亮一时还没有明白王村长说的是啥话，可说到钱，耀亮说：“以前打一个茅坑五百，现在村庄里的青壮劳力都走光了，闲茅坑也多，修下的楼都闲着折价了，一个茅坑还能说比楼还值钱？按说也该折价。这事是我的错，我还给你算五百。茅坑里的粪，真需要，真是你们的缺货，我从孝良村给你们拉两车来。"

王村长说："大事化小，小事化了，世上除了你，还有和你一样无辜惹事上身的人，路过这个村，是非、道德、善恶，就进入了我们村的社会规范内。村民选我当这个村长，是信任我，是想叫我这样的领导人给他们树个主心骨。都像你们村的村长，那还不印证了社会上流传的一句话：户户都有丈母娘。这样吧，羊粪一袋子还卖十五块，你说人粪不值钱还不如羊粪价？你好歹出上七百，吃亏讨便宜两走开。"

周围看的人都笑了，那笑像跳跃的水珠子从牙缝里突突冒出来。在耀亮眼前那笑就像瀑布一样了，有一股凉气扑面过来。耀亮恨不得地上有个缝，耀亮觉得亏，心亏，事亏，理亏。想和对方争吵几句，可无端觉得自己是要丢人了。太阳就要落山了，一寸一寸往山背后落。每落一寸，风呼呼地从树梢上吹过，吹落几片叶子，风贴着地面甩着那些落叶，尽量让落到山后的太阳给落叶染上几许金色。

耀亮说："我能不能打个欠条，这条路上我一直送玉茭，今儿个我没有装那么多钱。"

王村长说："好嘛，我这村里没有人怕你不给钱，我这村里的人不欺负善人。走丢了初一还有十五。不怕你。"

有骑摩托车的过来，车屁股后突突突吐着黑烟，看见耀亮了撂下一句话："耀亮，听说你家丽丽的案破了，现在是认家里人，对血型，你去抽过血了？"

耀亮没好气地说："谁说破了？我还没有消息，他们咋的就知道了？"

王村长说："我可听说是叫你们村的李宽成也去抽过血了，莫非他真是孝良村的播种机！"

围着的一群人扯开嗓子笑了，笑声是那么刺耳。耀亮快要窒息了，拼命想给自己一个喘息的空间，伴随着那些笑声耀亮打了欠条。跳上车，发动了几次都熄火了。

车下有人喊："耀亮，你不能老熄火，你老熄火叫人家点火把你后院烧没了。"

耀亮终于冲出了嘈杂的人群，像脱开缰绳的马一样朝着路的方向奔跑，等到慢慢地呼吸平顺了，他神经质地靠近路边熄了火拉上了手刹。顿时有股冰凉的情绪涌上来，远处的山青翠着，远处的村庄上空冒起几缕炊烟，有一些人勾着身子在山坡上收割什么。他看到那些景物都朦胧了，黄昏来了，黑来了。黑你来啊！耀亮跳下车，他感到站在地上的自己不是自己了，他挥舞着手臂，看上去张牙舞爪的，脸涨得通红，这是一个切肤之痛的难言心结。到底苏红以前都做了什么？难过像一粒种子这会儿埋进心里了，忘掉它，不要等待它发芽，那粒种子埋得很深。黑你来吧！黑降临之前耀亮决定不回家，把黑送给苏红。

孝良为啥叫孝良村？从字义上解释有点牵强附会。孝良村原来是不大的，因为人是陆陆续续聚拢的。孝良算古县一个大村，以耀亮家的屋子分界，分出前后两个孝良村。大村必有大姓，大姓必有大户。姓和家族是有尊严的。每个姓都有自己的来龙去脉，祖宗家谱上都写着家族的传世字。以前日子过得体面的人家，还有堂号。堂号是户主给自己命的名。与外界来往，堂主认为彼此之间叫堂号比直接叫名字要显得雅重。耀亮听自己的爷爷说，从前，在眼下自己住地往后的房屋，都算是韩家的祖业，前面的才是王家。自己家祖屋的门前还竖起过一根旗杆，老些的人叫自己祖屋"旗杆院"。那时的祖屋有砖有瓦，有砖瓦的房子说明过得富。那时李宽成的先祖是穷人，李家人给韩家当长工，祖祖辈辈是签下合同的。现在李家人当了村长，他开始欺韩家人了。韩姓走到现在外出的多，可留守在孝良村的韩姓人，一直以来都是把族姓看得很重的，把外人的评价看得更重。穷下来的韩姓人有穷下来的尊严。每一次队里开会，李宽成在会上他不敢多说一个韩姓"不"字，到现在的韩姓也是孝良村的大户。韩耀亮在村上虽然不是长辈，可还有长辈韩老六活着，每年回家过年的人去拜见长辈，韩老六坐在沙发上常挂在嘴边的两句话是：

男人对功名的渴望，女人对贞节的坚守。

韩耀亮想到这里时打了个冷战。社会是纷繁的，也是有秩序的，更是复杂的，可自己面对即将面对的生活，不知道是往下走，还是从此韩姓的不肖子孙里少了一个自己？春声秋色，寒暑留痕，触目皆是人言啊！今天的撞墙事件让耀亮很窝火，满山的秋色铺垫，可谁能明白在韩耀亮心里，重声是落果，轻声是落叶，可落叶此时也同落果一样敲打着他的心肠。天你黑吧！

天果然黑了。路边上有一棵野梨树，果子已经被人摘走了。耀亮双手抱住树身摇啊摇，那些落叶嚓嚓嚓落下来，落了一身，一地。树上再都摇不下一片叶子时，耀亮似乎惊醒了，家还是要回，毕竟丽丽还有一个弟弟，那该是我韩家的骨血。黑你来吧！

车灯在山路上忽远忽近照着，走上山顶，翻过山头不见了。

耀亮回到孝良村自己的家门前时，他觉得很奇怪，院子和屋子里的灯黑着。难道苏红不在？他试探着推开家门，看到火燃烧着，火台上苏红稳在床边上，冷冷地看推门进来的耀亮。耀亮拉亮灯，看到饭在电饭煲里，菜在火台边搪瓷盘里温着，苏红不温不火地看着耀亮。

苏红说："回来搭黑了。"

耀亮说："回来时撞了外村人家的茅厕，人家堵着不让走。"

苏红说："咋连电话都不知道打回一个？"

耀亮说："我没出事能回来就算好。"

苏红说："你不知道我怕黑？"

耀亮说："黑不吃人。"

苏红怔了一下，耀亮的话总是很短，当话短到只说俩仨字的时候他心里一定是有事了。

苏红故意挑衅了一句："人倒霉的时候才撞墙。"

耀亮从电饭煲里盛了饭就着菜吃，想到了什么从柜子下摸出一瓶酒，牙咬开盖子，酒杯都没有拿就着瓶子喝了一口。

这架势一看就知道他肚子里装着气，苏红猜想一定是有人和他倒腾话了。闺女丢失对这个家是致命的打击，村里人一开始是同情，当有一天发现闺女不是韩耀亮家的骨血，闺女的死亡又是不正常的死亡，一辈子，韩家要背着一口黑锅活着，韩家唯一的骨血小儿子将来咋活人？苏红想到这些时头皮麻麻的，脊梁后紧紧的有一股冷风袭过。苏红不能不活，为了这个家，她要体面地活着。人想体面活着可事偏偏不叫人体面活着，这世事真叫人难以承受。心里有无法冲淡的难过，就想皮肉遭到伤害，苏红想找疼，打在自己身上的疼能缓解一下心结。

苏红说："我嫁到你韩家来，遇着生死考验了。不说闺女，我要被灭顶的唾液淹没在人嘴里了，你韩耀亮一世苦寒叫我苏红把你钉在了耻辱柱上。你是不是听人说啥了？人说下的话你也听？你要真听进心里了，我在你耀亮面前没脸活了。"

耀亮往嘴里填着饭，吃菜时就一口酒，酒喝得狠，脸明显开始红了。

苏红等话时不防备耀亮站起身拉灭了屋子里的灯。苏红眼前像看到了蛇一样打了个趔趄，狠闭上眼没有动。

耀亮说："你不怕黑？"

苏红咬着牙关说："没命的人不怕黑。"

耀亮说："你死呀！"

这是你耀亮说的话？十八年说出来的狠话偏偏是叫我死。苏红那股活人的野劲又来了。

苏红说："我死呀，你活。"

这话往下说肯定没有好听话，这后半截话，从苏红的嘴里说出来丝毫没有贬斥的意味。虽然耀亮一肚子火，听苏红说下此话，知道苏红撑着自己，她心里不好受。自从闺女没了消息，她怕黑，耀亮就没有在黑拉下脸时留她一个人在屋里，多远的路都要跑回来，自己今天是故意不回来，可苏红硬假装不怕黑，还想借对骂找理由叫自己原谅她。这比不得好时候，地里的活计累得难过了，无话说时两个人骂，天南海北地骂，骂对方骂自己骂社会，骂着骂着两个人就解气了，还得养儿育女活下去。现在耀亮眼睛里蓄着泪，他是男人，那泪蓄着要流下来时不能叫苏红看见。这一辈子在苏红心里自己就是一个没有出息的人，苏红性野，没出息的人套不住性野的牲口。耀亮迅速擦干眼泪，举着酒瓶连往嘴里倒了几口。

苏红说："你不怕喝死你？"

耀亮说："喝死算了。"

苏红说："死成一对，也好。"

苏红转身上床没脱衣服抖开被子蒙上了头。

耀亮一时没有控制住自己的情绪，站起来走到床前一下掀起苏红的被子，耀亮举着酒瓶红着眼红着脸问："苏红你说，老公家头几天到底叫你去做啥了？"

苏红瞪着惊恐的眼睛看着耀亮俯下来的身子："你杀我呀！"

耀亮说："你到底欺瞒了我多少？人家都说老公家还把李宽成喊走了，喊他做啥？闺女，我十八年养大的闺女，难道我给狼养了？"

苏红明白耀亮果然是听上人说了。苏红一翻身坐起来，一把夺过耀亮手里的酒，仰脖子灌进去几口。要是平常一小口都要咳嗽半天，咕咚了几口嗓子痒都没痒。苏红就想生一场气，人家有儿有女，一家人活得健康全乎，我站着不比人矮，躺下不比人短，我十八年养大的闺女没了，谁能把那个"没"还我一个"有"？就像十八年前我喝了酒躺在花丛中一样，我就是我了，耀亮你杀了我！

耀亮夺过苏红的酒瓶仰脖子灌下最后那口福根。耀亮想：你苏红能耐啊，我娶你我上了你的当了，早看你不是耐得住那份寂寞的人，可偏偏命里叫我得了你。苏红你也有优点啊，我娶你时，我看出你的疑虑来了，看不起我，看不起我韩家是破落户，日子过得洗水叮当，你在我面前支支吾吾不说话，我给你妈挑水磨面，你爸说我一副奴才相。可我是为了你呀，再大的羞辱我都忍下了。为了你我忍事，你反倒看不起我，说我窝囊。我鼓足勇气找你苏红，叫你给我织个毛衣，你说买线吧。我买了一袋子毛线，你接过袋子随手扔在了床头，我等你的毛衣等了两年，我说苏红，等穿你毛衣我早就冻死了。苏红你知道你说的啥话？你说，这是毛线？这是钓鱼线嘛。那毛衣到底没有穿上。你后来出去打工了，两年，你走了两年。有一天你突然回来说，耀亮你娶了我吧，你这句话把我一个凉成灰的人点燃了，你从来在我面前是个不表态的人，突然说要我娶了你！我一直不明白你为啥好好就叫我娶了你。十八年来我一直把你捧在手心里活，我一直相信你苏红到底是被我的苦心感动了。我色眼昏花，你叫我乖乖地束手就擒，这辈子我再苦再累有你都值了。可眼下你心里藏了事，你决定嫁给我时，你肚子里怀了娃，你当初告诉我肚子里怀了他人的娃，就算是他人的我也娶你呀，可你欺瞒我。闺女出事了，闺女不是我的，这要叫孝良村人笑话我了，我早知道你不是一个安分守己的人啊，我咋就忽略你不是一个安分守己的人呢？

耀亮心里的泪是哗哗地流。

苏红不想耀亮不说话，黑暗中苏红说："不说话的人心里藏着毒蛇。"

耀亮说："你将我军苏红？"

苏红说："我就想死在你手里。"

耀亮举着那个空酒瓶扔进了煤池子里。

苏红是想找点疼，疼痛会叫她好受些。耀亮偏不能给她那个疼，他宁愿自己疼。耀亮知道，只要举起拳头，这个家就真没了。

苏红说："再没有比你没出息的人了！"

耀亮转回身走到门后拉亮了灯，灯光照得两个人都很陌生。

苏红出溜儿钻进被窝蒙上了头。

耀亮没有洗漱也上床睡下。耀亮一挨枕头就睡过去了，酒精糊了他的脑子。

苏红露出脑袋来，看着鼾声四起的耀亮，在这个家里，苏红花费的时间和受的那份苦累，十八年，一个穷得洗水不见皂腥味的家，现在能买得起四轮车，容易吗？有几分酸楚袭上心来，还有几分冤枉。她该不该和耀亮说？如果耀亮什么都不知道她就不说了，苏红伸出手想抚摸耀亮，突然又缩了回来，她是个复杂的女人，在时间面前她努力想挣脱复杂叫自己简单一些，可日子被互相攀比桎梏着，她走不出简单，只要穷日子还在过。

五

夜黑漆漆的，李宽成走在街头，一只手电筒忽亮忽灭，他似乎被苏红闺女的事弄得苍老了，老脸纵横着尘土，几天没洗脸了，手在脸上搓几下还能搓下泥。见不得人，以往张扬骄横的性子一下收敛了不少。一见人心就狂跳，一惊一惊的，旁人在他面前不敢张嘴，一张嘴他的脊背就汗津津的，好歪话似乎都是冲着自己来了。他不明白自己错在哪里，就想找一个人分析一下，是不是自己错了？错在哪里？他和苏红有那事，可每次都结局很惨，惨到没有开始就结束了，每一次苏红那副牛拉不回来的劲头刚起，他还没来得及脱利索了，快乐就炸了。

他和苏红的认识要说该是老早了，一个村庄里，他早就知道苏家第一胎生下了闺女。她和耀亮没有结婚前，他知道苏红在外面做小姐，如果苏红不做小姐她不会嫁给耀亮。苏红要自己替她保守这个秘密，村上人都知道她在外地打工，只有他知道苏红在外做啥。李宽成是跟着做装潢的表弟去歌厅撞见苏红的，他坐在歌厅的暗处，他一下没有认出来，昏暗的灯影下鸡看不成凤凰，那就是苏红。表弟上上下下摸苏红，那笑声浪了几下后闸住了，因为那双眼睛冲着自己。他当时闷着出不上气来，就想找个地儿大大地出几口气蹦几个高。苏红看见他，随即神情就很陌生了，甚至眼前无他。他在黑暗中看着苏红，长成大女子了。他知道苏红家里穷，一家人的负担都在苏红的肩上，可偏偏不知道苏红用这种工作换钱。他当时想问苏红点什么，可什么都问不出口。那一晚离开时苏红说："你不要回村乱说我在外做啥事，我只是陪唱，我又不出台。我做啥事都不是为了幸福，是为了生活。"李宽成点了点头算是答应了。

他有点同情苏红，她父亲长年病着，屋子里中药不断，她母亲一个妇道人家，地一趟家一趟拉扯兄妹四个不容易。那一次分手后李宽成再没有见过苏红，过年都不见苏红回来。

后来李宽成做机砖发了，就想谋个荣誉，他到县宾馆见领导，在大堂里等人。大堂的另一头的沙发上坐了几个人，其中一个挺像苏红，他不由得多看了几眼，刚好苏红也看他，他就想过去和她打个招呼，不想苏红很不屑地把头扭到了一边。可他不相信那不是苏红，决定走过去近距离看看，见她站起来快速地走出了宾馆。旁边相跟的人说："你高眊低照啥呢？是不是瞅人家女子屁股性感了？"李宽成说："我瞅那出门的女人是孝良村的苏红。"旁边的人说："胡扯淡，那女人可像是在道上混的，怎么能是你村的苏红？"道上的也分三六九等，瞅苏红那架势来宾馆一定是要钓县上重量级的人物。

那之后李宽成就想认识苏红，对苏红有了几分渴念，有时候就想苏红在灯光下的样子，脸色光洁而柔软，眼波流转，夏天露肉的地方隔着距离也能感觉到泅泅的热气。以往看见苏红总觉得辈分在那里搁着，现在和苏红之间哪有辈分存在？就剩下了男人和女人隔着皮囊的心动。

李宽成找苏红不费一点劲，通过表弟就约见到了。

李宽成想那个秋天的午后，他在一家宾馆里见到走进来的苏红。苏红一身绿衣，看见他时警觉了一下，或者说是感觉看错了人。一开始他也有些不好意思，他说："苏红坐。"两个人彼此都心照不宣。他把一个苹果掰成两半递给苏红一半说："世上的事奇怪，我找你也没啥，就想知道你苏红在做啥。你做啥不要紧，我就想告诉你我做机砖发了。"苏红抬起身站在窗户前说："知道你大发了。"李宽成说："没啥大发，就想找你来说话。自从见过长大的苏红，我的心就像遭劫了的难过。你说我赚了钱，钱也不能叫外面的人拿了，我还是想着对本村的人好。"苏红翻了他一眼说："要是没啥的我走了。"李宽成便觉得自己实在是没意思，松了松紧张的胳膊说："苏红，你说你要啥？想要啥？"苏红说："我想要给你个没意思。"李宽成呵呵笑了两声说："你真走啊？"苏红果然不说话就要走。李宽成比苏红大十几岁，往常在村街碰见了总是把苏红当黄毛丫头，和她说话也透着长辈的热情。现在的苏红变得标致了，因为表弟自己要把苏红当女人使，角色转换得有些别扭。李宽成伸出手想拉住苏红的袖，那手抬了几下都显得发沉。一时不知说啥便喊道："没啥苏红，我就是想给你个零花钱。"苏红迟疑了一下还是走了。李宽成感觉自己很没有意思，喊人家来做啥？喊来了该做啥没有做了啥，苏红果然是给了自己个没意思。这件事之后他做了一件更没意思的事，这事叫苏红恨上他了。

那时苏红在乡里谈了个对象，是个木匠叫王伯当。早些时候木匠也吃香，多是几斗粮食几个工，比种地强。改革开放后木匠就算是手工业了，人家在乡里开了一个家具店，一时结婚嫁闺女的人家都到他店里定做家具，买卖做成了生意。苏红家里人就盼望这门亲快快成了。李宽成去王伯当的店里订家具，说起当下的社会就引申到了当下的城市。社会的变化是根本看不到的，像土地上生长的形态各异、色彩缤纷的花朵。他就在这样一个谈天说地的环境中说到了苏红，打一个不太恰当的比方，他说苏红现在长得叫人过目难忘，是驴粪蛋外光里不光。不仅说到苏红的长相，还有苏红的职业，讲到苏红的职业李宽成变得热情而迫切。感情是最自私的，最不容别人与自己分享。王伯当把苏红的事闷压在了心里，一段时间里成家过日子是一件很迫切的事，可如今他突然发现很生疏了。

李宽成当时还不知道他们互相选择了对方，只是想泄一泄自己的郁闷，这种事谁也不好去传话。没有人故意要变心，你爱月亮时，月亮能来到你的脸盆里，你想着月亮的好时，月光能照满你的床铺和家具。当你不爱月亮的时候，你闭着眼睛都觉得眼睫毛支着个缝，那月光很刺眼睛。李宽成的闲话导致了两个人的爱情解体。李宽成觉得自己做下的事不对，可他们的爱情也太经不起考验了，自己又不是伟人能改变了乾坤，最主要的还是你苏红结婚前不守妇道。

想着这些，李宽成不知不觉就走到了村口上，抬头看天，刚才，天空还有一片光，现在朗月没有了，黑暗的世界里闪烁着难以扑灭的星星。李宽成开始怕光，一个光点的出现都叫他精神紧张成为负担。他必须把自己心里的话说出来，只有说出来才能证明他清白。

李宽成走出村口，站在收秋后的农田里，有一阵风刮过来，栖集在农田里的各种鸟乘风翔起，四下一片生动。刮过去的风依然没有刮走他内心的困扰和忧虑，他开始恨自己为啥要跟着老公家去验血？为啥苏红就一定说我是她闺女的爸？他的心搅得难过，既然对谁也说不清楚，对谁也不能讲，那么他现在就想把自己站成个木桩。李宽成知道自己待不了多大工夫，心虚心慌心乱，很难继续往下待。况且太晚了回家老婆盘问起来扯啥谎交代？儿女都大了，听了谣传对他们的以后是有影响的，儿女心中对自己会做啥样的评价？

他掉转身往回走，走得急，不知为什么他走进了一个昏暗阴黑的房间里，看不清楚格局，过了黑夜那么长的时间。"你呀。"李宽成听见是桂仙，他心慌意乱走进了桂仙的屋子。桂仙从来都是一个人讲话，从来没有和人讲过话，年轻的时候不知叫什么人弄得怀了娃，一个一个刚出生就都叫人抱走了。年老了，父母都死了，桂仙一个人，她养下的娃连她门前都不走，有这样一个妈他们觉得丢人。

李宽成长这么大没有进过桂仙的屋子，冒闯进来才知道桂仙的日子过得和垃圾堆似的。"你呀。"桂仙的声音像是从枯井里穿出来，羞涩、粗糙、沙哑、模糊。死一样的空寂，他连桂仙在什么地方都不知道，黑乎乎的土房里对他有种很奇怪的安抚。死气和酸腐扑面而来，他这下看清楚了桂仙坐在土炕上，土炕周围堆着垃圾，那样静悄悄的坐姿，显得出奇的安静。

李宽成说："我遇着难了，桂仙，你可知道我遇着难了？"

桂仙堆满皱褶的嘴噘起老高说："你呀。"

李宽成突然觉得桂仙不是人，是神，她有预测未来的能力。他摸索着踩着垃圾深一脚浅一脚地往炕跟前走，他想看到桂仙的脸。从来那张脸都是低伏着，只见过那双枯枝一样的手在世间裸露着。那张脸是什么样子呢？李宽成看不见，和白天一样只看见桂仙的脸和眼一起窝进胸脯里。

李宽成说："桂仙，你不是人是仙对不对？"

桂仙笑了笑，毫无声音地笑，只是感觉桂仙的嘴从左错愕到右，瞬间李宽成木着的脸僵硬了，他站着一动不动，觉得他的心可以在这里安歇了。

李宽成说："你是明白人，我知道你是明白人，你把每个孝良村的人和事都看得清清楚楚，你也一定看得清楚我。我遇着难了，见人我出不上气来，黑里睡觉我也出不上气来，我和你说我和苏红没那事，可我曾经对她动过念。她那闺女不是我的，她那闺女是野男人的，她害怕世人知道她的从前，她从前是一只'鸡'。桂仙你说，我过得了这个关口吗？"

桂仙一动不动听李宽成讲完，衣裤包裹着的身体在黑暗中虚虚实实地晃了一下。李宽成明白桂仙听懂了。果然桂仙是神仙，是藏在人世间的高人。

李宽成说："苏红结婚后我和她好过，不成事。我是男人，桂仙，你知道男人天生是为了征服女人才来这个世上。苏红没有拒绝我，我知道她是怕我在外面乱说她的从前。一生二，二生三，三生自然，我和她后来就自然了，可越自然越不成事。不是我出问题了，是命，是她刀子一样的话割得我难过。那闺女不是我的，我知道。我不能和人说，我不能和老公家说，他们板着脸，那脸上的答案都在苏红那里。可我不知道苏红为啥要说是我的闺女。桂仙，你是仙界来的，你在人世上吃苦，你把啥都装进了心里，你会算人的命，我知道你会算。你说，我是不是遇着难了？我是孝良村的村长，我害怕在这个命案后面当典型。你知道我当这个村长，我是把做机砖的钱都用在了选举上，我摊上这事，我的命运就要改变了。人就活一世，我不能船到河心就翻船啊。"

窗户上映照出一丝光，慢慢的光照开，月明出来了。月明照得李宽成脸上一派虔诚，确定无疑的眼睛里溶注着真诚无邪，他哀巴巴地看着桂仙。

桂仙的侧面看上去眼睛深陷，发辫后垂，不置一言，那袖套垂下时伸出来的手指，纤长而枯瘦，那些捡拾回来的垃圾被窗户上的月明照得泛出丝丝缕缕的光。身后的风吹进来，那喧哗声一涌一涌而起，那声音越来越大，越来越快。很奇怪，李宽成并不觉得怕，怕是身后事，他现在不怕，他身后月明像刚擦洗过的玻璃窗，透彻明亮。他看到桂仙的脖子下空空的，一丝粗重的气息都没有，她像撑着这一堆垃

93

圾的大柱，纹丝不动。

李宽成想，桂仙是睡着了。桂仙你不能睡着，我来求你给我一个结果。明天我把你的垃圾卖了，给你找个闲空着的屋子，孝良村养你，要你干干净净活个老人。现在只求你给我指明我该怎么办。我知道那女子不是我的，可我偏偏不能叫世人知道我还和她妈有牵扯。桂仙，你知道那女子是做啥的吗？在城市里做"鸡"，和她妈当年一样。桂仙，你知道耀亮买下的四轮车是谁的钱？一半是我给苏红的，一半是他闺女出门赚下的。桂仙，你说话，我明天就叫你搬家。

桂仙张开手臂怀抱着什么，嘟嚷了一句："不，我的，我的。"

李宽成明白桂仙的话在此时有多金贵，沙沙作响的碰撞声是桂仙的道场，桂仙怎么舍得离开？桂仙说"我的，我的"，那不是我的，我不要。对！

"桂仙，我不要？"

李宽成的眼里涌起了两泡泪水。桂仙扭转了头，长这么大，他第一次看见桂仙的笑，桂仙的笑蛮有劲，一点都不松垮，看不出她内心深处埋藏了什么悲苦，那笑简单得就像从心里反射出来似的。接着桂仙悄声细气地埋下了头。李宽成觉得桂仙的笑蹊跷，像禅一样，叫他不明白。但桂仙能笑说明事情有转机，回想刚才桂仙的笑像一道激光，直射他的眼睛，李宽成被那笑激动得气虚神疲，由不得自己跪在地上梆梆梆磕了仨头。他奇怪他在桂仙跟前咋会没有一点力量呢？

李宽成走在月夜下，一路上泪眼婆娑，脆弱的心似乎经受不住感情潮水的激荡，只有桂仙知道他灵魂深处的隐痛。桂仙桂仙，你救我，只有桂仙你能救了我。月明下李宽成摇摆着，推移着，他再都不能像从前那样称雄发威了，他唯一的主心骨在身后那个堆满垃圾的屋子里，她是唯一在这个世界上值得倾诉的人。我从明天开始见人三分笑，对，桂仙你那笑是告诉我，我以后不能张扬了，你是叫我绵里藏针哩，叫我做孝良村的笑面虎。李宽成走在村街上，像走在草皮毯子上一样被风张起，贴在谁家的门窗前了。他惊惧地拍门，发现门虚掩着，原来是自家门前，他的糟糠妻在门口站着一脸担心。他很不自然地笑了，笑容颤悠着悬空后又落回到原地，李宽成恼怒地吼道："这么晚了在门口等啥？不睡，不怕狼叼走你！"

李宽成的老婆不声不响闪过一边。

李宽成又转回头说："你咋跟个鬼似的，不知道笑？"李宽成笑了一下，又笑了一下，精气神全然被这两声笑笑散了。

老婆黑在大门道里，惊恐地睁着双眼看着李宽成的脊背。

六

一早，孝良村要起风了，风在后山的豁口处徜徉着。半上午悠过来一疙瘩云，那云很黑也很厚，雷声隆隆地击过来，暮秋的温气，和着熟烂了的南瓜的清香，一些尘土扬起，那风眼看着就大了。街心的老槐被风刮得哗啦啦作响，细碎的叶片蜜蜂似的乱飞，接着雨就来了。大雨乱泻了一阵子，平地不一会儿就涨起了水。

耀亮在自家的大门道里一直看外面的雨势，四轮车上的玉米已经装好了，怕下雨，上面铺了雨布。雨大时敲打着雨布，纷乱敲击的雨，相互摩擦，相互碰撞，相互扭结，一时间隆隆爆响。耀亮没有表情地看着，似乎雨与他有关，又似乎与他无关。

苏红在床上撅着屁股看窗外，雨下得大了，她想喊耀亮回屋里来，玻璃隔着音，外面什么也听不到。她手里握着七百块，是给耀亮准备赔人家撞塌茅墙的钱。这七百块是从丽丽两个月前寄回来的一千块中取出来的。丽丽说她在一家幼儿园当老师，幼儿园的老师工资高，一个月往家寄两千，供弟弟读师范用。苏红蘸着唾沫星数钱，数着数着就哭了，苏红心里的滋味没有人能体会得到。她始终不相信那个碎得没有一块完整骨头的女子是自己的丽丽，那有多大的仇啊，丽丽不会遇见那样的下得了狠心的人。

一只鸡被什么动静惊扰了一下飞上了院墙，墙根下的鸡也密密麻麻地飞上去，接着又飞出了院子。隔着雨帘苏红想，鸡是被雷声吓着了。鸡们凌空飞去时，那雷声就在半空中吊着，鸡为啥冲着雷声而去？再仔细辨认，发现耀亮手里拿着一根长棍，那根棍颤悠悠悬空在雨中，耀亮是看着鸡难过了。那根长棍戳着跳上飞下的鸡们。苏红屏息感觉着屋外的动静，那根长棍抖动着。雨大，仔细辨认，看到耀亮的脸干巴巴像硬纸一样毫无表情。鸡们站在墙头上，雨淋得它们站不稳，翅膀展不开，耀亮跑进雨中，长棍伸上墙头，鸡们翻越到了院子外面。一串闪电带着呼哨，那雷声坠着那呼哨炸裂了。

难道耀亮知道了什么？自己的从前？"鸡"，一个对歌厅小姐敏感的叫法。苏红的脑子嗡的一下炸了。心咚咚跳着，她跳下床站在门口，想问问耀亮为啥要对鸡生气。可她张大了嘴说不出话来，心灰意冷地打了个哆嗦，返回到床边。失望是可以想象的，无数个问号，无数个答案，此时她的脑子里不知道从哪里开始。当老公家喊她第二次去验血，她认为他们是扯淡哩，没能力破案就说没能力好了，偏偏说要讲科学。苏红既然不相信那女子是丽丽，所以她也就不想配合他们。她说是李宽成的，你们公家人不是伙穿一条裤嘛，说丽丽是李宽成的不丢人，咋说也是村长哩。她不能说闺女是那个人的，人家结婚生子，这事儿容易叫人家家庭闹不和。何况，说是李宽成的，李宽成就得出面想办法，就得捂着这事。李宽成不是好东西，我闺女没了，他一副幸灾乐祸的样子，闺女是你李宽成的，套牢你，叫你再都不敢在孝良村蹦高。

鸡在大门洞里探头探脑，耀亮照着鸡们踢了一脚，又踢了一脚。乌云低垂的铅灰色天空，雨依旧下得急迫。苏红不怕耀亮，就怕孝良村人猜测她从前在外面做"鸡"。不是苏红脸上没有光，是韩家的后人、儿子的未来要叫人笑话。男人活在世上宁叫人恨也不能叫人笑话。苏红转过身不看窗外，火炉上的水开得急冒热气，她双手捂着那热气取暖。

苏红想木匠王伯当。

想他的时候坐在床上越过院墙看南山。南山外是乡，那个该自己打理的店铺叫人家占了窝。不知有多少回，是风轻轻喊醒了她，风比手指还要温柔，抚摸的方式像是一阵气息，那么和缓，搭在她的肩头，却让苏红感到一个人与她靠得很近。那个近便是她的女儿丽丽。她的记忆里一直保留着那夜的花香，在花瓣上停息的瞬间，王伯当在她的身体上留下了印痕。爱还在，只是守不住了。那夜，苏红和王伯当喝了很多酒，在花丛中，王伯当像嫖客一样充满了仇恨在她的身体上嘶喊。她愿意他蹂躏，她甚至用尽了一只"鸡"对嫖客的妩媚来勾引他蹂躏。月明在树梢上挂着，浓叶中露出的屋瓦灰亮灰亮的。身下的花是迎春花，她把自己脱光了躺下，春天的风刺不疼她的心，她想用身体的疼唤醒自己。迎春花的枝蔓刺得她疼痛，她就想寻找痛，她这一生因为贫穷，疼痛已在她心里成瘾。

苏红说："你看着我，看我的柔软能不能留住你的心。"一个很本分的，勤勤恳恳过日子的人，一个木讷地把一切看得很重的人，一脸汗水，一脸泪水，俯在她身上。苏红流着泪说："我站在街道上看人，我找不到幸福感，没有一双眼睛关注过我。当关注我的人走近我，我从他的眼神中读到了什么，我是一个体态丰满，面目干净的人。我也知道劳动是幸福的，在城市里面对家里的贫穷，我的双手战胜不了我的身体诱惑，我的身体比我的双手更能赚钱。我没有想到我的结局会是这样，我把自己完全地给你，你这一辈子可能不会也不想见到城市里的'鸡'，我告诉你，我是。你在一只城里'鸡'的身体上发泄吧。"

月明悬在山顶上，不动。月明长久地驻足而没有移动使苏红疑惑。爬起身来，仔细观察，才发现"月光"是屋顶吊灯灯光，她穿戴整齐躺在床上。一张李宽成的脸，像一泡牛屎被屎壳郎蛀得千疮百孔。苏红坐起来许久不说话，我是这样的女人，他果然丢掉了我。谁害我成了这样的女人？她问李宽成自己为什么在这里。李宽成告诉她，"是王伯当把你背来的，说酒喝多了，要我把你送回家。"

"那他为什么不送我回家？"

"你家不该是他那传统人去的地方。"

那是一眨眼的工夫，苏红感到羞耻，感到细细的惆怅与后悔，现实让人生有了某种凭据，苏红发誓一辈子不见王伯当，不见！

昨天的一切都是贫穷的臆造，李宽成的幻想罢了。苏红逃出队部，没有什么能给她安慰。她咬着嘴唇在难过中走回家。

雨似乎小了，苏红听见耀亮发动车，她突然发疯地跑出去，跑到驾驶室旁，把手里的钱扔进去。苏红没有看耀亮的脸，她就像一只真正的鸡一样，不幸成为人们堵截抓捕的活物。她只能用曾经受伤的心灵去感觉社会，一种无法摆脱的求生的自卫方式。苏红甚至想，我是"鸡"，可我养了一个有教养的闺女。她坚信丽丽还活在这个世界上。

雨住之后，李宽成领着两个人来到苏红家。他们也许是看着耀亮的四轮车出村的时候才决定来找苏红。苏红从李宽成的脸上看到了噩梦降临。苏红想客人来家时应该做些什么。去厨房里倒两碗水，拿烟，让坐。她没有给李宽成倒，李宽成的眼睛始终没有离开苏红扭动的腰身。其中一个人为了缓和当下的气氛站起来走到墙上的挂历前，那是一幅色彩无比鲜艳的挂历，挂历上是县城的风景，县城的街道比当年拓宽了许多。那个人翻阅挂历的手停住了，两个多月前的某一日，苏红在上面写了一行字：和闺女通话，闺女说她想回家。这一天她没有音信了。那个人看了苏红一眼。李宽成一直在笑，无端地笑，笑得苏红很恼火。

其中一个留寸发的人说："当下没有外人，我们来的目的是告诉你，那个被害的死者不是李宽成的闺女。那么，她是谁的孩子？你必须告诉我们，因为人命关天。"

李宽成笑得很直接了，看着苏红说："我说不是我的，我和你没那事对吧，苏红？"

苏红的恼火渐渐地冷却了，使她感到世上的东西怎么这么没有意思。鸡们在院子里走走停停，然后直起脖子四下张望。她听到屋外的树上有乌鸦在叫，接着是扑翅的声音。苏红觉得李宽成也听到乌鸦的叫了，那张脸抽了一下，抽出一脸死难看。岁月错综得叫人无奈，她并没有回答李宽成的话，对着两个便衣警察，苏红先是撩了一下前边的头发，这些并没有掩饰的意思。雨后的天边红得像血，太阳要出来了。

苏红说："既然不是韩耀亮的，也不是李宽成的，那个死去的闺女不是我的丽丽。"

一屋子人惊讶了。

先是李宽成急起来。

李宽成说："我和你闺女没有半点血缘，你该知道，你这么惑乱人心，你是要毁了我的声誉。"

苏红说："人分亲疏，一个死人身后都有一长串在世相连的人，到末了，死的死了，不想死，纵有千般不舍也死了。我一生把自己给过两个人，一个是她爸韩耀亮，你们硬要说不是，那另一个人就是你李宽成了。"

"胡说，胡说。苏红你不能害我呀！当闺女的时候你可是在歌厅干过的。"李宽成急了。

苏红说："你没有逛过歌厅，你怎么就知道我在歌厅干过？你是经过组织推举由村民选举出来的共产党干部哩，你去那歌厅做啥？"

把李宽成弄了个尴尬。

"呵呵，我也是道听途说。不足为凭。不足为凭。"

苏红对公安的俩便衣说："那闺女不是我的丽丽。你们走吧！"

两个便衣警察真不知道该说什么好。李宽成求助地看着他们。

苏红说："一辈子和土疙瘩打交道，耀亮把公家的事看得很重。他知道不是他的闺女，十八年养大的心头肉，你们叫他怎么割舍？李宽成当村长，做事灵醒，如果我丽丽还活着他就不是丽丽的爸。"

其中一个便衣说："你不想知道你女儿的生死吗？"

苏红说："如果她还活着，她终究要回来。如果她死了，她爸韩耀亮会寻回她的尸骨，而不是你们公安。"

一切不能如期进行下去，李宽成领着他们走出苏红的院子。

李宽成说："那闺女真的不是我的，你们要相信。"

两个便衣一起回答："肯定不是你的。"

"怎么能证明不是我的？"

"事实已经证明不是你的了。"

"可苏红说是我的。我不能告诉世人不是我的，那样我是搬起石头砸自己的脚，等于是告诉世人我们有一腿。"

"你为什么要告诉世人呢？"

李宽成想：是啊，我为什么？可不为什么，为什么他们就都知道了呢？

苏红一个人在屋子里，面对强大的恐怖她有点胆怯。黑暗在她即将崩溃的身体里，她醒着，醒是孤独和绝望的眼。她走到墙上的挂历前，她讨厌这个挂历，它把流动的时间静止了，它竟然能把时间的真相隐藏和固定在每分每秒里，她一天一天走过来，时间让她回不去头，它和时间合谋欺骗一切。她反身从抽屉里取出剪子，然后再一次朝墙走去。苏红多么想忽略从这一瞬间到那一瞬间过渡的每一个细小的稍纵即逝的时间，像从前一样，过日子，有牵挂，有自得，有争吵，可日子过得踏实。眼前她的心搁揽得难受，时间永远叫她回不到从前了。苏红狠命地拽下挂历，她开始剪碎这些色彩斑斓的挂历，这个留下她疼痛的城市。她高兴看到那上面的风景碎了，只有剪碎那些风景，她才不会去想它。剪啊剪啊，那些剪碎的纸片上沾着苏红的泪，纸片纠结在一起。

　　她开始下意识地喊着丽丽的名字，丽丽丽丽丽丽丽丽丽，妈喊你回家，丽丽丽丽丽丽丽丽丽，你听妈给你讲。妈当过"鸡"，你在妈肚子里坐床时，你是正经人家的闺女。你的爸他懂手艺，他懂得用一双手养活自己，自己的家。年轻时候你的爸他走乡串村给东家做柜子，给西家做箱子，他的技艺好，活做得精细，一道河上下的村子都有他做的箱子、柜子、桌子。那时候，他做活工钱是从来不收的，顶多是吃两顿饭，谁要提说工钱的事，他就扭身走人。当年你姥姥家求他来打柜子，那时候他认识了妈，妈缠着他叫他教妈学锛、学刨、学锯。他说女人天生不能干重活，女人天生是吃轻闲饭的。妈看下他了。他看不上妈是对的，妈做不正经的营生，放弃自己的尊严，妈从那些人手里接过钱的那一瞬里，妈就会闪过他的脸。妈丢脸啊，妈是放弃廉耻了，在妈的身上没有廉耻，钱不廉，所以没有耻。有许多东西，丽丽，你没有体验过。你才十八岁，生活不会重复，你的十八岁多好，师范毕业，去城里打工，你说你去时就被幼儿园招聘了，你给妈真争气了。你已经用你赚下的钱养活家，你的完整的家，有爸有妈有弟弟的家，每次回家，送你走，妈都要领着你走过村街。我的闺女，我养活的闺女多优秀，在城里当老师。比起那些在城里饭店当服务员的闺女来，丽丽，你让妈光彩了。妈要停留在从前，停留在丽丽的从前。从前多好，欢声笑语的一家子，正经人家的一家子，有儿有女，比那些只有一个娃的人家，咱们一家子多幸福。

门外有什么东西在吵闹，苏红站起来看外面，是一只猫惊吓了地上的鸡。苏红想，明天从窝里直接逮了鸡去卖了它们，她听不得这叫声，她也不想叫耀亮再听到这叫声。苏红点燃地上的挂历，一股烟冒起，幽蓝的火苗慢慢地甯起来，是压了塑料膜的纸，那些高楼大厦翻卷着燃得很是欢快。苏红把那些燃尽的灰扫干净，倒灰时看到天空晴了，天老爷喜怒无常，说闭眼说睁眼都由着性子。天老爷啊，你可看得见我的丽丽？

苏红坐在门墩上想丽丽的小时候。丽丽不是女娃性格，小时候就是家里的淘气包，常和男孩子一起钻进黑泥地里走，觅雀蛋、摘人家的果子。有一年秋天往谷子地里的羊肠小道上，路两边长满了庄稼，苏红挽着篮子往谷子地里走，突然有一个人吼了一声："站住，拿出买路钱！"苏红吓得打了个趔趄，回头看是自己的女儿丽丽。那小脸满怀快意，若无其事地指挥着一帮男孩子扬长而去。耀亮常说："女儿性野仿男娃不吃亏，随你的性子，一点都不随我。"苏红每听耀亮说这句话心里都咯噔一下，可苏红知道，女娃有这样的性子不吃亏，或吃了亏不服输，也不好。女娃的性子要柔软些，给自己留条后路，算是给自己的将来搭个桥。好歹毕业后丽丽去了幼儿园，好，苏红高兴，幼儿园的孩子们能改变丽丽的性格。苏红养过两个孩子，她知道孩子的脸蛋上写着快乐，大人笑，孩子笑得更欢，眼睛骨碌碌转。没有几分耐心是带不了孩子的，正好磨炼丽丽的性子。可失踪的这些天里，为啥老公家说幼儿园没有见过有丽丽这样一个女娃呢？苏红心里突突跳，可就是不想去想那个被碎了尸的女人。

苏红不想了，回屋子里收拾家务。扭转掉转都是女儿丽丽的影子，她努力去想李宽成的脸，韩耀亮的脸，王伯当的脸，那些脸轮换着抵消丽丽的影子。过日子不能含糊，是个人，活着就不能只为了自己，就算丽丽再也不回这个家了，这个家得存在。活人不能乘兴而来败兴而归，装着从前的日月，从前的好，从前是一家人。谁再说丽丽失踪的事，她决定告诉他们丽丽有音信了。

七

桂仙像打量一个陌生人似的缓慢而恍惚地看着王家的老槐。没有谁见过桂仙这么仰头看过天空，她恍惚着，由于恍惚所以她缓慢。仰头的样子由于缓慢显得霸气十足。树上的落叶三三两两往下掉，四周寂静的雾气和阳光像一条蛇蜕变后留下的皮，有些缥缈。李宽成在远处看着桂仙，他觉得桂仙越来越不是以前的桂仙了，这名字隐含了玄机呢，为啥以前就没有悟透桂仙的名字？桂仙见了自己总说："你呀。"那"你呀"是有小暧昧在里面呢。那意思是我不能胡思乱想，我如想得多，我就事多，我如不想，我啥事没有。孝良村目前除了苏红的闺女，再都没有啥事和我连着了。既然老公家都明白苏红的闺女不是我的闺女，我在孝良村的地位还是要仰着头，摆出一副老大的样子。农民没文化，按修养哪个怕你，他们就信这仰脖子望月。你看桂仙，仰着脖子，你能看出她是个癔症蛋？

孝良村人说，孝良村的村长不需要多大本事，因为，孝良村打家劫舍的人都进城了。李宽成认为孝良村的人是在小瞧自己。怎么能叫他们小看自己呢？看孝良村剩下的这些人，不说打家劫舍，就说那些难缠货确实是进城了。可进城去的人，他们的根脉还留在孝良村，在孝良村永远你都不能放松警惕，动一发而扯全村。苏红闺女的事再也不能闹了，再闹把自己也弄得不人不鬼了。得摁住，大事化小，小事化了。

风把一处人家的裤衩吹到村街上，有个小屁孩一路慌张着跑过来哭个不停，一只苍蝇正舐着他的鼻涕，桂仙追着那风吹落的裤衩跑。开小卖铺的伸出头来朝着桂仙跑过的身影喊："疯婆子，你死呀！"那条裤衩是他媳妇晾晒在窗户外铁丝上的，女人从小卖铺里走出来睁大眼睛。一只狗从一户院子里蹿出来，看见桂仙跑过它就叫，一边叫一边扭头看李宽成。小卖铺里的男人喊道："人不要脸了狗都讨嫌。"

李宽成认为这句骂是冲着自己来的，因为狗正好看着自己。

李宽成扯开嗓子骂了："狗日的，你骂谁哩？别以为开了小卖铺就忘记了从前，你从前咋活人哩，你狗日的真不长记性！"

小卖铺里的汉子知道李宽成是理解错了，他是骂桂仙追着媳妇的裤衩跑，那裤衩不能要了。但是，那是莫代尔料子，桂仙捡了若穿了，那不是辱没祖宗嘛。他咋敢骂孝良村的强人，他开小卖铺还仰仗了村长的照顾。他吸溜了一下鼻子，一脸无奈地看着李宽成笑。

李宽成骂："你不是腿长脖子短吧，咋的不骂了？你骂啊，狗日的，我管不了你了，多赚了俩钱你就翻脸不认恩人了。"

小卖铺里的男人说："我是骂桂仙哩，我哪里敢骂你，借我胆也不敢。我知道你这几天摊上事了，有啥事都是那女人不要脸，也不照照自己啥样子。我们都不相信你和她有事，我们私下都议论该怎么给你出个证明哩。"

李宽成笑了一下，说："出啥证明？我摊上啥事了？你说说？"

小卖铺里的人底气显得不是太足地说："说苏红的闺女是你当年打野食落下的种。"

这下李宽成直着眼吼道："这黑锅背在我身上都快二十年啦，娘的，我偏不尿苏红那一壶。她当年在城里做"鸡"，她和谁打野食还得两说，摁我头上，你们是闲着把我当口香糖嚼！"

小卖铺的人突然缩回了头，急速转身回到了小卖铺里。李宽成来劲了，拿出当年一跺脚就掉土的威风，"咋关键时候你缩头乌龟了，你不是蹦得高？你们谁再这样议论，我叫老公家弄了你！"

一句"弄了你"还没有结束，一个人的拳头就迎面过来了。李宽成努力睁开眼睛，又一拳上来了，倒退了两步后他终于看清楚了是耀亮。

李宽成说："强龙还不压地头蛇哩，耀亮，你这好好的为啥动拳头？"

耀亮撂下一句话："叫你也长长记性！"

李宽成还想发威，耀亮起身就走了。孝良村的蔫人也敢在村长头上动武了！等耀亮走没影了，他跳脚骂了一句："别以为老子怕你，你活到现在还是老子的钱养着你哩，你在老子面前想翻天，也不尿泡尿照照脸有多大个面。"

街道上静悄悄的，王家的老槐长出了一个瘤子，这以前李宽成没有发现，一时发现了，就觉得有些怪异。瘤子的四周长了一圈狗尿苔。一只乌鸦飞过来落在瘤子上，乌鸦叫了一声："啊。"一下把李宽成叫醒了。李宽成想找桂仙，哪里有桂仙的影子。他看到地上流鼻涕的孩子，那孩子也看着他，眼皮眨也不眨。突然那孩子笑了，咯咯地笑，一副天真无邪的样子。李宽成很严肃地喊："你笑甚？你还有脸笑。"那孩子笑得更欢。苍蝇嗡嗡嗡绕着他飞，简直是耻辱！一秒，两秒，李宽成数时间，足有三分钟。孩子的笑弄得狗又开始叫了，这下狗叫声像点了捻子似的，孝良村的狗都开始叫了。听得那孩子叫了他一声："村长爷，你像个大熊猫。"

孝良村热烘烘臭腥腥的，那些狗你追我，我追你，它们狂叫着，流着涎，撒开爪子跑，撞击得李宽成东倒西歪。他想离开这些奔走的狗，可他的脚好像被什么缠住了，他拔不出脚来，更走不快。他低头看他的脚，光净净的，没有穿鞋，也没有穿袜子，脚下既没有绳子，也没有踩进烂泥里，可他就是想跑跑不了。突然他睁开眼睛，看到自己是躺在桂仙的炕上，四下里的垃圾吵闹着，一股潮湿霉烂的气味缭绕在他的鼻子前。他是怎么走到这里来的，他已经不知道了，可他受了耀亮的侮辱他隐约还是记得。他刚才做了个梦，身体是不由自己支配的，梦支配的是灵魂。回到现实中，他翻滚了一下身子，下地后迅速走出了桂仙的屋子。站在阳光下，他明白自己不能因为被耀亮打了就钻进了疯婆子的屋子，这屋子阴气重，叫人笑话，又不是上边来人访贫问苦。这是要叫全县人笑话的。他拽起衣角抹了一把脸，很从容地走过村街。他是一村之长，他得有村长的风范和肚量。他决定原谅耀亮，他闺女毕竟没了，容他在自己身上出气，出个够。这样，他便仰着头不觉得有什么不好意思地走回了家。

地里秋收完了，秋天的玉茭该卖的都卖了，不卖的等明年开春卖。以往的冬天，耀亮和村长相处得关系好，能去煤矿拉拉发给孝良村一家一户的六百斤煤。他这一动手，这层关系就断了。耀亮不是有意打李宽成的，实在是走到跟前听见了他说苏红的话，一时间憋着的难过都来了，不管不顾就上去了。他沉闷着，从来在家里他都是没有决定和反驳权的，可他这一回真动手了，不知道该怎么回去和苏红解释。

走到大门口，看到苏红在院子里撵鸡，扭来扭去，鸡们叫得腻腻的有几分不舍，盯着苏红的脸，边跳着脚边知冷知热地看着苏红。苏红说："咕咕，回窝里呀，快回窝里，你们要知道我的难就回窝里。咕咕。"

苏红抬了一下头看到站在大门口的耀亮，汉子黝黑的脸膛多了一层老红。耀亮看到苏红的脸上汗津津的，湿湿的两缕头发挂在嘴角。耀亮说："你这是做甚？大白天的撵鸡。"

苏红说："丽丽来电话了，说谈上对象了，卖了它们，过几天咱俩出趟门去看看丽丽。"

耀亮莫名其妙的，做梦都梦不到的好事，苏红很轻巧地就说出来了。耀亮走进院子呜哧吼了一下，鸡们架着翅膀飞上了院墙，飞出了院子。

四十出头没了闺女的苏红一下不知所措了，这事摊上谁谁都会晕头转向。苏红突然觉得她设计的未来破灭了。苏红快速跑回屋子里，耀亮跟进去说："苏红，闺女人没了，你不要去想她还活着，我们得想想她怎么死的，她死得不明不白，抓不到凶手，她死得屈，我们得找老公家给她报仇。你醒醒苏红。"

苏红仰着脖子说："丽丽活着，好好的，在幼儿园当老师。她就是来电话了，她还说她有对象了，是外地人。"

耀亮每天都在打那个电话，上个月就已经成了空号。

苏红说："你不信耀亮？我听见丽丽打电话的时候，还有小孩子在说话，那些小孩子们围成一圈，一边拍手一边唱歌：找呀找呀找朋友，找到一个好朋友，敬个礼呀，笑嘻嘻呀，握握手呀，你是我的好朋友，再见！"

耀亮想说他刚才打李宽成了，可他现在说不出口，有个东西蛇芯子一般幽微冰凉地在他脸前吐纳着。耀亮给苏红倒了一杯水放在床头前，他独自出门去了。

出了门他不知道做啥，想哭。过日子，天气好坏不能由自己，可这个家他得顺着苏红的脾气过下去。就算是别人的闺女他也认了，他看着出生，看着长大，看着开口叫他爸。她给这个家里带来过那样多的快乐，她爸啊爸啊叫自己。他熟悉的往事里因为闺女他大声地笑过。所有的一切都因为有了苏红，他得一辈子感谢这个女人，这个女人是下嫁到韩家的。他韩耀亮有啥能耐叫这么好的女人陪自己过一辈子，给自己有儿有女的名分，让他韩耀亮把日子过得这么有劲头，这个时候他不能不像个男人样。他抬头看到日头上了屋檐，鸡们一只一只溜了回来，他开始动手不费吹灰之力把那些鸡三下两下逮住，用一根细绳子把它们穿在一起，提着那些鸡出去的瞬间里他回了一下头，看到苏红的脸贴在玻璃上看他。玻璃忽略了苏红脸上的泪水，苏红多想像往常一样，耀亮进门来，先汇报再行动，耀亮走出院门的那个背影深深印在了苏红心里。为了在外读书的儿子，她一定要告诉他姐姐在外当幼儿教师，后来，找了好人家嫁走了，嫁往他乡。姐姐是他读书的榜样。

八

冬天，说来就来了。人们像往常一样，冬天时什么想法也没有，老一些的人在太阳底下晒太阳，年轻一些的在屋子里打麻将。人在对岁月没有透彻了解之前，冬天的来临只是一年的一个季节。苏红清晰地感受到了冬天的来临，她的鬓角无声地长出了白发，她买了染发剂自己在家染了染，有些难过，那难过很快就被要过下去的日子抵消了。初冬的第一场雪下得不够绵密，雪后的土地上有些泥泞。苏红不想出门，坐在火炉前给即将出嫁的丽丽纳鞋垫。孝良村的人知道失踪的丽丽有消息了，过罢这个年就要出嫁，苏红说此话时一脸的笑容。孝良村的人心里有恐惧也有好奇，可眼睁睁看见了苏红的笑了。丢失了闺女的人不可能把痛苦藏到心灵深处，不留一点踪迹。大家虽然疑惑，可也只能等丽丽回来出嫁的那一天。

孝良村被一张李宽成取回来的晚报弄喧腾了。

报纸上大意说，发生在半年前的郊区湖边的碎尸案破获了。十八岁的女孩，第一次外出打工就遇见了要命的人。那个人像猎人一样在大街上寻找猎物，女孩的出现，他明白是他盘中的那个菜。男人把女孩带走了，带到一个洗桑拿的地方，女孩在那个地方被男人控制着卖淫。女孩的成长几乎是绝望的。惊慌、恐惧、痛苦、绝望，挺过来时，女孩突然很无所谓了，忍到麻木，她把自己丢弃在生命的低谷。那个桑拿馆里的女孩都梳着青蛇头，那一圈一圈的头发，有时候又像菩萨的发髻。时间一长女孩已经忘记了那些有关疼痛的细节。女孩有一天终于染病了，那病让女孩想起了父母，想起了家。一个面容上有了冬天痕迹的人花钱来嫖她，她因为妇科病连带着脸颊浮肿，她不从，那张曾经白皙的皮肤上被那个色鬼抓出许多伤痕。女孩和诱拐她来店里的那个人说，她想回家。她不知道她是那个人桌子上的一盘菜。她很决绝地想回家。男人要她看一盘录像，那些不堪入目的图像里有女孩被蹂躏的情节。男人说回家容易，把这些寄给你的父母。女孩眉眼里盛满了泪和仇恨。就算死她也要回家，她在逃走时被那个男人打死了，碎解了她的尸体。男人从此在那个店里也失踪了。女孩一直告诉家里人她在外做另一种体面的职业，这样，就给这个案件造成了雾障。男人在另一个城市重复这样的事情时，被有幸逃出来的其他女孩报了案。男人被抓获时销毁了大量的录像，这样又造成了对这个案件破获的困难。最终那个报案的女孩提供了他在吓唬她时说到杀人碎尸的事，目的是想呵斥女孩，可最终成为他唯一的罪证，提供这个罪证的人是他自己。

报纸最后写道：这个案件的破获是今年以来我市公安干警破获的最大案件，同时受到了省里的嘉奖。

孝良村人在传播这个消息时，李宽成正走往通向耀亮家的村街上。

街道上空无一人，李宽成想，岁月在一个女人身上的开掘是残酷的，苏红年轻的时候和她闺女年轻的现在，岁月给了无限的可能性，可偏偏惊人地相似。

既然这个事情已成既定事实了，他就是要去和韩耀亮商量一下，是否把丽丽许配了阴亲，村上有光棍已经在和他说这事情了，他作为村长有义务促成此事。

李宽成走着，突然地，腿像封冻了似的，他看到迎面走过来的苏红和她的小儿。小儿放寒假了，苏红领儿子是要去哪里？

苏红走过李宽成的身边时，李宽成小声叫了一声："苏红。"

苏红笑着说："我丽丽来电话了，她电话里说，过罢年要出嫁了，我和儿子去镇上扯布给闺女缝盖（被子）。到时候说不好还要叫你村长当证婚人呢。"

走远的苏红把脚下的路拽得跟一根细肠子似的，拉着韩耀亮的命根子。韩耀亮的命根子已经高出了她半头，像个男人似的走在她身旁，只是身子骨还有些瘦弱。他拉着他妈的手走出村街，娘儿俩一边走一边聊天。

苏红说："你姐找下的对象可好，是大学生，家在外省，过罢年就领证，领证后就结婚。你可要争气，不要天天进网吧，要好好上进。有一天你要超过你姐，给你爸领回一个大学生对象来。"

命根子说："我姐她不领我姐夫回来？"

苏红说："等你出息了，咱们进城里去住，到那时你姐和你姐夫和咱住一起。"

命根子说："噢。知道了，妈。"

苏红说："活人容易活好难啊！"

下面的话听不见了，听得李宽成想哭，眼睛动都不动在听。等看不见她娘儿俩了，才转动了眼睛看四下。四下无人，李宽成突然觉得苏红走过的路的那一头有什么希望似的，牵引着他的脚步，他一步一步地也跟着走。路上遇见了村里的人，他说："你们不要瞎扯淡，苏红的闺女过罢年要结婚，我说不好要去外地做她闺女的证婚人哩。那娃是个好娃娃。"

村上的人看到李宽成脸上挂着泪。

李宽成从来没有像今天这样有一种温暖和感动。一直以来的紧张和压力似乎缓解了许多。他决定叫上耀亮去城里和老公家交涉一下那个被害者，假如能领回孝良村，他就把她埋到任何人都找不见的地方。

他走着，一直就这样走下去，他想走进苏红的心里，给苏红一个希望，让苏红一辈子都在愉悦的幻想中过日子。那样苏红就活好了。

活得自然
運得自在

丙申春日

天
下

一

谷堆坪在歪脑山的北面，进山只有五里路，山下一条眉河，秋阳下眉河水光潋滟，迷人眼目。

一天黄昏，阳光煦人，谷堆坪村妇软琴，在眉河岸边柳荫下捣衣。偶一抬头，瞅见不远处的河面上，浮着锅盖大一块黑乎乎的毛帕帕。软琴想，八成是漂浮着的枯树枝。又低头捣衣，没料想，当她又瞅了一眼时，那个毛帕帕浮出水老高，竟是个活物。冲着软琴而来，一忽儿水下，一忽儿又戳了出来，直到直挺挺地立在软琴面前，软琴才看明白了，是个男人。

晚霞在天空烧着，一河的红，像是画师拖着狼毫的泼彩。软琴立起身死盯着那个男人。男人也傻头傻脑，一动不动。瞅来瞅去，终于使软琴厌了，"你想做啥？"那个男人扑通一声倒在了软琴脚前。软琴心里发慌，捡起一块鹅卵石朝着近水砸过去，水花溅出老高，溅了那个男人一身，他依旧不动。死了，软琴想，这个人死了。

死人不可怕，这年月死人多，战争、饥荒，一天不见死人还叫人稀罕哩。软琴扶起男人的头，还有一丝气息。软琴想，指不定能缓过来。抬了头望对岸，对岸上泊村有一座古塔，以前古塔下有座庙

117

叫法兴寺，寺没了留下了塔。塔有些歪斜，河岸两边的人传说，塔倒时定要砸死一个戴帽人。人们互相等着看那个戴帽人出现。软琴从闺女时代活到做了人媳，除了当兵的后生戴帽，老百姓都揭着羊肚儿手巾，她要自己的丈夫霍长驴头上羊肚儿手巾都不要揭。软琴说："千千万万不能从那塔下走，你走过，我就成了寡妇。"

软琴想着就笑了。怀里的那个脑袋动了一下，缓缓睁开了眼。活了。他看到了软琴的笑。

男人忧心忡忡，脸色焦黄，眼神迷茫。软琴的笑渐渐地在他心里聚成一团温暖的东西膨胀开来，他支着肘想起身。软琴说："你站得起来吗？"他往起站时小声说道："带我回家。"傍晚时分慵懒的空气里，因为他的这句话仿佛叫醒了软琴的母性。软琴搂扶着他走，似乎他的腿也受了伤。这时节晚霞退了，满世界水流一样温情并且宁静。

走了一截子路，男人恢复了一些力气，软琴要他站下，她匆忙返回岸边取了木盆，跑回来继续搂扶着男人走。山口上玉茭地里的红缨须渐次变黑，穿过弥漫的庄稼的馨气，软琴气喘吁吁，因了裹脚，走得吃力。

软琴家的院子里，霍长驴拿着锤子敲铁，打击声空阔地传出院墙。软琴大声喊道："霍长驴你快出来。"霍长驴出了院子，破旧的黑夹袄腰间束了根布带，他跺了跺脚，伸出粗糙的大手接住软琴的木盆。男人歪斜了一下，脸一时扯得走形了。突然切入生活中的这个男人叫霍长驴的心隐约慌张了一下，他和软琴搂紧男人的胳膊，左摇右晃地进了屋。接着，霍长驴出了院门，看谷堆坪的街道，一群麻雀起起落落，在黄土道上希望渺茫地搜寻粮食。霍长驴听着自己变得急促的呼吸，他有些害怕此时出现的人的眼睛。如果忘掉刚才和记住刚才一样容易多好。毕竟是一个陌生人进入了家门。世道乱了，是福是祸他不知道，更不清楚要承载什么样的恩仇。

这个男人清瘦，个子不高，颧骨明显，眼睛眍在眉骨下，闭着眼睛，叫人明白不清。软琴倒了一碗水，霍长驴搬起他的身子灌了几口，男人咳嗽了一下。天暗下来，暗让什么东西蹲踞在屋子里。霍长驴说："你能说话吧？"男人咬着牙关点点头。"你从哪里来，要到哪里去？"男人压着气说："河对岸来，到河这边。"这等于没回话。

男人咧开嘴，什么地方又扯疼了他。软琴看他那一条僵硬的腿，解开裹腿时，软琴看到腿上烂了巴掌大一片，紫痂下拳头样鼓起了黄脓。从河对岸过来，拖着一条烂腿。软琴没来得及想什么，跳下炕捅开火，往锅里下了一把花椒。软琴从兜肚里掏出针线包，取了针在男人化脓的地方扎了几下，脓像癫蛤蟆的皮一样鼓出来，等脓清理干净后，软琴用净布蘸着花椒水洗，男人被洗得睡了过去，睡得踏实。

霍长驴看软琴，麻纸窗户透进来的光移动得快，软琴的脸被黑白替换着，只到黄昏最后的那缕弱光穿过云层诚实地射到软琴身边这个男人的脸上，他才开始疑惑这个人的到来是不祥的。再看软琴，河水的清凉都从幻象中来，似乎还在梦里。梦醒来，一下被霍长驴的眼神射过来的刨根问底拽住了。心里叹口气，心情竟然也茫然了。"河对岸来，到河这边。"河对岸有枪声，他是哪一派的人？这个男人头枕着胳膊，脸朝着他们，呼吸平缓。软琴使了个眼色，跳下炕出了门。

两口子站在院子里，头罩着黑暗交头接耳。河对岸，八路军和日本人在交战，子弹像发情的蜜蜂，似乎并不都是依附在树叶上，可是河对岸的树光秃秃的，全都叫子弹咬走了。软琴说："反正他是个人，咱得把他当了人养。"软琴掉了一下头，眼睛里有妇人的媚态。霍长驴知道说服不下软琴，想着，算了，明晨一早睁开眼这个人就会消失。

二

云朵移动得快，月明的清亮从屋外照进来，男人平缓的呼吸激得霍长驴脊骨发凉。门外不敢有风吹草动，睡得不实，坐起来取了烟袋一锅一锅抽。蚊子嗡嗡飞过，软琴也睡不着，门脑上捋下一截艾草燃了。艾草的烟气熏得两口子的眼睛半睁半合，眼前就不再和以前一样了，黑暗旋涡似的旋出无数个阴影，突然听得夜风使树枝树杈发出尖叫，两个人皮肤收紧，不约而同地看炕上的人。那个人睡得踏实。艾草的烟气集成一团别扭的影块，罩着他，不肯散去。

男人在软琴的炕上睡了五天，软琴每日都给他用花椒水洗伤口。男人醒来时一下坐了起来，抬首望屋子，渐渐地有了无助感。炕上只有一床破被子，屋子里空得不见一个装粮食的缸。他让软琴如鸟惊起，张皇扑翼地躲了一下他的目光。男人迅疾爬到窗户前看屋外，天空明净得像一个漆过的蔚蓝罩子，漆色明亮生辉。他转头看地上的软琴，因为躲避，软琴的两个奶子不停地摇晃，让他感觉到了人间热气。软琴从地灶里掏出一个土豆递过来，黑漆漆的土豆，吃起来有连着骨头带着筋肉的感觉。

他说："天气好。"

软琴说："天气好。"

他说："我没死，活着。"

软琴说："好好地坐在炕上呀。"

他说："我睡了几天？"

软琴说："你不知道啊？"

他说："都不记得了。"

软琴说："巴巴的睡了一巴掌。"

他说："误事了。"

软琴笑了。

软琴说："多事磨难，只要天不塌，人活着就不误事。"

他该怎么来和这个女人解释呢？

"你家一年四季吃啥喝啥？"

软琴说："吃风屙屁。"

软琴说话天高气爽的样子。

"我问的是你家粮食可多？"

可多？你看秋阳高照的山坡，该是男女老少立地根的时节，打仗，延续到啥年月呢？是人都乌龟样缩着，种那几分地粮食不够老皇（鬼子）来扫荡。以前秋禾多，糜子、荞麦、玉茭、高粱。战争一来缺口粮，土豆耐旱高产，人顾不得伺候也长。土豆成了百姓养家糊口的主粮。土豆耐得住天红日晒，切片晾晒在河滩上黑黢黢的，也不怕地鼠飞鸟啄咬。一年四季换花样吃，干土豆片可磨粉，粉可蒸馍、擀面、压饸饹，面糊煮菜糊脑也糊肚。粮食在家户里有个小名儿叫：金贵儿。这金贵儿吃多了屁多，你可听得见霍长驴夜里的响屁声？软琴边说话边在火上坐锅做土豆面糊，滑溜溜的面糊喝起来如北风呜咽。战乱使得山庄小户都沦为饥汉，软琴秋叶似的叙述，让炕上的男人默声了。

天黑下来时，男人知道了这谷堆坪有个富户姓黄，不仅有几十亩山地，还是大院家宅，骡马车辆，长工短工，还开了油坊。只是黄财主舍命不舍财，每日鸡叫起床，吆上牛驴，跟长工一起下地劳作，不歇晌。不过，给他当长工能吃上蒸馍米汤。软琴知道炕上的男人叫李满堂，对面武工队的人。过河来要做一件事，这件事，软琴不能够满足。夜黑的时候霍长驴回来了，他到对岸给日本人送柴，说武工队的人稀松扯淡，拿着土枪抢日本人的粮库没等来得及装铁砂和火药，叫日本兵一阵子乱枪打散了，还丢下了几具尸体。软琴看罢霍长驴看李满堂。霍长驴看李满堂又看软琴，想着，不会一天不在他们就弄下事吧？

李满堂挣扎着下炕，心像被什么呛着了，有一种渗透到骨髓里的阴冷，风从门外倒灌进来，盘旋在脚地上，盘旋着屋子里的热气。拐着腿往门外走，软琴使了个眼色，霍长驴扶着李满堂出了院。树叶间漏下斑驳的月光碎块，李满堂靠着土墙，浴着微凉的月光，一切敌人和仇人，吸血蚊子和风，担惊受怕，都暂时不能使他动弹。突然他抓紧了霍长驴的手，一瞬间话都开启了，像潮水一样地涌来，不可阻挡。

李满堂从河对岸冒着敌人的盘查来到河这边，武工队缺粮，他出门借粮，走到河边没躲过盘查被认出了。被发现后他决定赌命跳河，落水刹那中了老皇的枪子，他坚持做一条鱼，上岸前他有使命。没有粮食战争不能继续。跳河时裤裆里绑着一袋子光洋，游到河心都散了。一开始还能感觉到光洋在腿脚的一伸一缩中滑溜溜痒，弄得像洞房花烛里的春事一样，来不及激扬，那一抹可人的温存就完成了短暂的永恒。一颗勇敢的心和强健的体魄，他不希望挑战水时牺牲，牺牲在水里如同死在女人的身体上一样不够体面，他的死应该有更重要的意义出现。夜更加安静，树梢头似有生命一般，在身子下起伏，为了粮食，那些和老皇换命的人全依赖我还活着。敢和老皇换命，那是联系着无数人的苦乐。李满堂讲得断断续续，嗓子里像堵着一把柴草。听的人一时委顿如泥，一时又像采了花粉的工蜂一般，瞪大双眼，透出怪异。打仗是要死人的，霍长驴稀罕他不怕死，不怕死的人和普通人有啥两样？战争是一个大窟窿，把活人填满，最后站在窟窿前笑的那个人就是胜利者。普通人和不普通人的区别就是死决定一个人的价值时，不普通人什么都不怕。霍长驴一下神圣了，就是说人不能像死猪一样活着，死猪一样囫囵无知地活着的人，固然离开了死神的魔障，可活着时骨头都不会硬实。

霍长驴知道，黄财主家有粮，可黄财主最喜光洋。软琴要霍长驴去黄财主家试试，看有没有活口借得到粮食。软琴给了霍长驴一个眼神，霍长驴没回话，他就像软琴眼神里射出的箭，起身就走。

风如杀猪刀，刀刀挑着霍长驴的后脑勺。他缩着身子走到前村黄财主家的大门口，黄财主家的木门有肉案子那么厚，上面还包着铁叶子，两边是高大的风火墙，望一眼脖子都酸疼。举起手拍了几下铁门环，半天，黄财主挑着灯笼，穿着油渍渍的青布裤褂开了个门缝，眈见是霍长驴，也不大开门，只问，夜黑得对面不见脸，来做啥？霍长驴希望他把门开得大一些，黄财主抖着几根杂毛须，光亮照着他咧开嘴时镶了金的两颗门牙，人倔强地挤着身子不往大处开门。霍长驴说，想找黄财主你张个嘴，借一些口粮。黄财主上下打量着霍长驴，浑身不值一块光洋。这年月大风吹不来粮食，没有多余的粮食往外借。你可有光洋？光洋是粮食的爹。我是来借，借是不用光洋的。黄财主说，你是素菜落肚图个一脸舒爽是不是？不等霍长驴再回话，门重重闭上了。闭门时拍疼了黄财主的手，哎哟一声之后，安静得没有了下文。

霍长驴噘嘴吊脸往回走，泥路上四面透风，一地泥尘。走出老远后，黄财主家的狗蹿出来冲着他带走的影子吠了几下。霍长驴弯腰捡起一块石头蛋子朝着狗扔过去，嘴里喊了一声："日你祖宗！"狗站着不动，黄财主家的狗都敢站着不动，比他妈人还有定力。霍长驴的肚鼓得像猪尿脬似的，边走边抠手心里的老茧，抠不动时拿牙撕咬一下，也没感觉。手心里的老茧是岁月积厚的，那狗要敢近前来能一掌拍死它。路过黄财主的打谷场，场中央堆着隔年的谷草，经了一年风雨，黑污着。霍长驴怎么看都觉得那一堆谷草叫他难过，竖着耳朵听那风吹谷草的声音，单薄苦寒的日子，听那声音都觉得富贵。可那牵肠挂肚的黑影不是他霍长驴的，同村人拥肩靠膀，他黄财主就发了。他黄财主有的霍长驴都有，穿衣比黄财主费布，穿鞋比黄财主费鞋，个子比黄财主高，身子比黄财主宽，人不少黄财主的稳重。四外的风热了他也知道脱衣，也知道和鸡呀狗呀的去树下纳凉，可为啥钱财偏不爱戴他呢？话没说完，粮没借上，两扇门一合严丝合缝，孤零零把他竖在了门外。软琴回家又要数落自己，世事难料定，这能说算个结局？那谷草开始扎眼，扎得霍长驴眼睛生疼，想流泪。立住后，心里就生出了一个坏主意，那主意支棱在眼前，已经叫他身不由己了。

软琴在院墙上看街道，其实看什么都是黑，应该说是静听脚步声。院墙边立得久了腿有些酸软，扭身走进了茅厕。黑暗中软琴提了尿桶走出来，再看村街那条路，总是听不见伸过来的脚步响。李满堂说："他可借得上粮食？"软琴说："借不上。"李满堂奇怪了，既然借不上叫他去做啥？李满堂不解。软琴说："光知道下力气的人得空就该叫他动动脑子去。"这事不经意间就把李满堂绊得打了个趔趄，都说庄稼人简单，可他摸不住简单的脉。他有些失落地坐在屋檐下，风刮得屋檐往下掉土，不知道是喜悦还是悲苦。拖着一条病腿心态无比复杂地看着软琴，对这家，希望的苛刻程度早已超过了失望。

突然地听到了脚步声，那声音争先恐后而来，他希望失望不要来得太快。虽然失望怎地拦也拦不住，可那脚步声让他手忙脚乱了。他立起来逃避，与迎面过来的霍长驴撞了个满怀。跑进院子里霍长驴抱住李满堂眯着眼看。霍长驴小声说："粮没有借上可我烧了他的场。"

身后不远处红光一片，谷草抓住了风的势头，冲天而起。热闹声一时糊了软琴的脑子，半天忽然清醒，手里的尿桶递给霍长驴，叫他赶快往场上跑，去黄财主跟前，叫黄财主看见你脸上的急迫，还有你手里的尿桶。

霍长驴挤在往前涌动的人群里，许多人紧赶慢赶走，听不清周围的人在说什么话。走到场上，看到火苗下被火映红脸的黄财主，黑罩衣深锁着的冷峻让霍长驴一直以来望而生畏。周围的人都在吵，他不吵，一脸黑。霍长驴在心里攒着劲装着蒜，没事一样立到黄财主的对面，尿桶很显眼地放在明亮处的脚下。谷草燃爆的草灰蜜蜂一样乱飞。黄财主不看霍长驴，扭转身挑着灯笼走了。霍长驴突然觉得自己的胆量很有限，如果没有软琴指点，单独做事一定要和体力挂钩。黄财主一走，他手心里的茧子开始痒，想去提几桶水扑灭这火，他天生是来世间受苦累来了，心肠生不得半点疑病，一生疑病就想被人奴役。霍长驴中魔怔了，他摸黑儿到河里提水。站在河边长长的条石上，脚旁河水中突显出一轮月明，桶探进去时，月明碎了，碎成无数条小鱼，鱼儿像黄财主白他的眼睛，也不像，更像软琴埋怨的眼神。踏着月光提水泼在场上，水泛滥得满地流淌，淹没了谷草最后的火苗。黑了。白日也黑了。村里的人觉得霍长驴怪好心眼的，有人就去给黄财主报信，霍长驴在黄财主的心里生了几分温暖。最后的青烟缭绕着霍长驴的状态、情绪和行动，更为难过的是，一切难过都走在他的脸前头了，难的是山重水复的绵绵无期。

霍长驴回屋后，看着软琴笑，看着李满堂笑，觉得不是霍长驴了，是个真我。

天黑实时已经到了后半夜，他夫妻俩睡在李满堂对面的炕上，清醒过来的李满堂突然叫霍长驴不舒服,空落落的屋子里,留下个陌生人,好端端地打破了往常的日子,长久不得啊。

对面炕的李满堂说:"给你们添事了,可这事非添不可。"

李满堂怕这一睡,接下来的一天里霍长驴又会弄下啥事情来,人昏迷着万事皆安,眼一睁,事就要发生了。

软琴说:"上门你是客。"

霍长驴说:"是哩,上门不欺客。"

被窝里软琴踹了霍长驴一下,霍长驴拽住软琴的脚在她脚心里挖抓了一把。

李满堂脸冲着深蓝暗影的窗户,窗外有什么东西爬行抓挠。

"除了黄财主之外,村上可还有财主?"

霍长驴说:"村小庙小没那么多老爷。"

软琴说:"就是。就黄家有粮。"

这下轮到霍长驴下手了,脚伸到软琴的奶子上,就那么揉扒了一下,软琴在黑暗中神怡气舒地笑了。

李满堂脑海里过度激烈的矛盾斗争被这笑吓着了,不知道接下来的一天如何招架那扑面而来的光阴。

李满堂说:"可以给他光洋,可惜的是我手边没有,我来打借条,一担谷子两个光洋。"

霍长驴被激得坐起来,这下子软琴重重地踹了他一下。

软琴说:"要是有光洋哪用和人说好话。"

李满堂说:"我可以打借条,我总归是要来还的。"

霍长驴说:"横七竖八写几个字,就能借到粮?黄财主是人可不是蚊子。"

啪！软琴给了霍长驴一个巴掌。"总算把你打死了，叫你再在我耳根前嗡嗡。"

霍长驴躺下了，接着就进入了死猪的混沌无知中。

三

最先起床的是霍长驴，他端了碗水在院子里磨镰。嚯嚯嚯的声音啮噬李满堂的情绪。磨镰的霍长驴，脊背上耸起了力的隆包，他用拇指刮了刮刃，肘下一夹准备出门了。

黄财主家长工根宝推开柴门说："霍长驴，黄财主喊你去。"

这个时辰最活跃的是狗，黄财主家的狗在大门直着腿，分明闻着了生人味道，嘴里呼着声，霍长驴立定不动了。黄财主打开门，一股气势就出来了，狗的后腿一夹尾巴，整个身子都摇摆开。

黄财主一条腿把着门，手里捧着一只比头还大的碗，碗里盛着玉茭面黄疙瘩，碗上横放着一根腌萝卜，喝一口汤，吃一口疙瘩，咬一口萝卜，"你一身力，闲着可惜了，夜黑（昨晚）的事我看出你长了一副软心肠。隔岸皇军修碉堡，少劳力，你去，现在就去，管三餐饭，一天三十个铜板。"

霍长驴惊讶得张开嘴。

黄财主说："现在就跟了根宝走哇。"

霍长驴说："我得回家和软琴道别一声，好事，老爷，这是天大的好事。"

黄财主一边合门一边说："天生贱骨头，穷日子也没能熬败你贪老婆的性子。"

霍长驴还想说话，瞅见黄家的狗脑瓜上聚起一个疙瘩，耳朵直着，眼睛里要往出喷火，他把多余的话咽下走开了。

霍长驴拽了软琴飞速进了茅厕，霍长驴和软琴干骑在茅坑上，霍长驴和软琴说道开了。软琴听了霍长驴说下的事，不打底稿地说："买卖要做成生意了。拿光洋低价买黄财主的粮食，高价卖给李满堂。这中间弄好了赚一半，空手套狼，从现在起每天喝稀，省下钱咱就能置地了。"

霍长驴简直忍受不住软琴，在他眼里软琴没有毛病。热爱和喜欢一下充溢于胸，下嘴片扯起来吹了一声口哨，立起身出了茅厕拽着根宝就走。软琴呼地蹿出来，跑过去跳起来拽走了霍长驴头上的手巾，"你可不敢在那歪塔下走啊！"

日本人修炮楼，炮楼修得像做绣花枕头一样，把石块砌得四棱见线。台阶有一百个上下，修炮楼的民工从平地上搬石头，背泥包。霍长驴不怕出力，只要有一口饭吃，一步迈出来能踩一百斤重的力。

日本人脸上笑眯眯看着民工们上下穿梭，有时候也打瞌睡，民工们大气都不敢出。天黑得晚，日本人在账桌前算账，中指别着一支水笔，每个人背几趟他清楚得很。要发铜板了，突然又来了个日本人，看着民工们笑了，那笑喜兴也冒着坏坏的意思。两个日本兵开始为什么事打赌，两个人掏口袋，丁零当啷的光洋掉在地上。接着一个日本人从第十个台阶上往上放光洋，一个一个一个，放到最顶端。光洋不亮，眼睛不好使的还看不见。霍长驴看得见，眼睛好使，眼下他正缺光洋呢。民工都不动，霍长驴急急上前了一步，俗话说，急着挨刀子投胎呢。本来个子就高，往前一步，高出民工们半截。日本兵穿着马靴嗒嗒嗒地走下来，不看旁的人就盯着霍长驴看。霍长驴被看得不好受了，脸别过看远处。这地方看法兴寺的歪塔，半天空的几片乌云把歪塔的琉璃、瓦脊，托塔武士和直竖的避雷铁针都覆盖了。那个塔立了多少年，该是什么都经历了，为啥最后倒时还要捎带一个戴帽的？捎带一个日本人好了。

"你！"

两根指头夹着一个光洋的手指着霍长驴。

"我？"

"你背着二百斤重的驴往上走，第十阶上有光洋，捡一个是你的，捡两个是你的，捡到最后都是你的。"

喜上眉梢的大幸福来了。一天干下来人累得骨软腿酸，一说光洋，蛮劲就来了。

那厢伙夫抬着一口铁锅走来，民工们眼睛齐刷刷看那口锅，表情简直算得上肃穆。伙夫吹了一声哨子，民工们的喉结吃力而兴奋地转动不止，付出了一下午的劳动，下午时长，肚子都饥过了。

"你的，要肚子，还是要光洋？"

霍长驴思想斗争开了。吃饭后生力气，但是，吃饱饭力气也容易发懒。他决定一鼓作气。

所有人都看霍长驴，给他空开一个圈，有民工牵来一头二百斤重的驴，有人把驴蹄捆结实了，把驴搁在霍长驴背上，也不算重，他的腰还上下闪了几闪。一双粗大毛糙的手越过肩膀拽着驴蹄。第十个台阶上，霍长驴弯腰捡起一个光洋装进了口袋，手抖了一下，是下意识激动。他想起黄财主说过的话：任何一种高兴都应该有所节制，否则就会叫人瞧不起，叫世间多生仇恨。二十个台阶上去后，他觉得口袋沉了，他停了一下喘了口气，他想着，一百个台阶少了，再要多出一百该多好。有一只鸟从头顶上飞过，鸟把黑扯了过来，鸟屎吧嗒掉在了驴头上，驴扭捏了一下，鸟也来凑热闹。鸟飞过，地面上阴了几分。他想到，我每捡一块光洋，那些人心里都难过一回，可惜你们没那力气，也没我往前走一步的胆量！走上四十个台阶了，分明是光洋的诱惑在拢聚，他抬不直头，那蜿蜒而来的坡度一直排列在他脚前，胯骨头开始酸痛，胸口发闷，嘘一口气，鸟的声音传入他的耳孔时显得尖锐。什么都不敢想，什么都不能想了，想是要消耗力气的。走！第六十个台阶了，出力太多，身子乏软，四肢僵硬，汗流如雨。他想到了软琴，捡一个光洋，眼皮翻一下白，软琴，你骂我一声我再捡一块。台阶下的人听见霍长驴喘得惊心动魄，身体不再是上下起伏了，夹杂着瑟瑟发抖。走到第七十个台阶时，有人喊："霍长驴，你他妈该收手了，你布袋里装了六十块光洋！"眼红首先是从中国人开始的。这时他想到了李满堂，不赚李满堂的钱，交代不了布袋里的光洋。憋足劲上，再上一个！哪知抬脚时血往上涌，弯腰时努力喊了一声"软琴"，一口血喷了出来，人趴下了，一只手不忘举过头顶抓挖那块光洋，哪知两只眼睛啥都看不清楚了。霍长驴感到了无助和绝望，会死去吗？胃里的东西开始一股一股往上涌，眩晕使他很难立起来，他睁开眼睛时什么也看不见，身体开始萎了，这一横生的变故不是他想要的，他的力气可以证明他能扛起一头驴。

民工们没有蜂拥而上，他们觉得霍长驴发痛（发大财）了，谁给了他本事拿走这么多光洋？有人迫切希望日本人搜走他布袋里的光洋才好。看两个日本兵，两人脸上不怀好意地笑，同时也怯住了那些想上去的人。血顺着台阶流下来，空旷的台阶上，阴暗处血是黑色的。

"吆西，赶快抬走！"

根宝喊了两个人跑上去，三个人抬下霍长驴，不知哪个找来一块拆下来的门板，三个人压腰叠肚把霍长驴抬回了谷堆坪。

软琴吓得心都要跳出来。眼巴巴看着七窍流血的霍长驴，战栗、喘息，然后是眼泪大把大把落下来。俯身望着日夜相伴的男人，她的手在他脸上一遍遍抚摸，想把心里生动的温存刻进他的骨头里。霍长驴的脸上没有一点血色，出气微弱。血水吐了一脸盆，红瓦瓦的血，看着那血伤心一来就没法控制了，软琴的哭声几欲气绝。为躲避来人藏在柴棚下的李满堂，也被这莫名其妙的悲痛击倒了。等人都走光了，他走进屋子看着炕上的霍长驴，他是一点奈何都没有了。软琴脱霍长驴的衣服时，布袋里六十个光洋出溜到了炕上。她已经从来人的嘴里知道了一切，面对这么多光洋时她还是像叫人打蒙了一样，不堪重负地摇晃了一下，跌坐在了地上。

李满堂面对炕上的光洋，不知道该看还是不该看，它是用一个人一生的力气换来的。这个人昏死在炕上。他对自己的未来不可预测，生存之路，万里迢迢，何处才是尽头？他不能留在这个家里了，他欠下的债不能用光洋来兑算。如果不走会给这个无辜的家带来更大的灾难。他决定走之前抚摸着霍长驴的头，有些激动，这一辈子，这个家救了他的命，命只能有一次。门开时夜晚的月明把一层微弱的白光涂在他们脚前，苍蝇过来过去地飞，腿脚的影子折在脚地和炕墙处，如身后日子的断壁残垣。软琴的哭声穿过微弱的夜幕，撞在霍长驴的耳孔里，那声音撞得他几近死亡。

软琴拽住李满堂说："你往哪儿去？"

朦胧的夜色中，李满堂说："假如我活在世上，我会来谷堆坪看你们。我走之后，你赶快去请郎中，他的身体不能拖延，他是这个家的顶梁柱。"

软琴说："你把光洋拿走吧，钱是开路先锋。眼下路死野地的人到处都是，你腿脚不利落，伤口一直不好，出门也难活下来。"软琴对外面的世界不知，她记事起世道就不安稳。她出生在山后叫枣岭的坡地上，不被外人知道，从岭头上嫁到谷堆坪，村子不大，三十来户人，可比枣岭大，她认为这一生享大福了。一个女人的福气就是嫁一个长满力气的男人。李满堂这几天给她讲外面的世界，她虽然不明白，但是肯定有个道理在里边藏着。风刮起来，西天边上有半个月牙照着。软琴想，不拿光洋就不拿吧，他去哪里都能活下来，他是有本事的人。

炕上的霍长驴差一时就要说话了，"啊——拿——"话说完眼睛睁开了，像两个枣子一样血红。软琴俯过来，"你醒了，我说不叫你从那歪塔下走，你不听，我就怕你活不过来，丢下我在霍家守寡，寡妇门前是非多,我还能活成个人?!你可看得见对面的人?"霍长驴使着劲摇摇头。想抬手指什么,他是连二两力气都没有了。再问默声了。软琴喂了他两口水,他的脸像烟熏了一样蜡黄。

软琴从灶火旁的柴堆里掏出那六十块光洋,用烂布包好,麻绳缠了又缠,沉得坠手。软琴很慎重地立到李满堂跟前,"他方才想说话,就是叫你拿走,眼下秋粮下来了,黄财主家有粮食,你拿光洋去买。我原想着一担谷子两个光洋,想赚下你的钱买地,人不能有歪心,老天爷要报应,这就是现世报啊。你拿着去买粮食,河那边的兄弟们嘴多,用你的话说,嘴不多养不成队伍。我长这么大没见过光洋是个啥东西,见着了满足了焦渴,够了。咱不走夜路,天亮前出门,黄财主五更天就要下地,出门往南走,见人打听着,管保你能找着他。"

李满堂说:"大哥都这样了,我再拿走用命换来的光洋,我还是人?我不拿,出门总归有活路。拿钱给大哥治病,钱是好东西啊,买得来世上一切。"

软琴不高兴了:"霍家的命不够重量,见钱,人就败落了。你要记着这家人的好,你就拿着!"

看软琴的意思不拿是不可能了,一定要拿就得打个借条,空口无凭,见字为证。软琴找来一张糊窗纸,用刀裁下书页大,满屋找不到墨,软琴想到了锅烟子,拿刀刮下一些添了水,凑合着拿筷子削了一支笔要李满堂写。

李满堂在纸上写下:

今有武工队队长李满堂借下谷堆坪村村民霍长驴光洋六十个，用于给武工队队员买及时口粮，今后只要是武工队队员路过此地见此纸条一定要善待霍长驴一家人。三个月后一定送还光洋。

　　　　　　　　　　立此借据人：武工队队长　李满堂
　　　　　　　　　　民国二十六年八月初一

　　李满堂咬破手指按下血印，说："我现在就叫你嫂子吧。嫂子，你和大哥的好李满堂记下了，今生无以为报，容留日后报答大哥恩情！夜黑好行事，兄弟我连夜告辞了！"

　　没入夜色中的李满堂给软琴空留一屋子梦想。风吹着院子外面的杨树，杨叶匍匐在整个村子的上空，风把不能继续向前的一切推涌着，该生长的生长，该败落的败落。风让自家的日子无辜被挤出了一件事，她不明白为什么这件事放了自己身上，好好的一个汉子像一个土堆一样叫这件事给削平了。一张她读不出字的纸条，三个月后他来时已是冬天，冬天买下地正是施肥的季节。冬天他会来还钱吗？这张纸条莫名其妙地换走了她的光洋，可村子里的人谁会知道背后的交易呢？

四

三个月的等待于软琴是彻夜难眠，霍长驴拄着拐杖能下地了，腰脊处弓得像马鞍，他的眼睛什么也看不见，手摸索着门走到院子里。他很不适应当下的黑。第一场雪下时，他坐在门墩上看天空，风灌满了他的裤管，霍长驴明显感觉到身体在变化，形体日渐变得空洞，身体出现了颤抖，眼睛什么都看不见时，心难受来了也会流泪。耳力也不如从前了。回忆使他感觉到自己短暂的俯拾充满了荣耀，偶尔笑一下，很短促的笑看上去很狼狈。

他和软琴说："李满堂说过了三个月后来还债？"

"谁说不是。"

"三个月过了呀！"

软琴说："等等吧，出门人会碰上坎坷，总归要来。"

夜静的时候，霍长驴困倦袭来，抽一袋旱烟，想用这种方式提神，抽着抽着觉得夜太静了，该有后代了，就想把夜弄出一些动静来，可他发现家伙不能使唤了。他搂着软琴绵软的身体说："我怕不能给你施肥了，我要是一辈子不能施肥，你不能生养咱老来咋办？"软琴说："你瞎扯，你是把力气用尽了，等还回咱的光洋我买精米细面养你。那不是啥好事，我能一辈子都不想叫你施肥，要不是为了生个娃。""你不是瞎说哩嘛，哪有不想的道理，是个人都长了多个想要的窟窿。"两个人不再说话，夜越发静了，窗棂上有月光射进来，一只蝙蝠笨拙地吊在窗眉上，偶尔轻轻地晃动一下，或许是因为冷。软琴也看到了蝙蝠，小时候娘说，蝙蝠是由老鼠变的，因为老鼠偷吃了盐，它的身体里便生出了一对翅膀。夜行夜归，无来由地想到了李满堂，他和蝙蝠一样，会在某个夜晚回到这里，她坚信他活着。身体中逝去的时光略略沉重，这一夜，软琴梦见自己长了一对蝙蝠的翅膀，借助飞翔的特殊功能，她飞呀飞，飞到对岸，看见歪塔下走过一个戴帽的人，她急忙俯冲而下伸出手去，她喊了一声"李满堂"，一下子那个身影碎了。惊得她出了一身汗，醒来时看窗棂上，那只蝙蝠还吊着。不可名状的难过一下袭来，伸手抚摸了一下霍长驴，人睡得实，由不得又摸了一下他的裆，施肥的家伙软塌塌的。

　　村里的人知道霍长驴发了，却不见他的日子有啥起色。走过路过，人眼睛里就长了无数根针。软琴心里难过得想哭，有话说不得。走上山垴，草丛静悄悄的，没有烈日下的鼓噪。几只体格很大的蚂蚱跳过草尖，一只麻雀无声地飞进了微亮的晨光。河对岸的那座歪塔依然耸立着，谁是那个戴帽的人呢？李满堂的脸似乎已经模糊了。她想哭，哭就哭吧。泪哗哗下来了。联想到从今以后残缺不全的日子，她的哭声嘹亮了起来。哭到痛处，心抖着能把肠子抖散了。山坡下一个人影走上来，软琴突然悟得了，任何一种感情都得有所节制，否则就会叫人耻笑，叫人瞧不起。那个上山的人是软琴爹，翻山来和软琴借光洋来了，她弟弟要娶妻，想置二亩地。软琴不能平静。说不得的苦。软琴告诉爹，世上的事跟穷人是有距离的，不该得的东西转手就失了。这句话竟然惹怒了爹，随手就拍过来一巴掌。软琴跌坐在地里，爹的眼睛不依不饶地盯着软琴，那眼睛里没有一丝做爹的仁慈和疼爱。爹说："我的耳朵听到你说出这样的话我感到害臊，你和你弟弟一奶养大，抓屎抓尿指望你们长大了有个帮衬，哪想光洋糊了你的心。老天爷是睁了眼啊，活该叫霍长驴得了光洋瞎了眼！"

爹说的话和仇家说的话一样。霍长驴是赶庙会押宝，中了红彩了，可他福薄，福薄之人命穷，得了便宜守不住叫人取走了。说啥话你也不信，饱一天饿一天日子还不如从前。

啪一声，一个巴掌甩过来，"胳膊肘往外拐的东西，早知道你长了一颗武艺人的心肠，打小就不该叫你活成人！"

爹抬腿，嚯嗒，嚯嗒走了，灰尘从脚后跟扬起来，悬浮着糊了软琴的眼。软琴僵着脸像封冻的泥，俯身在地里，抓一把土块在手心里搓，把土搓碎了，放进嘴里嚼，地长出了粮食，长出了双亲，长出了身体，长出的欲望刀子一样割人。爹走后，太阳升高了，昆虫开始鼓噪，一浪一浪跌宕起伏。软琴不哭了，满嘴嚼那泥腥臭。

根宝拦在软琴下地回家的路口。"你家的玉菱给我几个吧，有那么多的光洋下不出儿，不会花给我。"

不等秋下来，借米借面的开始上门了。软琴说，是不是做了一个梦？霍长驴在寒凉的秋风里，流着稀稀的鼻涕，神情木然，努力睁开眼想照见（看见）什么，却是什么也照不见。接着抄起门前的扁担抡下呼呼的风声，跌落在地上的响干瘪而实闷。软琴抱住霍长驴的后腰，"你也是想好的呀，想好得好，还得往下走啊，好死不如赖活，睁着眼总还有个盼头。"

软琴哥哥来找软琴借钱，也是为了弟弟娶亲。软琴在炕头上转着纺锤，好像把有过光洋的事忘了。软琴说："我要有光洋，我舍得叫霍长驴瞎在世上不给他瞧病？我得了光洋的事，是霍长驴一生里一个笑话。我欠下弟弟情分，就当我是娘家的一个白眼狼。"得光洋的事，软琴永远都不敢往深里想。哥哥指着软琴的鼻子开始骂："你哪是吃奶水长大的，我看你是吃屎尿长大的，人都有心肠，你的心肠叫狼挖了，你一肚子坏水，怪不得你不生养，老天爷活该叫你霍家断子绝孙！"

霍长驴看不见来人，抢着杨木拐杖，循着人声打过去。软琴不生气，跳下炕往灶间里添把柴草，烟雾一团一团从她身边飘过，她连风都不去扇一下。烟雾锁住了屋子，锁住了远方。她要给娘家哥哥做碗面吃，哪有上门不吃饭的亲人。哥哥摔下门留下一口唾沫走了。

霍长驴立在地上说："软琴，我死了你嫁人，趁着能生养你也做回娘。"

软琴头也不抬地说："如果你死了，这个世上能叫我活下去的人，除了你，也就剩那张借据了。我对那借据不抱希望，那个走夜的人生死未卜。我想好了，人活在世上不能怨天也不能怨地，咱命不该见财，不是你的，得了就是场灾难。天生是瞎子的人都知道在世上活得要出人头地，你是睁眼瞎，你想好了，也去跟人学说书，学拉胡胡二把（二胡的民间称谓），只要能活下来咱不去怨那从前。"

霍长驴嘤嘤地开始哭。面对岁月怎能不出点声、发泄丧失的痛苦呢。软琴舀出一马瓢开水倒在旁边的脸盆里，那里面放着榆树皮渣，她往锅里下了面糊，用木勺搅动，等火候儿小下来时，面糊筋道得搅起来都显吃力。软琴用面糊和榆树皮渣揉和在一起罩住脸盆的底子一下一下轻轻地捶打，捶打瓷实了晒到日头下。软琴望着远处，旷野上的风，山岭上的云，不见那个她熟悉的身影。世上的好事总是跟人有一段距离。一个人会老，而一个不如人的东西却不会老，就算是老了也要比一个人衰老的速度慢得多。她回屋里从炕上的席片下取出那张借据，因了冬天烧炕，纸张有些发黄了，可不是嘛，身子调调转转就三年了。

干透的榆树皮做下的针线笸箩轻轻一磕就下来了。软琴从街上捡来一些宣传解放的传单糊住针线笸箩上那些发红的榆树皮。糊好的针线笸箩花花绿绿的煞是好看。软琴迟疑了一下，掀起席片取出那张借据糊了面糊贴进了针线笸箩中央。做这些的时候，软琴的心情就像岁月流过对面的缓坡，从容而满含柔情。

一九四六年冬天，谷堆坪村遭了响马打劫，响马来时，黄财主家的狗叫得满街道人心恐慌。黑漆漆的夜，一些穷人家的小孩子早早地把头钻进破被下不敢出声。有些胆大的后生躲在茅厕等着偷看响马的样子。知道响马要来，目标肯定是黄财主家。只见提了鬼头大刀的响马，刀抄在手中直奔黄财主家的院子而去。不到半个时辰，有人看见响马从黄财主家的院子里牵着一头大黑驴出来了，驴脊一左一右各有一个褡裢，沉沉的，走起路来偶尔颠一下，能听到响，有人猜是光洋。响马来谷堆坪，看似来抢劫，走时倒像是和黄财主联上了亲戚。不知为什么，响马走到村口又返了回来。走到霍长驴的屋子跟前停下了。往常，响马是不抢老百姓的，穷人的日子，耗子的尾巴，能有多少血水。田无一垄房无一间，可偏偏听说霍长驴和日本人打赌赚了光洋，他们来也是想见识一下霍长驴这个人。英雄见英雄嘛，算是路过拜个兄弟。哪知见了霍长驴才发现是个瞎子。软琴吓得躲在墙脚边不吭声，霍长驴装大，愤怒地呵斥响马，说自己有武工队的人做后盾。不听这话还罢了，听下这话，其中一个响马吹了声口哨，翻箱倒柜抖搂了个底朝天，半个光洋都没有找见。审问了半天，折腾到天亮才知道光洋叫武工队的人借走了。响马很纳闷，穷成这样子还把到手的东西借走？又纳闷了一会儿，再吹一声口哨，人马风一样旋走了。

　　响马走后，软琴立在大门口恶声恶语地骂了几天。谷堆坪人想着，软琴骂响马，是霍长驴赢下的光洋叫响马裹走了。这样好哇，对他的嫉恨似乎又淡了些，甚至多了几分同情。

　　霍长驴开始学拉胡胡二把，学得吃力，他天生是下力气的人，岁月抽走了他的力气，他学得难过而悲伤。一段时间后也有点意思了，脚面上拴着一副鼓板，一边拉一边敲，睁着一双失明的眼睛，疙瘩布衣掩不住嶙峋的瘦骨。弦走声起，软琴听着好听。听着听着软琴笑了。霍长驴问："你笑什么哩了吗？"软琴说："你要不是落了难哪里会学这等细活儿，人哪，不说天生是一块什么料，丢了的总会给你补偿。"霍长驴停下胡胡二把声说："人穷志短。活不下去了才能逼出一条路来。"

　　一个"逼"字让软琴流泪了。她再都不去想那张借据了，天下热闹而多情，那情字无端走来一回，就让自家日子出现了变故。世上的事毫无道理可讲的据多。软琴要霍长驴给自己说段书，她想听听书里故事是怎么往后延续的。

霍长驴坐在板凳上，举着胡胡二把先是来回扯了一下，试了一下弦，那沉重、苦涩、哀婉、悲怆的乐声就袭来了。过门儿有些长了，软琴不忍心打断。那可是自己嫁他时的霍长驴，那时候的日子清贫不绝望啊。他那一翻一翻的眼睛，无神了，身子抽得弯下来和他的瞎子师父越来越像了。软琴的心胸任由那曲调揉搓，有什么触手可及的东西，又有些陌生却又似曾相识的底色铺排着。

老少爷们大娘嫂子姐——

国正天心顺，

官清民自安。

妻和夫祸少，

子孝父心宽。

听我给你说一段，

说一段二十四节气不简单。

正月里当然得过年，

二月里是惊蛰。

三月里是春耕，

四月立夏是小满。

五月初六是芒种，

六月里小麦上场。

七月白露躲大暑，

八月寒露是中秋。

142

九月霜降封棉袄，

十月立冬送寒衣。

寒冬腊月扫旧气，

做人就得懂节气。

不懂节气坟地选不来好脉气啊。

一个恍如隔世的人。一阵小风从南墙根上吹过来，月光明晃晃地吊在门框上，漫天的星光正在自家的窗户上闪烁。软琴拉起霍长驴的手轻轻放在自己的心口上，那手重重的热热的，很是厚实。软琴看到霍长驴仰着个脸傻傻地笑，软琴心里酸酸的。你学得了这一手，咱就算出门讨饭也不发愁了。软琴脸上也展开了像开花馍馍一样的笑。霍长驴放下家伙，抱起软琴走到炕前，两个人倒在炕上说话，说啥说到兴头儿上两个人团成了蛋笑，笑得烂席片都吱吱地难过了。

五

似乎是一夜之间的事情，贫穷翻了身，黄财主叫人斗争了，田地和家产也叫人都分走了。

该划分成分时，有人提出霍长驴是富农。一般家庭哪个见过光洋，霍长驴拿过日本人的光洋，六十块光洋，那时可买得六十担米，那是五亩地的收成。民工亲眼见霍长驴装回了自己的家，现在活着的人里能够证明霍长驴的人是根宝。根宝说：我长这么大，见过最大一堆光洋就装在霍长驴的布袋里。

软琴想，自己咋也不该成分高。听说要给自己定富农成分，先是一怔，定定神说，苍天对我真是太好了。她搬了长凳子坐到农会，也就是黄财主的院子里不走，讨说法。院子里坐着黄财主的老婆们，一排排仨，八个子女，等待分配。霍长驴就软琴，无子女。家有三斗粮不忘填妻房，六十块光洋走世界去了，霍长驴房无一间地无一垄。软琴不惧，坐得实实在在。她是第一次见黄财主家的女眷，也都长得慈眉善目。只见那手白白胖胖，无辜地搭在膝盖上，还照得见指窝窝。她们偶尔四下张望一下，那睁大的眼睛仿佛从梦中惊吓醒似的，急急地又都低下了头。软琴看到自己的手背麻刺刺的，手指也发糙。没有粗活儿细活儿长期磨炼，断然成不了这个样子。人家汉子是地主，分配个高成分还说得过去，有来历也长了那本事。霍长驴一个瞎子，不说那往事还罢，说那往事，眼睛一闭死的心都有。

软琴开始讨说法。亮瓦晴天，没墙没盖，她扯开了嗓子喊：你们心肠热啊，给霍长驴弄个富农帽子。不说那光洋还好，说起来从前你们可知霍长驴肩膀压了千斤担。都知道他得了光洋，瞎了眼，富得流油了，惹得娘家人不上门了。可知那光洋旋风一样没有了啊。你们可记得那时的霍长驴，身板直溜，额高面长，悬胆鼻子。就因为那光洋，你们可知那挑事的人叫李满堂，他是打河里从对岸游过来的，他身上有股天不怕地不怕的狠劲。古语说，狼里头最狠的是绵狼，剑里头最快的是舌剑。马靠笼头拴，人靠武力管，他满嘴大道理，活活是靠一张嘴买走了我家那口子的心。信不信由你们，反正和日本人打赌赢下的钱，都交给了他，一夜之间那光洋长了腿脚叫他牵走了。我落下一张借条，他说不几天要来还。不几年都过来了，风一样不见消息。我等他还光洋来呀，等得来一个富农帽子。一辈子没有寸亩田地，你们好心肠的要给戴一顶富农帽子！你们可看得见霍长驴的模样，当年的壮汉落得说书人下场。我不怨你们，可这帽子霍长驴脖子没那功劳戴不动哇！

那个叫李满堂的人，可是省上那个大领导？农会的人不信她的话，说书人家喜欢编故事，可他们忽略了霍长驴为啥子要学说书。当年的软琴也生得桃红花色弯眉杏眼，这日子熬得她黄皮寡瘦青筋暴突，除了长得一张满嘴跑舌头的好嘴，这日子过得要啥没有啥。如果真是家里藏有光洋，他们家现在还住着半间黑湿的土屋？除过最简陋的日用家具，整个屋内别无长物。干部们怕有啥闪失一定要软琴拿那借条来。

软琴取来针线筐箩要所有人看，周正地贴在针线筐箩当央的借条，于花花绿绿的宣传标语中间显得肃穆。谁也不能确定那个借条是真是假，最后"李满堂"仨字镇住了他们。这事比较棘手，不好落实，自上而下好说，自下而上是要犯规矩的。理智告诉谷堆坪的农会，软琴没有胆量编造如此惊人的假新闻。借条的可靠来源一定是一个和省上那个大领导一样名字的人写下的，不敢认可为事实，也不敢不认可为事实。毕竟武工队是共产党领导的队伍。这也是共产党的天下。农会要求把针线筐箩留下，人可以离开，等所有的都落实清楚了再返还针线筐箩。软琴脑子反应快，拿走的光洋都没有见还回来，再把借条拿走，曾经有过的不就是一场梦嘛。要人出人，人在针线筐箩在，软琴坚持。

初冬日头照着黄财主院子里的假山和石阶，这些霸占去了黄财主家半壁院子。黄财主的家眷们曾经在这样的院子里嬉笑逗耍，花红柳绿的季节，喧笑与穿梭的倩影该是多么魅人。如今，软琴和她们站在一个队伍里，消受不起这般富贵。软琴心有几分寒凉，以往最怕冬天来临，眼下，冬天来得好，冬天利索有劲，北风碰上山的肌肤就卷刃了。好哇，穷人该扬眉吐气了。看那些财主们的家眷过冬，分了他们的家产，分了他们的浮财，人就失了鲜活，那从头到脚嫩生生的人儿怎么往下活人。世道给勤快的下苦人好生生掉下了大馅饼。有人嚷嚷着说黄财主小老婆要叫根宝娶走了，世道唤醒了根宝身体里的安稳，也唤醒了他心里的那个甜头儿。根宝翻身了。听说根宝在自家的箱盖里敬奉了一张共产党的牌位，初一、十五燃着供香，根宝命好。就怕惊悲和欢喜不经耐活，根宝要好好守着了。

农会商量的结果是决定让霍长驴取着针线笸箩和他们一起进县城，霍长驴是当事人。因霍长驴是瞎子，软琴是女人不可抛头露面，也不放心霍长驴自己带了针线笸箩进城，思来想去由了根宝陪着霍长驴。软琴回过头，看了一眼黄财主家的院子，一棵槐树，一棵柳树，干黄的叶子落下来，地上的蔓草卷曲了，见根宝撂跷着腿走近黄财主的小老婆，往她怀里扔了个什么东西，旁边的很不屑地掉转了一下屁股，黄财主的小老婆也忸怩了一下。往日，根宝见人弯腰点头的样子突然地生愣硬倔了，居然梗着脖子训斥了黄财主家里人几句。根宝如今是鸟枪换炮了。软琴想：选根宝是选对了。黄财主一家人拢在一起的缘分就这样散了，三十年河东，三十年河西。钱财不是啥好东西，看到的这些都显现了财富最后的败相。

根宝唤霍长驴走时，软琴发现根宝走路的样子都变了，以前走路脚尖吃劲,人往前倾,现在是脚后跟吃劲了,肚子都有些挺。软琴安顿霍长驴,一定不能离开针线笸箩,那是穷人家的富贵命。

西北风裹着黄沙卷着干黄的树叶,两个人一路上走不快,三天后才进了县城。县里的领导见着了针线笸箩也说不清楚白面馍还是米面馍,总归涉及领导的名字得谨慎行事。既然这个名字和上边领导的名字是一样的,意思再清楚不过了,谷堆坪再选一个富农了结了这桩事。霍长驴听说李满堂还活着,好啊,把我闪下,忘到脑后,讨吃要饭我也要找他理论去。

根宝拉开架势说:"世上叫根宝的人多不多?"

霍长驴翻着白眼应道:"多。"

根宝挥着手说:"知道叫根宝的人多,不是所有叫根宝的人都能讨上地主家的小老婆,对不?"

霍长驴疑惑了:"这和讨财主家的小老婆有啥关系?"

根宝两手在空中挥舞着:"叫根宝的人命不都一样,我是命好之人。你那个李满堂不一定是省上那个李领导,人家说了,姑且背后有这么一回事,定你高成分的事就算了。你还不赶紧见好就收。"

长驴想不好,定成分的事算是一个了结,那借条的事呢?软琴没来,软琴能应下根宝的话?这事本来就不应该,什么叫"算了"?

两个人往回走。黄风从天尽头刮过来,把天地刮得浑浑噩噩,走到天黑时不见黄昏,刮得耳朵、眼、鼻孔、头发楂都是细如粉末的尘土,走路时眼皮都抬不动。走进一个村子里两人决定住下。恰好这村子里也有一个说书人,同行相见分外亲。霍长驴拿过人家的胡胡二把嘴就开始痒了。以前说过的老书不能说，新社会说新书。村里人听说来了个说书人，都来看热闹，屋里屋外里三层外三层，娃娃叽哇乱叫在人腿下挤进挤出。不知谁搬来两个八仙椅要两个说书人一起坐，两个人一人一段开场了。

霍长驴拍打干净身上的土灰，净面净手，坐下时拉了一段胡胡二把，清了清嗓子先说一段帽儿。

马有催缰义狗有恋主情——
众人是杆秤斤两自分明——
节气不等苗岁月不饶人——
香花引蜂来臭味招苍蝇——
铁生锈则烂人生妒则败——
自重人才重人轻是己轻——
哪呀嗨呼嗨——
天不言气高地不言土厚啊，
吃掉你世间多少人咿呀嗨嗨嗨，多少人——

这家瞎子接过胡胡二把，东西一扯也开始了应帽儿。

人间事都是生前约好的啊——
生死和苦喜都不经耐活啊——
能赠给人的是福气千万不敢小家气——
言归正传我说一段，说说世间不平歌：

148

受苦种地的家中无斗粮,

纺花织布的穿着破衣裳,

修房盖屋的住的土坯房,

深山刨药的得病不起床,

百姓千般苦富豪把福享,

世间千百年哪有公平讲,

来了共产党天地变了样,

瓜儿离不开秧孩儿离不开娘,

过上好时光感谢共产党!

书说到静夜,风住了,苍白的月儿在天空浮动着,一个是半路瞎,一个是生来瞎,两个人睡不着躺在炕上说话。说到月儿偏西,两个人的心都开始犯潮,眼睛发湿,听得对面炕上的根宝说梦话,高兴地笑一下哭一下。霍长驴说:"没有共产党根宝去哪里娶老婆?他笑兔子吃了窝边草哩。时候不早了,闭眼睡吧。"

听得脚头儿的人说:"哪里还有眼,黑墨黑墨的,天地罩着,就一口黑锅啊!"

六

一九六九年的十月份,虽然远未到生炉的时候,但早晨的驴粪蛋已经挂满了一层寒霜,没等上冻,霍长驴就开始咳嗽了,整夜地咳嗽，软琴披衣起床给霍长驴捶背，捶得夜躁了，什么鸟在屋檐下扑棱棱飞落。霍长驴粗重地扯着喉咙说："我快成一个没用的人了。"软琴不搭话，躺进被窝里，想一些过去的东西，过去的日子就像收割后遗留在土地里的茬和沙砾，都是土地不要了的东西，风把那些不要了的东西扬在了空中，随即不见了影踪。风真是个好东西，风不刮春不生，风把水吹成天上的云，把天上的云聚成一疙瘩雨，风把青苗梳理成秋收，让该生长的生长，该败落的败落。软琴说："人在这个世上是最没用的东西。"黎明前的夜静悄悄的。这个世道最大的事情是什么？每天都有大事，可每天就这样活过来了。根宝当了小队队长，脾气见长，拿谁都敢骂。软琴想这些时开始起床做早饭，她从墙角那个闷了一冬的咸菜罐子里，用筷子挑出几根咸菜放进一个断了耳的瓷杯里，霍长驴用铁丝拧了个圈在杯子的口沿上绾了拇指粗的一个环，一老碗玉菱面疙瘩端给起床后坐在门墩上的霍长驴，那个瓷杯的铁丝环套在霍长驴的小拇指上，他吃一口就一口咸菜，虽然看不见，筷子往嘴里送时却是很熟练。

根宝从村街上吹着铁皮哨子走过，他叫醒社员们下地。软琴提了镰刀循着哨声领着霍长驴去了。

有人说："夜天（昨天）割的那谷子地不是割完了吗？"

根宝说："你挣工分，分粮食，夜天割的是谷子，今儿割豆。农活儿有干完的时候？不想挣工分你就不要出工。"

霍长驴说："队长，我会好好看场。"

根宝说："霍瞎子，对头。"

原先被叫作"瞎子"还感到刺耳，眼下习惯得冲着说话的声音能笑。那声音随着脚步声已经消失了。

霍长驴自言自语地说："村里缺谁都是不行的，包括我这个瞎子。"

软琴说："就像前方那堆土一样，弄走了是个坑，说不好就叫人摔上一跤，那人就会变成个瘸子。"

日子把软琴的心过得不好了。

软琴把霍长驴领到场上，她跟着一干老婆们下地割豆了。场是曾经黄财主的场，黄财主土改时被镇压了，黄家的福气都散了。鸟们在场上飞起飞落，霍长驴抡着探路棍子吆喝一声，鸟们扑棱棱飞走了。霍长驴寻着鸟的声音笑，他觉得鸟和人真是不一样，鸟长翅膀，始终没有顺着一条什么路走，村子里留出来的路都是叫人走的。人这一辈子有走不完的路。这些鸟不知道是不是去年看场时见过的鸟。巴掌大的村子，你说不上会在什么地方碰见去年的东西，似乎都赶着劲在找你。那个叫李满堂的人是不是也在找自己呢？可谷堆坪这个村子没有动，木楔子一样钉在大地上。鸟在霍长驴的吆喝中飞起落下，先是三五只，慢慢地聚集多了，一群鸟，它们似乎知道霍长驴是个瞎子，眼睛滴溜溜转着，它们不害怕这个人了，蹦蹦跳跳地啄食场上的豆子。

根宝挑着两捆豆荚回到场上时看见一大群鸟落在堆积的豆荚上，根宝吼了一嗓子："霍瞎子，我叫你看场来不是叫你来放鸟，今儿个五分工，你一分也别想挣到。"

霍长驴看不到根宝的脸，但那语气深深刺伤了他。

"我是为了中国革命做过贡献的人，按道理我该吃劳保！"

根宝扔下肩上的担子走近霍长驴，"我叫你这一辈子吃风屙屁！"

霍长驴不说话了，好像有什么短处，知道自己弱生在世上是一件非常无奈的事。他是人，他也有抗拒，小声嘟囔了一句："你娶了地主小老婆，你也不是根红苗正。"说完这句话他站起来想躲开当下的情景。哪知根宝很恼火地冲着他走过来，推着他，把他推倒在场上的豆荚堆里。

根宝走后霍长驴挣扎着起身，深秋的日头把一层红涂在他的身上，又把他的影子拉长在豆荚之外的空地上。这些他都看不见，他嘿嘿嘿地干笑，笑声透过秋收，撞进那些回到豆荚堆前鸟们的耳朵里，鸟们啄一下抬一下头，跳一下。霍长驴说："啄吧啄吧，把根宝的心肝都啄了去。"

再一次挑着豆荚走来的根宝看豆荚堆上的霍长驴，仿佛卧在棉花被子里一样享受，鸟们围着他，他很舒坦。根宝气不打一处来，两捆豆荚扑通、扑通照着霍长驴扔了过来。根宝开始骂："你还是以前的霍长驴吗？以前你敢跟日本人较劲，敢赢日本人的钱，就算瞎了眼，你也没失了性子，你看你现在，日子快熬死你了！"

霍长驴挣扎着爬起来努力摸索着走到场边上，以前的霍长驴能把根宝提起来像扔一捆谷穗一样扔出去老远。以前的根宝哪见有过性子，在黄财主跟前实在是像一头没有性子的驴。日子淘汰了人的性子，也长出了人的性子。什么东西长了人的胆子？人世间的道理如书中历史故事一样，人都是跟着奈何走，奈何也实在是一个不能叫人活着就明白的东西，它似一根线牵着人的魂儿，不见多大重量，人的魂儿就悠悠荡荡跟着走了。霍长驴歪着脑袋看，大概是日到中天的缘故，歪着的脸看上去很滑稽。一些社员挑着豆荚沙沙沙走来，那是豆荚欢快跳动的声音，也是嘲笑霍长驴的声音。

霍长驴挺起身子，用他那双瞎眼搜索了一遍场，然后明明白白冲着根宝的方向吼："根宝，我认你是队长你就是队长，我不认你是队长，你就是黄财主家的长工。我霍长驴眼睛瞎了，可我的老婆是原配，你食地富反坏的牙花，你给谁使性子哩？我告诉你，就凭那张六十块光洋的借条我能去公社告你，只要那个叫李满堂的人在上头做官，你在我跟前什么也不是。要不要扯住耳朵告诉你，我根本就不尿你！"

根宝听到滚雷在云彩深处炸响，身体都抖了一下，用劲挤了挤眼睛，睁开时发现日头明晃晃的。他走过去拽住霍长驴领口喊道："记住了，你不挣工分，一个工分都不给你，你拿那个叫李满堂的人说事，你知道不，他早就被打成右派了，死活不知。漫说不是那个人，就算是那个人，他认识你是谁，你这样子，你就是一头骡子。人家的地里都长的是庄稼，你的地里长的是蒿草。好地都叫你废了！"

社员们在场上四下里站着笑。仿佛突然走在长期生活的羊窑里而遭遇炫目光芒照射，霍长驴一下被摊晒在公众的目光下，他的眼睛一下一下翻着豆腐样的眼白，这是难以言齿的事，人声开始叽喳，认为霍长驴要爆发了。只见霍长驴扔下探路棍，伸出旱地一样宽大粗裂的手，他笑起来，扭曲了脸，接着两只手抡开照着自己的脸啪啪啪地打，空气中弥漫着血腥气，鼻子里，嘴里，鼻涕和血长长地挂在胸前。有人跑过来搂住霍长驴，有人看到根宝的脸，恐惧僵在脸上。霍长驴号了一声，一口血喷了出来，洇在场上泥地里黑墨一样。

根宝说："你这样作践自己还不如打我两下，你这做派？你把咱谷堆坪生产队的团结都糟蹋了。"

霍长驴喊："我不服你！我还了你了！"

根宝说："你不说话我还害怕你，你一说话，我也不尿你。告诉你，我心中无冷病，大胆吃西瓜。都看见了，他是自己作践他自己的！"

霍长驴挣扎着还要打自己。"我还够你，还你足足的！"

都想着软琴要和根宝闹事，软琴偏没有闹。听说了场上发生的一切，软琴像听旁人发生的事情一样，说："人和牲口没有两样，肚里装了知恩的心，才有灵性！"

软琴不出工了，在屋子里伺候打肿脸的霍长驴。根宝反倒不能叫他们出工了，那哨声隔过软琴的屋子吹去。几日之后躺在炕上的霍长驴能下炕了，偶尔也在自家院门前晒晒日头。谷堆坪的人发现霍长驴的脸白得瘆人，白得像糊窗纸一样。走过的人嚷嚷着，霍长驴怕是活不成人了。

忽有一日，软琴拿包袱皮包着针线筐箩去上泊村找大队。这一辈子她没有走过长路，大队在河对岸。河对岸歪塔还立着，那下面是否走过戴帽子的人？反正那塔也没有倒下来。世间的事奇怪了，不能按人的预测行事。她最远就走到过眉河边上，这回她过了河走往对岸，一双解放了的小脚走了大半天时间。这大半天的走给了她底气，再长的路都能走，也不怕把路走长了。见着大队的人她掀开针线笸箩要干部们看，她说霍长驴是对国家有贡献的人，怎么说也得给个五保户。霍长驴一辈子命搭在这张借条上，国家不能不管对它有过贡献的人吧？国家要是真不管他，我就去公社打离婚，你们给我开证明，以后就叫小队养他，我也好找一个有力气的人把日月过下去。

谁也不能说那个借条的存在就是对国家有贡献的证明。软琴这辈子都在拿这借条说事，河两岸的人提起谷堆坪软琴两口子，有说不完的故事。软琴的事挂在别人的嘴上是一件不体面的事。一年四季在泥土地摸爬滚打，话说回来，有多少体面的事叫人议论。屋漏遇雨，聚合在一起的人，长了嘴活该叫人家议论。她勇敢地仰着脸和大队干部说，如果大队干部不解决这事她就往公社去，公社不解决她就往县上去，县上不解决她就往市里走。再要是解决不了，她就托人给毛主席写信。

干部们听软琴这一说想笑，毛主席在哪儿你都不知道，还写信。这明摆着胡搅蛮缠嘛。这事不合情理可也不敢含糊，女人认真了，仰仗着是个女人啥事都能做下。好歹叫她回去算了，虽然现在不盛行说书了，可以叫霍长驴到田间地头给社员们说快板，每天给他五分工。

大队队长说："你回吧，这也算是照顾你了，人该知足，古话说了：不怕儿晚，就怕寿短。为了那几个光洋，看看霍长驴失了多少零件。要不是你存留的这个借条，我实话和你讲，给日本人修碉堡，打赌拿日本人的光洋，合并在一起，土改都能镇压了你。你还因祸得福了呢。你不能得了便宜卖乖。回吧，就这么个决定。"

寻来的决定有些沮丧。一丝想笑又想哭的表情僵在软琴脸上，很难看。软琴说："霍家的香火在我这里断了，娘家人不上门了，抬头低头都是村里人的唾沫星子，我没什么怕的了。你们要不给霍长驴弄个五保户我就上访。破罐子破摔，事情已经把我推到了一条不知归途的路上，把脸丢在这个世上，叫人记住也是我前世修来的福分呢！"

大队干部面面相觑。两难之下告诉软琴，要她先回，五保户也不是大队说了算，往上报，得一些时日。软琴说："这像是干部说的话。我等，等不得时我自有办法！"

软琴走过歪塔，一阵风游走在她身后，她仰起脸看塔上的那些琉璃，都是当年信佛之人许愿定做下由匠人烧造贴上去的。软琴故意走过歪塔，她就想叫世人知道要是做下昧良心的事，走过塔倒下来好做自己的坟墓。风把一些残叶吹落在她头发上，她抖搂掉身上的叶片，长长地出了口气。这样，似乎心里好受一些。回过头时塔歪着纹丝不动。过了桥，走到眉河边上，她疑惑当年那个人是从哪里上岸的。眉河变化大，以前没有桥，学大寨修桥垫坝河岸都变样了。努力寻找着，一只手无意地按住了胸口，一天没有进水米，胃里开始翻涌，同时她又觉得自己是一个可恶的人。当年的事她也是有过欲望的啊，如没有自己那些欲望，也就帮不下李满堂的忙。都是这欲望啊，让活的生路颠簸过来，没有个终点。站在河岸上，水里有她的倒影，斑驳、散淡、布满灰尘，身后的庄稼地，身后的山，记忆中发生过的事正在远去，什么都没有留下。假如再见到那个叫李满堂的人，她都不记得他的模样了，人是回不到从前的，那时候自己也不是水中这个样子啊。一生日子里居然还当了这世上的债主，一辈子不见人来还债。

又走了一程路，她想到了爹娘，娘走时娘家人没有告诉她。她披麻戴孝走回娘家去吊孝。爹把她打出门外，她跪求爹见娘最后一面。爹无情地赶走了她。爹死时她去吊孝，打岭头上看见她下山，哥在村口挡住她，连村都不让进。世上的情义都是钱买来的啊，钱财彻底地把自己扔到娘家门外了。

从未见过神灵的存在，但是因为爹娘，能来到这个世上该是早早约好了的事情呀！爹娘啊，想来这世间是有神灵的啊，怎么偏偏叫我来世上惹你们不高兴呢？要怎样才好叫你们知道，闺女的发财梦原本就是一场梦啊！软琴长长地轻声叫了一声"娘——"，生和死都来了，你死了，闺女我活着，我延续的可是你的命？我死了再没有人延续我的命了。这日子得一天天过，时节是大规律，我活在世上没有留下叫人称道的东西，娘死时都不愿见闺女一面，娘啊，活成人难啊！再难活我也得知足，我咋敢不知足呢？你看这秋风醒得多欢，娘活着时说，哭着来到这世上的，走时一定不哭，因了早一天离开早一天能去享福。娘还说，钱财这匹马，驾驭得了，它就载你上天入地，驾驭不了，一蹶子把你从马背上尥下来，命大的捡一条命，可终究日子不是日子，人不是人了。

软琴回到家门口，听得霍长驴在拉胡胡二把。软琴抹了一把脸，试图要抹走尘世的悲伤，她大声说："我回来了，这世上的事啊，你要厉害他们就怕你，这回我就是要把'死难缠'的名声扬出去，咱的命不能是核桃，不能叫他们干部砸着吃。"

霍长驴的琴声断了一下，再起时完全就没有曲调了。

七

这一年年底，霍长驴成了五保户。

日子和以前一样往前走。

接下来是一个接一个的运动，家里的针线笸箩反倒成了软琴的护身符。时光如水，一去多年，那段记忆仍然清晰而又迷离，可是，好像许多人已经忘记了，有些时候甚至来不及想，日月就把人过陈旧了。

根宝越来越像农民干部了，披着外衣，走路背转手，别人都吃旱烟，根宝吸纸烟。两天不到就往公社去一趟，常常领了精神回来。一会儿说"深挖洞，广积粮"，一会儿又"卫星上天"。不管啥精神，根宝都能落实到家不走板。根宝从小队干部眼看要变成大队干部了，关键时候总有人提出根宝娶了个地主婆。根宝认为自己的运势不好，都赖这个女人。从一开始能娶上这样的老婆喜形于色到后来进进出出翻白眼，日子过得就显凌乱了。根宝的女人早早白了头发，水灵灵的一个人，一头杂毛，看上去似乎落了一层永远掸不掉的灰尘。软琴从她身边走过，搭讪几句话，对方的情绪总是显得惶惑。软琴想：也不过和天底下的妇女一样，平凡无奇。再想想，软琴还是觉得自己不如人家，人家给根宝生了一对儿女，自己呢？一对大奶子在胸前晃悠，却永远不能把奶穗放进一个娃娃的嘴里。

一个初春新雨初晴的午后，软琴领着霍长驴肩着锄头往山上的地里去。这是一个和过去完全不一样的时代。过去划成分划出的"地主、富农"，现在土地下放，人人都是地主了。过去的人思想就知道围着干部打转转，现在对干部都有抵触情绪。根宝从队长变成村长后认为，对村干部有情绪就是对国家有情绪。村干部是国家最小一级政府，也是最底层国家领导人，直接管底层农民，是国家利益顶端最基层的一环。村里人假如对村干部还有好感，那是眼馋过去的集体生活。"农业学大寨"上劲的年月，大学大干促大变，喇叭在河滩的柳树上挂着，每天大伙听喇叭一拧一起上工，挖沟垒堰、挑土推车，一起吃饭，一起下工。心里从不想以后怎么往下活，每天都信心满怀。你看现在的人，一副老大不尿老二的样子，不光主动和人家说话还得递烟，村干部没有一点自豪感。土地下户后根宝心里一直不痛快，终生务农，生死都在那几亩田垄之间。指挥惯社员了，一下寂寞得自己站在自己的地里还有些不适应。根宝想：我为啥不能像霍长驴那样对世人喊一嗓子：我根宝是对土地做过贡献的。想到这里根宝就笑，生活挺有戏的，就像现在的电视一样，坐在家里，一小时就能享受城里人一生挣工资的故事。

软琴两口子和根宝打了个照面，都老了，一辈子卑微得如蝼蚁一般。

"下地？"

"下地。"

搭话的是软琴。霍长驴耳背了，听什么东西都听得是蜜蜂乱飞声。

走过后根宝突然想到五保户都发放了电视，不知软琴安装了没有。反转身说："你那电视可装好了？"

软琴停下脚步再一次回头看根宝，"装好了。还是新时代新社会好啊。"

根宝一辈子认为自己是个政治人物，喜欢听政治腔调的话，这句话由软琴这么个人说出来让根宝兴奋了。

"是国家发达了，你看，就那么个铁壳壳，装下了农作物啥时播种，啥时施肥，啥时病虫害。中央有啥富民政策了，外国都乱得天天打仗了，我们的国家还给我们的五保户发电视。你想看啥台拧啥台，时代好就好在能坐着旅游看世界。"

软琴不听根宝的话走了。根宝有点失落，话兴才起，现在的农民都不听干部的话，把干部说过的话当耳旁风。转头一想，电视不是什么好东西，迟早要把农民教坏了。

软琴在地里摘北瓜，把那些长出来的谎花儿摘掉，把地里的杂草拔净，用小钩锄在瓜秧下拢起土堆确保足够的养分。霍长驴在地外的石头上打瞌睡，一开始打呼噜，打着打着就断了，伸一下脖子抬高了打一声颤，勾下头停半天不见声。这年纪的人就剩下吃睡了，吃不进肚里睡不好觉，人就没了。软琴在地头坐下来，摘了两个北瓜，把摘下的那些嫩瓜秧也放进篮子里，午饭好炒菜。现在的日子好呀，舍得下苦力想啥能吃啥。天不会为谁白一次，也不会为谁黑一次。一个人来到世上过一辈子，黑天白日说长可是真长，说短也是真短。该好活了，人却老了。人老了真不好。日月虽然从中夺走了很多东西，但也从生活中得来很多东西。老百姓的日子图啥？就图好好活着不重复过去。不管咋说能见到现在的世道该知足了。软琴歇好后扶着地边的小树往起站，腿歇得酸软麻困，她哎哟哎哟叫了两声，看见霍长驴还在睡，一觉睡了一上午。用树枝挡好菜地，怕鸡们寻进去糟蹋了菜。软琴叫霍长驴起身走，霍长驴不动。软琴发现不对劲，急忙去摸霍长驴的手，那手冰凉冰凉的。再摸鼻下，鼻下没一丝气息。

软琴抬手狠命照霍长驴的脸打了一个巴掌，"你不言语一声就走了！"

中午阳光正烈的时候，霍长驴的尸体抬回了院子里，软琴没有泪，霍长驴和她的缘分尽了。他的死让软琴看到了自己，软琴一个人躲在屋子里哭时是哭自己，不久的将来软琴也会躺在院子的地上，四周都是说笑的人，谁会为一个死人去悲伤。她不哭的原因还有，在该哭的时候她得强装坚强。世上的人都是笑贫不笑强。村干部都来了，人由村里打发。软琴在屋子里准备一些铜钱大的鬼饼，死鬼走往投生的路上要遇到许多野鬼冤魂拦路，软琴多和了面，鬼饼在路上发放得多。霍长驴在院子里静静躺着，四下没有哭声。一些苍蝇飞着，有几只麻雀落在茅厕墙上探头探脑。地上摆放着几个馍馍，几个面包，三炷长香缭绕着青烟。软琴把打好的鬼饼用线绳穿成项链，叫阴阳先生套在霍长驴脖子上。软琴看到院子里堆着可怕的静，静像一堵墙。这个屋子里是死了人了啊，死的人是这屋子里的汉子，这院子里听不见哭声，能说是屋子里死了人？软琴拍了一下身上的土灰去找村委会。

谷堆坪旧俗，若是死者无人哭送上路，则会化作厉鬼叨扰全村没成人的小辈。霍长驴没有后人，软琴不能哭，总得有人哭吧？根宝说，没人哭不怕，河对岸上泊村有靠哭丧赚钱的人。

上泊村经营这项营生的有三个女人：王排常、郭润香、韩秀枝。

这三个女人替人哭丧。因为守寡或家境窘迫不得已而为之的营生，做到现在县里都挂上名了。三个人的嗓子好，哭起来有和声效果，她们在上泊村展露出来的才干，使得一些家有儿女的都不得不在她们出现时偃旗息鼓。

三个女人一身素服，神情肃穆庄重地来到霍长驴家。软琴在屋子里收拾霍长驴活着时的穿戴，继而收拾生前的日常用品，被褥、衣裤、鞋袜和用过的不再有人稀罕的物件，都要在霍长驴往生的路上烧掉。她收拾完生前穿过的，开始收拾生前用过的。一件一件扔到了门外。软琴拿过那个针线笸箩来，这一生就因为针线笸箩里的那张条子，得到了它却失了面子，本来一生都是两手空空的人。从来不想也不敢借债，有了它一辈子还啊还的，直到把肉身还给了它，要它还有什么用处呢?! 软琴把针线笸箩飞出了门外的地上，它滚到了人群里。

哭妇们坐在葬棚子下有说有笑，这时候来了很多人，来看的大都是稀罕听她们的哭。与往日不一样处是她们都带了麦克风，像在舞台上呵腔一样，嗓子一亮人鬼同悲。

啊呀哩，老汉呀，说走就走不回头。天下的心都没有你邦邦硬哩!

啊呀哩，老汉呀，谷堆坪的好人都叫你占哩，你这一走咋舍得把我丢下哩。

啊呀哩，老汉呀，天生百姓地生虫。奈何桥一过还记得我软琴是谁哩。

三个人的哭声呼天抢地、声嘶力竭。霍长驴在哭声中开始被装棺，软琴哭了一声，更像是肚子里拧了一疙瘩气冒了出来，没有哭透，憋得久了不哭那一声人都要憋过去似的。

　　软琴喊："老汉呀！忘情水喝下两难想！"

　　这一声喊撕心裂肺，抽丝剥茧，能把霍长驴从棺材里拽起来。棺材盖钉进子孙钉后，所有人明白霍长驴到底是走了。

　　看客里多了一拨儿来考察对岸歪塔的文化人，他们寻着这边有人下葬，又听说有哭妇送丧，稀罕得寻了来看。有一个叫李宏伟的看客随手从地上捡起了那个针线筐笸，他好奇地看解放时贴上的传单，同时看到了那张借条。字迹有些模糊了，唯那个在名字上按下的血手印阳光下显得醒目。李宏伟看软琴，软琴的脸颊浮肿着，曾经也许有过几分姿色，如今她的脸被愁容锁着，升起的烟气缭绕着她整个身体，孤零零的一个老态龙钟的女人。

　　李宏伟得着空隙走近软琴，他说想买走她这个针线筐笸。软琴说，喜欢它就拿走，我还怕难烧，想着要掰烂了烧，你拿走吧。李宏伟还想放钱。软琴生气了，夺了回来说，不叫你拿了。李宏伟说，好好好，大娘，我不提出钱的事还不行？软琴笑着递给了他。那笑容永远定格在李宏伟心里了。他认为软琴的笑是天底下最美丽的笑。

　　　生不穿一件衣，死不含一口饭，能挑二百不挑一百八，站着活人不难缠，坐着人死不怨天。掉转身子没有你，两脚蹬空不挨你，两眼一睁不见你，你走我活罪过哩，我跟你一起去啊，黄泉路上歇歇脚，稍稍等等你的妻！

哭声中四条汉子抬起棺材闷喝一声："起！"

软琴眼巴巴地看着棺材装了霍长驴走出了她的视野。

空了。风声、树叶声、鸟鸣声，就是没有脚步声。

软琴竖着耳朵听村庄上空的喧闹，要说软琴这辈子也是一个老辣世故胆大心硬的人，院子里空了的时候心里的那个软偏偏就来了。是不是我一辈子心硬，老天看不惯规整我呀？软琴洒水扫院子，院边上开着南瓜花，她把谎花儿摘掉，叫了几声咕咕咕，扔给了朝她走来的鸡们。掉了一下身，软琴就忘记霍长驴走了，冲着屋子里喊，"出来晒晒太阳呀！"马上，软琴就又明白霍长驴走了。人老了记性真不好。

八

黑了。

夜黑下来了。

软琴早早就上了炕。躺下闭上眼睛，忽又睁开了。一些声音潜伏在窗外稍稍远一些的暗处，软琴坐起身拍了拍窗户，想和那些声音打个招呼。躺下后来自身体深处闷闷的隐痛来了。她咳嗽了两声，什么也没有咳出来，比较白天，夜里要难活些。屋子里、炕上的空肆无忌惮地威力起来，眼睁睁看着月明亮汪汪地照着窗户纸，一会儿云彩走过挡住了月明，暗铺过来。

软琴的泪来了，和自己睡炕的人走了，摸摸炕边上那块空着的地方冷灰灰的。霍长驴呀，你去了一个什么地方？那个地方你可见着我爹我娘了？一个女婿半个儿，见着我爹娘了你得给他们个好脸儿，先磕头，礼多人不怪。这一世的苦你带不走，连着你活着时的长相，你还和从前一样是个全人。你一路上缺啥少啥了，托梦给我，我买了纸钱烧给你。你不是人了，是鬼，鬼在世上无所不能。人看不见你，你看得见人，看着我下地跌倒了扶我一下，那些小块块地里长下的蔬菜，你不能和我搭伴儿了，闲下时，你记着替我去吓唬吓唬那些鸡。撞见我在时你化了风在我跟前打个旋子，我好和你说说话。霍长驴呀，我说这些你可听得见？四下八方你朝哪里走了？咱俩一辈子，也只有你知道，我是一个心气过盛的女人，世上没有能把我难住的事，你这一走我难下了。你招呼不打，绝情无义走了。屈辱悲愤跟着你都受过了，该有的没有，不该有的都来了。说这些有什么用啊，你现在正往投生的路上去，咋说我都得安顿你几句。一路上过山搭岭，野山野岭的山沟沟里穷人家多，瞅见那屋顶上冒青烟的人家，那可都是穷苦人家，路过人家门前，千万不要撞落了门口竖着的镶头，搭在院子里半空上的绳子你小心别扯下了人家晒上去的衣裳，千万不可因小失大惊扰了贫家女人肚子里的胎气，人家出世的娃没来得及续上前世的生灵，急急慌慌半路拽了你的鬼魂，你投错胎呀，转生还是活在穷人家。一世你还没有活够吗？翻了山越了岭，照见明晃晃的灯光你快快飞过去，那是富贵人家呀。贴着人家的窗户你要闭住气，不能起风带尘，要知道那些往生路上的孤魂野鬼都在富贵人家的窗户前贴着呢，你守着的东西它们也守着，无数个鬼魂等候着投生富贵人家，你的响动会惊扰它们的耳朵，你的气息粗重，这时候你得闭着。只有让其他东西听不到你一丝声息，你才能听到它们说的话想的事。遇见那些个畜生们，你远远躲开，它们的命薄得像一张纸，遇见它们你把心跳声都得捂住，捂死在心口，转世成它们，一辈子受死都不会说一句话，不会说话怎么能逃脱得了人的手心。

慢慢地，软琴说不动了，疲惫了，对着炕上的空位说了几夜的话，她像落在炕上的一块破抹布，有气无力。

外面开始有人畜的走动声，苍蝇拍翅、蚊子蹬腿她也懒得分辨。一些湿气轻轻地飘浮在软琴的枕头周围，迷迷糊糊中似乎是霍长驴来了，又似乎是梦把自己割开了一个口子，在另外一个世界走着她自己。窈窕年少的身段，她走过歪塔下，心开始通明，她顺着台阶，从下到上，一层层不厌其烦地走，方寸之间，造设无数，四下里她看得眼花缭乱。她伸出手，有人在她手心里写下两个字，软琴不识字，由青丝而银霜，心里什么都清楚，可就是不识字。有人说是"天下"二字。她走到塔顶，凉风袭来，爽气灌顶。"天下"？从塔顶上看眉河两岸，两岸的田里，那些一起一伏的人们，没休止，一代又一代，春种秋收，都是土里刨食。自己要活着，也不让家里老小饿着冻着。天生百物，本来就是给众生备晚饭的。她看到有挑货郎走过。那时一个光洋一担米，后来光洋不值钱了，一个光洋只可以换一条洗脸手巾。现在光洋都叫文物小贩收走了，听人说贵了。还看到有弹棉花的两口子，他们用绷子弹得棉花漫天飞舞。眉河边上有家醋坊，庄稼人喝醋却不买醋，一般人家都酿醋，用小米酿出的醋，味淡淡的，色黄黄的，伏天从地里回来怕中暑气，一勺醋兑一碗水仰脖灌下暑热全消。后来人们都不做醋了，吃醋厂的醋，醋水泛黑，闻上去酸里带腥，喝一口，味辛刺嘴，不知都加了什么东西。她看到河岸的马路上有车跑，奇奇怪怪的样子，车跑过扬起一股尘，没等土落下，又扬起一股尘。尘土在眉河岸上团着不散。几个上小学的娃娃在河岸大块的平坦的石头上练习写字，那些字斜斜歪歪的，一笔一画费了很大的劲。有几个字你推我搡地挤在一块。那都是些什么字呀？粗看胳膊腿都很强壮，细看道道儿画得细毛鬼筋，识字比干庄稼活儿累人。这世上什么事能难死人？软琴想：识字能难死人。从古到今天下就这么活过来了，想到天下，便低头去看手心里的两个字，再看，手心里开着两朵花，艳丽得刺目。

"醒了，醒了。"

谁醒了？软琴发现四下都是人，他们包围着自己。软琴看到根宝，旁边站着一个面熟的人，想不起来是谁。那个人笑着说："大娘呀，我是拿走你针线笸箩的那个人。"

噢，软琴想起来了。

李宏伟说："大娘，我帮你找到借条上的人了。李满堂，他还活着，离休了，还记得欠你的债。他还想着要来看你，无奈他走不动了，脑梗，他想请你去见他，他有话要和你说。"

软琴一下来精神了，坐起来说："他还活着？活着就好。天不薄欠债人啊！嗨，债不债吧，多少年了，都老皇历了。"

当年的李满堂还活着，活着好，给了软琴一个希望。对软琴来说，只要他活着，就是一个温暖的依靠。曾经催人落泪的故事，已经在时间流逝中消失了，那些伤感的故事，再去回忆有什么意义呢？软琴抹着眼泪说："贫苦人弄天下不容易啊，不管咋说，江山总归是叫共产党打下了。好嘛，霍长驴也受到了国家抚恤金和救济粮的照顾，我一个将入土之人还有什么不知足呢！"

李宏伟说："大娘，天下事都会有一个交代。你安心几天，我落实有结果后再来乡下接你。"

软琴说："娃娃家，你咋就找着李满堂了？不是和你一个姓，也是你的什么人吧？"

这话说得有几分挨着边。李宏伟告诉软琴，取了针线笸箩回到县城，和父亲说起他从乡下收来的针线笸箩里有一张欠条，父亲曾经和一个叫李满堂的人是朋友。父亲看后说，李满堂当年是武工队队长，因借粮落过难，应该是他没有错。李宏伟把针线笸箩里的借条照了相片用特快寄给调往南方工作并离休在南方的李满堂。不日电话打了过来要李宏伟去一趟，李宏伟带着针线笸箩去见李满堂。李满堂见到针线笸箩的刹那间，一种期望和失望相交织的情绪满溢了全身。

软琴听得泪流满面，关键处问了一句："李满堂看罢借条说啥了？"

李宏伟一脸正经地说："借钱偿利天经地义。"

这句话于软琴不重要，于村干部很重要。

重要吗？与当下的日子究竟有多大的关系？

时节是大规律，人按天明天黑打理生活。软琴越发精神了，打村庄里走过，见着邻里乡亲脸上就多了笑意。别人问她事情有啥结果了？她不答，啥结果都不重要了。节气提醒人们该做什么，要是错过了时机，一年中什么事情都会迟缓半拍。软琴把地里的萝卜、地瓜、雪里蕻、红薯刨回家，共有四五篮子。摊在院子里晒，见了日头失失水能放长。地里的收拾完了，她收拾手边活儿，像是要出远门走长路似的。

一个早上，李宏伟又来了。这回是叫软琴去外面的世界看看，看看天下都生出了什么稀罕的东西，捎带去见见李满堂，商量一下赔偿的事宜。那个年代的光洋到现在折算人民币不好说一个准确的数字，李满堂说要按软琴的要求来偿还。

软琴看那天空，透过邈远的薄云能清晰地看到蓝天上的天脉，看什么像什么，变化万端。软琴说："当年的李满堂是个俊汉子，深眼窝，水泡眼，高鼻梁，宽下巴，不知现在老成啥样子了，就怕见着我这马瘦鬃乱，人穷相老的人吓着人家当官的。"

决定去时发现没有合体的衣裳，老土，上不得台面。李宏伟叫她只管走人，大城市里的商店想穿啥都有。他负责买。

准备好日子要上路了，哪想事情发生了变化。乡里的听说此事后决定不让软琴去城里见李满堂。软琴是一辈子没出过山的农妇，她真要见了外面的世界，见李满堂住高楼，吃喝拉撒都有警卫，软琴这一辈子老说霍长驴是对共产党有过贡献的人，她出门真见了有过贡献的人的特殊待遇，那还不把一辈子积压的泼劲都使出来？狮子大开口，那是要给乡里丢人的呀！这么一议论，决定软琴不能出门。软琴一辈子的性子，生愣硬，不闹出事不罢休。虽然软琴老了，因为这件事激活了软琴身上潜藏的东西，唤醒了身体里曾经的性子，闹出啥无中生有的事来都有可能。不仅给乡里抹黑，县里都要抹黑。说服软琴的事落实到了村干部根宝头上。根宝一开始不答应，可不答应又找不到一个合适人选。

乡干部说："这是硬指标。蚊子不尿尿，你有你的曲曲道。"

根宝也尬蹶子了一句："我这一辈子就只能当个村干部！"

乡干部说："你现在就尿高了，行使的是乡领导的权力。"

根宝老了。眉弓光秃看不到眉毛，烟黄色脸腔，背上也耸起了锅。可根宝的做派不变。他倒背着手，以前披着中山装，现在披着西装，瞅着软琴在屋里时弯腰走了进去。

根宝坐在椅子上抽了根纸烟，仔仔细细打量了一遍屋子，啥值钱的都没有。又掏出一根纸烟接续上，照着门弹出了烟头。

"人这一辈子，肚里不放个墨水瓶，真要出门去和人说话是很费劲的。"

"只要有人的心肠，说话就不费劲。"

"独柴难烧，独人难活。你瞅你哪里还是年轻时候的软琴，年轻时候的软琴那是弯眉杏眼，光皮嫩腮，你看你现在。人哪，到了什么年纪就得要什么。"

"那你说，我这个时候还能要什么？"

"能要的多啦，就要你这个老树桩，不挪窝。你一辈子被光洋耍得还不够难活？临梢末了，一个妇道人家不要去抛那头，露那面啦！"

软琴在午后搂了一卷纸钱去往安放霍长驴的窑洞处。站在窑口前，她看到窑里已经放了三口棺材，都是先死的人等活着的人百年后一起下葬。人死不能复生，在人世活过一回，活着时期待的愿望就要实现了。纸钱烧完后，软琴破例跪下磕了仨头。起身时她说："你懂啊，咱该知足，不讨便宜便是最实在的安宁。"

一股风绕着那纸钱飞了，最后的风尾巴撩了一下软琴的衣角。

九

从二十来岁算起，五十多年，这中间有难以言说的伤痛。当年，李满堂从软琴家走时怀揣着六十块光洋，他摸黑敲开黄财主的大门，黄财主脸上笼罩着一抹茫然。李满堂说，我来借粮，不是白借，这是光洋。光洋扔在黄财主的台阶上，夜幕下的李满堂霸气逼人。就这样，连夜将六十担米从黄财主家运走了。李满堂一直记着光洋的事，无奈战争让部队入不敷出，一推再推。错过还钱的日子后，他和部队已经走离故乡。二十世纪五十年代李满堂回到省城，尘封的记忆开始复苏，一些往事的片段零星地浮现，他决定还债。哪知有人这时候揭发他当年过河时裤裆里绑着一袋子光洋，那些光洋哪儿去了？李满堂在百般辩解中迎来了"文革"。"文革"中他被下放到北大荒。拨乱反正后恢复工作，他反复和所有的人说一件事，借钱还债。这相当于很强烈地表达自己的愿望，他希望人们能够重视，然而没有人认为他说的话是真的。这个世上李满堂欠了债，他同自己讲，这辈子无论如何得还了这个债。可社会发生的一切总是叫他一错再错。人在生存中对某些坚持分明是一种对信仰的砥砺。时空可以超越，现实总是让他无奈。不说也罢，人生的事就像是先前约好的，该来的总归是要来。知道软琴不想出门，怕年龄大了有啥闪失，李满堂通过上边的领导协调，决定赔偿十万元给软琴。

与人的一生相比，钱算什么呢？软琴是五保户，算是国家人了。她花不动钱了，钱是有重量的呀！

她给市里的李宏伟打了电话，要他来。

软琴说："这些天我把那些往事又过了一遍，我不能沿着来时的路再慢慢走回去，走回去让我痛楚难言。听说上边要给的钱数目怪大，我思忖了几日，喊你来，是叫你替我写几句话，把那钱捐给村里。电视上常见有富人捐钱建学校，我也捐了，在谷堆坪建个小学，走过时我也好知道那是霍长驴捐下的。"

李宏伟说："是不是该叫霍长驴小学？"

软琴笑了，"叫人笑话哩嘛，快不要叫人笑话了，一辈子名字没有叫顺溜，都是土里刨食的人，糟蹋人家学文化的娃了。不管叫啥，反正不能拿霍长驴的名字说事。"

春天，软琴下地，走过村中央，看到黄财主的场上建起了一座小学校，一扯十间平房。软琴问过往上学的娃娃，学校叫了啥名儿？娃娃说："李满堂小学。"

软琴怔了一下站着看了半天。

"好哇，叫那个在天下走丢的人再也不离开谷堆坪了！"

无权无势无职无位无成无败，那不自在。

成长

一

曹丕是一个活在街头的人。

他经营的生意，一面是卑琐的行径，一面是崇高的人性。生活在曹丕的世界里就是这样充满矛盾和多样性。

二

曹丕还在少年时代，曹丕的爸爸曹力大喜欢抬举老师。乡下的学生读书难免参差不齐，学得好坏多少要看个人造化。曹丕爸爸抬举老师就是为了他们多给儿子开小灶。可惜老师都是半业余的，没考上大学，念了高中，读过书不能和农民一起站队，在乡里谋个小学老师的活路，心思又不在教学上，时刻想着往城里去。曹丕的爸爸对曹丕的理想也没有过高要求，就希望将来曹丕能做一个乡下老师。凡是做了老师的人都是肚子里有墨水、练就一副好喉咙的人。这样的人乡下人喊他们是"知书识礼"之人。

曹家几代都是农民，到了曹丕这一辈，曹力大说什么也要解脱长期低人一等的感觉，再难也要供曹丕上学。曹力大抬举老师的唯一途径就是要曹丕妈给老师送麦子面馒头。乡下最好的面是麦子面。

可曹丕是那种没有特色的学生，不喜欢读书，喜欢野天野地玩。曹力大从野地里找回曹丕时，常骂一句话："王八羔子，吃了喝了，粪都攒不下叫你野到人家地里了！"不读书不长本事，更不能给自己的家族带来若干好处。就算当一个层次不高的教书先生，简单地实现这个梦想似乎比登天还难。

曹丕混到初中，要到离家二十公里的庄坡上学。人离开家，也就离开了曹力大的视野，想营造一个强迫念书的氛围，这种氛围因距离的原因被阻断了。庄坡因为有初中，村庄里就有人开了网吧。曹丕基本不念书了，初中的课程比小学难，小学没打好基础，进了初中看啥啥不明白。本来是年少活泼、无忧无虑的时代，因为读书曹丕显得郁郁寡欢，他整天泡在网吧，不想读书也不想回家。他感到自己的灵魂十分漂泊，没有可供落脚的地方。更糟的是，初中还没开始念眼睛就高度近视了。

有一天，曹力大在网吧逮着曹丕了。

曹力大站在曹丕身后看他在做啥。

曹丕在玩游戏。曹力大看不懂。

曹力大说："这舞扰的人都在做啥？"

曹丕说："过关呗。"

曹力大说："过了关做啥子？"

曹丕说："过关呗。"

曹力大说："过了关做啥子？"

曹丕说："你来网吧不知道啥叫过关？去，妨碍我过关！"

曹力大一个巴掌上去了。曹丕的关没有过去。曹丕瞪着眼说："你让我过不了关！"

曹力大说："王八羔子，你接受不够九年义务教育，你连基本的说话能力都没有，不要说写封信了，念书念到现在就只会说过关，你爸就是你的关，你来过过！"

曹丕才发现身后站着的是曹力大。曹丕站起来就跑。曹力大在后面追。

出了网吧，一群乡下的老农民喊住了曹力大。现在的娃娃有几个好好读书，读书能做啥？考上大学都分配不下工作了，都说上网是一个怪瘾，小孩子都喜欢进网吧，由着他去吧。

曹力大在人家的劝说下脚步迟缓了，看着曹丕麻雀一样起起伏伏跳跃着不见了影踪。

曹力大为啥叫曹力大，因为他是一个受才。一身好力气，高个粗腰，头发板刷一样硬。农村人一年四季和土地打交道，耍的就是个力气，父母给他起这样的一个名字是起对了。一年到头要下地的那些日子里，对他来说简直就是抡了两下胳膊锻炼了锻炼。等生下自己的儿子时，起名字不能依靠一辈子和泥打交道来决定，得有文化。找乡下的老师来决定，人家抬眼就说："叫曹丕。"说曹丕是历史中魏朝开国皇帝，又是三国时期著名的文学家、诗人。这个曹丕厉害，结束了汉朝四百多年统治。曹力大对这些历史是一头雾水，只有读书才能不辜负这样的一个名字。如今曹力大对曹丕念书的态度显得很是不满。

儿大不由爹，看见曹丕的样子他就心慌气短。

一个平常最不喜欢和人谈正经话的人，被逼迫得决定和儿子谈一次话。

夜幕降临时，曹力大在学校门口堵上了曹丕。曹力大揪住曹丕的手往学校外的干河沟里走。曹丕看到曹力大嘴上叼着半根烟，熏黄的手指在嘴边略微颤抖，出气粗得厉害，一脸的暗淡。曹丕很快就蔫了，低垂着头，反正就是这一身皮肉顶着，大不了疼几天。

河沟里有晚雾，石头上有些潮湿，明亮的月光照软了曹力大的心，嘴上叼着的烟头早就灭了，只剩下了过滤嘴干在嘴唇上。父子俩坐下来后，不知道该怎么打开这个话头，曹丕是不打算说话。曹力大揪扯了一下过滤嘴，用劲猛了，一块皮扯了下来，血渗出，慢慢地聚成一粒豆大的珠，很快就干凝住了。

曹力大说："你计划咋办？"

曹力大说："你不读书咋办？"

曹力大说："起下这么好一个名字，不读书糟蹋了！"

曹力大说："你有啥理想？"

一条狗跟过来，在不远处的地方撒尿，尿在草叶上像下雨一样，唰唰唰一阵子。消停了的狗卧在对面喘着粗气看他们。

曹力大说："你不敢不读书，当下的社会不读书没有出路。"

曹力大说："网吧里玩游戏，要是能一辈子玩游戏算你有出息！"

曹力大说："你的理想最败兴也该是个小学老师的工作。"

草丛中有什么东西动了一下，狗支棱起耳朵，一缕鼻息呼出来，草丛里的动静刺溜跑远了。狗立起身盯着跑远的动静又呼了两下。

去年的这时候，对面有一小块地，地里种了玉米，上网到凌晨时肚子饿了，曹丕在玉米地里掰过两穗嫩玉米，那是一份丰美的食物，现在还能反刍得出那香甜来。

曹力大说："你忍心叫你爸一直说话？"

曹丕没有控制好。曹丕说："反正我是不念书了。"

曹力大一个翻身，曹丕以为要打他，紧着抱住了头把身子埋进两腿中间，驼起背。哪知曹力大跪在了草地上。

曹力大说："我给你下跪，你是我祖宗，算是求你把书念下去！"

曹力大又说："不敢忘了你的名字可是历史上一个帝王的名字，你不能辱没了这名字啊！"

曹丕站起身说："你可知那曹丕只活了四十岁！"

曹力大猛地一把抓住曹丕把他摁在石头上抡起巴掌就打，狗冲着这一幕一边叫一边退。这边打得动静大，没听见曹力大骂，也没听见曹丕讨饶。

三

曹丕彻底不念书了。

两个人不说话，像两个僵硬的物体，虽然无话，可那声音却凄切而尖锐，无形的对抗弥漫在这个家庭的白天和黑夜里，一个一个念想在两个坚硬的人心头盘旋。默声是一种巨大的对抗，它可以让对抗的人感到时空的错乱，压得活人喘不过气来。两个人都想大声说话，但似乎一句话都不会说了；想大声喊叫，可声音却像从小肚子下发出，软弱而冰冷。曹丕妈喊两个人吃饭，吃饭成了一件没有意识、没有方向的事，只是一个机械的动作。曹力大脑海里一片混沌，谁说这世界上没有过不去的坎，曹丕就是他过不去的坎，横竖都看着难过，这样下去咋办？

忽有一日曹丕从他妈那里哄了一百元，人一走不见了影踪。

曹力大被曹丕的行为吓住了，歪歪斜斜地坐在屋外的廊檐下。曹丕妈收拾曹丕床铺时发现了曹丕写给曹力大的三言两语，大意是外出闯荡会像一个人一样回来。多大个人，外出闯荡容易嘛。曹力大嘴上喊着："让他走，走得远远的，省得在我面前晃荡！"话归话，身子骨却是软得没有一点力气。人咋能不读书？正是读书的年龄，不读书曹家就没有翻身的机会，就算在外能活下去，可活下去的质量没有啊！

曹丕怀揣一百元大钞，可一百元在市面上不经几下花，或者说刚够路费。小麦还未收割，玉米还未灌浆，一开始离家出走的自由还来不及享受，肚子开始饿得没着没落，泪水来了，泪水浸醒了他的冲动，无边的陌生立即包围了他。城市的灯光明亮，可静夜的天空下，稀疏的星星高高地眨着冷漠的眼，曹丕想到那是曹力大的眼睛。夜静得街道上不见行人，偶尔有车闪过，掀起一股冷风，浑身不自觉地鸡皮疙瘩鼓胀得冷冰冰的。他开始恨曹力大，只有恨曹力大他的心才有温度，才有一股活到明天的勇气，才可能获得一种前所未有的爆发力。他寻着一个墙角的背风处，坐在地上，用自己所知道的最恶毒而肮脏的土话骂曹力大。骂声深入夜空后，又跌落下来。他的声音怪怪的，荡着阴森森的味道。静下来后开始想曹力大模糊的轮廓，曹力大走近他时那高大的影子，一度屏蔽了他的呼吸。他厌恶曹力大。正好旁边有一面玻璃墙，曹丕起身走近照自己的样子时，发现玻璃里有一双熟悉的眼睛，他先是感到奇怪，再仔细看时又发现那双眼睛下面显现的脸庞也很熟悉，整张脸的轮廓，而不是具体的一双眼睛、一个鼻子或一张嘴，他从来没有仔细到这个地步看这张脸。这张脸正在扩大，无限扩大，他发现这就是一张曹力大的脸。曹丕尖叫了一声，感到心里火辣辣地难过，为什么自己会长一张曹力大的脸？

一个流浪汉走过来，他身上披挂着一些细碎的布头，灯光从灯杆上浑浊地照下来，罩住了他，他的身上有一些烂而黄的白菜叶子，一条腿裸露着，生了很大一片脓疮，在惨淡的灯光下他站得孤独而潦草。曹丕掏了掏口袋，一百元还剩余七十多块，这个数字对曹丕是一个焦虑不安的数字。如果他明天回家给曹力大承认错误，一切都会化解，如果明天不回家，他突然觉得身子一阵冷似一阵，握钱的手心里捏出了冰冷的汗。

一群醉汉走过来，彼此斜斜吊吊走着。一个人的头始终亲密地和另一个人的肩连为一体，周边的人像扭秧歌一样前前后后忽闪着肚子，腿和胳膊像断了似的左戳一下，右戳一下。那一对连体人，突然地有一个蹲了下去哇哇地开始呕，那些食物经由他的肚子颠出来，是那么的腐臭。几个人仰天大笑着晃过来拖着呕吐的人跌跌撞撞往前走。凌乱的脚步声远去时，他看到那个流浪汉在傻笑。他笑什么呢？他这一辈子根本就不知道什么是哭什么是笑，如果知道他不会傻成这个样子啊。曹丕也开始笑，反正骂和笑在这个静夜里没有人看得见，总之今夜先自由放纵吧。

曹丕笑着往前走，他想去找一家网吧，玩一夜，明天再说明天。那个流浪汉跟着他，这是一个意外的乐儿。身后的那个人笑着流着涎水，曹丕反过身倒退着走，用手指着他又开始骂，这一会儿他忘记了曹力大，显得很开心。

就这样忘情地走着，走到了城市郊区一座桥下，桥下居然住了人。曹丕看到桥下生着旺旺的火，没有风，一股青烟在火焰之上。走近了才知道不是住着一个人，好几个地铺，有睡觉的，有唠嗑的，咳嗽声持续不断。一个戴着破帽子的汉子手里抓着一条蛇，他像抓着自己的裤带一样在手里来回舞弄着。一个女人递过来一把小刀，他在蛇的颈子上转圈割破，坐在地上的汉子伸出手想要什么，只见戴着帽子的汉子把握着的蛇头递给地上坐着的，戴帽子的汉子翻开蛇颈项上的皮往下拽，用得不是太大的劲，"一二"，蛇被剥得精光，小刀子一挑，蛇被煮进了锅里。

戴帽子的汉子扫了一眼曹丕："妈的，这么晚了不回家，游荡啥呢？"

曹丕说："我没有家，我妈嫁了后爸，他把我赶出了家门。"

说这句话时曹丕都没打草稿。

戴帽子的说："不让你念书了？"

曹丕说："念那书有啥用！"

戴帽子的说："跟我们一起住，这世上只要脑子活泛不愁长大，念书把人都念傻了。"

戴帽子的从桥墩下扔过来一块砖头，扔给曹丕一个破被子，"找旯旮儿睡去。"

曹丕躺下去时，感觉到了四下一片朦胧的温馨，让他有种在床上睡的感觉，然而桥上的车轰轰地在过，这些又似乎是催眠曲。

曹丕歪起身说："蛇会报仇。"

戴帽子的人说："来一条吃它一条，我这身肉全凭吃五毒吃成这等成色的。"

曹丕沉默了一阵子，看着地上突然害怕什么地方跑来一条蛇，一时脊梁骨有些发冷。他实在是太困了，倒在砖头上，眼皮子沉甸甸地合上了。

四

曹丕和那些活在街头的人住在了一起。

戴帽子的人叫李明孩，白天看，脸膛黑里透红，额头更是油光发亮。大白天不穿上衣，身体也是黑里透红的油光可鉴，雨落在他身上挂不住，不留痕迹就没了。桥下住着的人都是生意人，有钉鞋的，耍魔术的，卖假药的。曹丕很喜欢这个群体，尤其喜欢李明孩。这个群体天亮后出去，夜黑后回来，人人都很勤劳，一副早出晚归的忙碌样子。李明孩是卖假药的，他只上过两年学，早把字忘了，不过卖假药的串词他熟练得很。夜晚回到桥下时大家都很兴奋，他们几个人合伙雇了一个城市周边来城里打工的女人来做饭。女人长得不好看，身材不匀称，甚至有些粗短，每天来做饭时脸上挂着疲惫的笑容。李明孩一看见她就喜欢撩逗她，她的指甲缝里藏着面粉，却不好意思地捧着一个碗，遮住半张脸。李明孩说："瞅你羞花闭月的样子。"念书没有记下几个字的人会说羞花闭月，这让曹丕更是另眼相看。

李明孩说："曹丕，桥下的生意人里，你看中哪个行当了，哪个人就是你师父，这里不讲文凭。"

曹丕胆怯地四下里看看每个人，他们都在叙述一天的生意经呢。

李明孩说："街头生意都讲究个口才。不过你不念书了挺可惜的，小小年纪不念书，要想挣脱祖祖辈辈泥里爬泥里滚的命运，从现在开始奋斗，你首先得把苦当了乐，悲当了喜，哭当了笑。就像我一样，一个穷字挡了媒婆的脚，光棍一个，一个光棍，一人吃饱全家光荣。我和你讲，啥子生意都难做，就看你悟性高低。悟性低的人，站在街头，毒日头晒得秃噜皮，腰子痛得挺不直，半毛钱少，半毛钱不见有人捡。悟性高的人，我不说你该明白，从现在开始一步一个脚窝做，你就是未来的大老板。"

曹丕哑得不知道说啥好，选择啥生意来生存？念书是他长这么大唯一的选择，放弃了念书，选择啥？他很茫然。

李明孩唱了一句："解放区的天是明朗的天。"

旁的人也跟着唱。曹丕很幸福地看着他们。

李明孩说："你不能活人成了个吃才。"

曹丕开始想曹力大，曹力大是他的大后方，在那里可以得到最无私、最有力的支持，可那是要叫他念书。现在是念书之外的事，曹力大那张凶狠的脸一下就来到了眼前。

曹丕低下头说："你们都是民间高人，你们看我像什么就学什么呗。"

"咦——"

这句话说出来很叫李明孩高看。三岁看大，七岁看老，念过书的人不一样，最大的不一样就是会看人说话。

李明孩说："铁匠炉里加炭，老鼠跌进了风箱；打个箭步到跟前，活是白日见了鬼。你人小心眼多，不念书可惜了。不过话能来回说，书本里的知识到了生活中都是反的。你跟了我学，保管你吃香喝辣。"

曹丕点点头，看着李明孩。

李明孩说："拨云见日，拿他们的生意来说，你干不了他们的那些个娘娘活儿。一拳一酒，捉对厮杀，拳打胜家，你听猜拳令，这都是生意经。跟我做生意，第一，脑子要活泛，第二，嗓门要洪亮。伸手为定，吆喝如同唱戏，水火相遇，水化了火，火化了水，真做假来假做真，买卖具有刺激性，要吆喝得那些口袋里揣着钱的人兴致高涨，按捺不住，心痒迫切，买卖就成为生意了。"

李明孩从一卷铺盖里摸出半瓶高粱酒，又从什么地方摸出一小袋子五香花生米，端过一只过时的洋瓷碗，倒酒时发现碗太大，把碗翻了个儿，酒倒进了碗托里。吸溜一口，再倒又吸溜一口，连着三下。然后倒一托递给曹丕。曹丕说长这么大没有喝过酒。

李明孩说："从现在开始，你慢慢把这一辈子没干的事都尝试一下，就怕到老尝试不完。哎，你多大了？"

曹丕说："我十六岁。"

李明孩说："看见你要比实际年龄大，长得急。过去像你这么大的人都当爹了。来，和我一样，三下三清。"

曹丕不含糊，端起酒三下三清。桥下的人凑过来，一人灌了三下，其中那个掌鞋的拐子，酒下肚脸上涂了一层漆光。酒一喝开就控制不住了，李明孩掏出十元钱给地上窝着的罗圈儿腿，叫他去买酒。罗圈儿腿嘴里含着纸烟，瞪着眼像审贼似的盯着曹丕。曹丕从口袋里掏出十元钱递过去，曹丕说："捎带买两个下酒菜。"

罗圈儿腿脸上不冷不热，那双大眼怀疑了一下，一把抓走了曹丕手里的钱。

李明孩说："你为啥叫草皮？任人踩。这名字难听。"

曹丕说："是曹操的曹，丕字下面一横的丕。"

李明孩说："是戏台上那个拿腔拿调的大花脸儿？那个人我倒是不讨厌他，他喜欢喝酒。我也喜欢喝酒，很对缘分，啥时候他从戏里出来，我请他喝两口。"

曹丕说："曹丕是他的儿子，当过皇帝。"

李明孩说："你的意思是，以后我得喊你皇帝？"

曹丕吓了一跳："不是不是，我只是说我的名字的来历，是有说头儿的。"

李明孩说："你那亲爹八成是个小学老师，我们村里的那些当过老师的人就喜欢弄个历史人物出来说事，文绉绉的，生怕别人不知道他懂得两个字。叫草皮也不叫曹丕，丕字下面一横，那也叫个字？不像个字。你爸叫啥？"

曹丕说："曹力大。"

李明孩说："亲爸后爸？"

曹丕说："后爸。"

李明孩笑了。

"你妈投奔爱情给你改了祖宗。以后甭叫曹丕了，就叫曹力大。反正被假冒了才是名牌，又不是你亲爸，你也恨他，我以后骂你也好骂起来顺嘴。龟孙子，曹力大！"

曹丕的泪水总不能忍住，框在眼里，脸蛋子通红通红的，低了一下头把泪挤出去。买酒的罗圈儿腿回来了，带来一股风，那股风从袖口、颈脖子处钻进身体，曹丕不禁打了一个冷战。一个不切实际的叫法吓了他一大跳，这是根本不可能的事情啊，曹丕是曹丕，曹力大是曹力大；曹力大是曹丕的爸，曹丕不能改名叫曹力大。他想进一步做一个很诚实的解释。

李明孩冲着大伙说："这是龟孙子曹力大买的菜，鸡用鸡爪往后刨，猪用猪嘴朝前拱，天生的，生就的骨头长就的肉，他知道拿十块钱买菜拜师，这就是找吃食的本事。"

酒菜摆在砖头上，大家伙围拢坐过来。

李明孩认为曹丕是送上门来的徒弟，是自己的运气，是天给的，第一杯酒要敬天。披上人皮做一回人不易。得靠地聚气给一块开场，第二杯敬地。接下来是曹丕敬师父，曹丕长跪在地上磕了仨头，第三杯孝敬师父李明孩。李明孩喝了一大口，剩下的给了曹丕。曹丕端着酒两难在那里，李明孩说："站起来，你妈养你就是一个该站着尿的人。曹力大，把师父剩下的酒喝下去，我欠你一个媳妇，你欠我一副棺材！"

曹丕被刺激的是"曹力大"这仨字，媳妇和棺材哪儿和哪儿都是个未知。这仨字让他心里流血，头发里冒火。曹丕站起来一仰头喝下酒，空碗一摔，眼里的泪哗哗地下来了。

李明孩吼道："哭啥哩？做我的徒弟，第一不能怕丑，第二不能怕羞，第三不能脸红。要想生意做好，大街上脱胎换骨炼红心！"

五

曹力大自从曹丕离家出走整个人就不多说话了。对曹力大来说，他为了这个家日夜操劳，不得喘息，曹丕就是他的出人头地，是曹家未来的终生寄托，曹丕是比家里供奉的神像牌位更实在的东西。曹丕一走，他开始钻进了牛角尖里，他认为曹丕的出走与曹丕妈有直接关系。他无法从这个女人身上找到优点，在他想象力所及的范围内竟然找不到原谅她的理由。她首先不该给曹丕一百元钱，其次父子对抗的日子里她没有协调这种僵持的关系，再次曹丕完全遗传了她的糨糊脑袋。

阳光明媚的早晨，曹丕妈做好早饭，小饭桌摆放在屋子外的廊檐下，饭菜端上去，身材小巧的曹丕妈走路轻快，像一片被风吹落的叶子。她冲着里屋床上的人喊："吃饭了。"以往喊"曹丕爸吃饭了"，现在是生生把"曹丕"去了。时光真叫人一寸一寸心疼。曹丕妈准备就绪这些活计，一个人坐在大门外望着进村的路，路真叫个长。村庄看不见人。车也少见，从前村庄里热闹，没有一个人想出远门，人都在热闹的视线里，很大的声音围裹着村庄，一户挨一户的消息不敢多走动就叫人都知道了。现在，活一天张大眼睛趸摸一天，眼睛里连个正经人都看不见。几个留守老人把曹丕的事说烂了，翻来覆去没有新意，倒叫人心里焦得难过。

早晨过去是中午，上午的时间总是很短，中午她把曹丕的饭也做下。曹力大端碗在锅里盛饭时，看着一锅饭，看曹丕妈的眼神有些陌生了，提着勺子走近曹丕妈说："日子叫你过败了！"曹丕妈开始流泪。曹力大睨了她一眼，"还没有死人呢，好日子都能叫你哭败！"曹丕妈把脸扭往一边，忍着泪出了门。走到村口，她看到村里的五保户兰娣坐在废弃了的碾盘上，眼睛眯着，不多的几缕白发被风吹着遮挡着脸，她已经没有亲人了，眼睛也已经看不见，耳朵还好着。天暖和的时候她就盘腿坐在碾盘上，她迷恋村庄里的热闹，那热闹里有她在世的亲人。如今春来冬去，风来雨去，听听声音想想从前，世上的牵挂都不在了。以往曹丕妈觉得兰娣怪异，现在她突然明白了，兰娣的现在就是自己的未来。不喜欢煎熬在屋子里，想不得曹丕的从前。

曹丕妈越过兰娣走了不几步停下了，村庄朝东的路上，一动心事曹丕的模样就来了，调皮的曹丕背着书包踢踢踏踏走过来，曹丕说："妈，拿回书包。"曹丕妈急着问："不回家你去哪儿？"曹丕说："耍。"

"不念书就知道耍。"

兰娣伸长脖子说："是力大家里的？你和谁说话？"

曹丕妈回过神来："自说自话。"

兰娣的皱纹已经从眼角扯到了脸颊，有些困乏，不想说话，还是嘟囔了一句："不该到自说自话的年龄。"

伸向远方的路模糊起来，曹丕妈的眼睛酸酸的，曹丕什么时候能回来，走时没拿一条线一块布，连顿饱饭都没有吃。这样想着泪又来了。

曹丕走后，曹丕妈就这样忍气吞声，心甘情愿在心里接受曹力大的埋怨，也不敢堂堂正正交锋。日常生活出现了强迫症，当曹力大用发号施令的口吻和态度希望曹丕妈做他希望做的事时，曹丕妈觉得日子过不下去了，她觉得自己受了天大的委屈，她感到自己这么多年来一直受控于并被戏弄于一个牲口的手里。更严重的是她心里放不下曹丕，非得有个准信和结果，要不她自己就吃不好睡不安。曹丕的离家系在她心尖上，稍一牵动，便是痛彻心扉地疼。担忧和愁苦中她把曹丕换季的衣服收拾出一大堆来，毛衣、单衣、棉衣、秋衣，换季的鞋袜、内衣内裤，两大蛇皮袋子。曹力大看见了觉得别扭，顺手提起扔进了西房。曹丕妈坐卧不安，手不是手脚不是脚，短短一些日子人就瘦了半个。不管曹力大怎么骂她都不还嘴，没人的时候只是流泪。可曹丕妈曾经是一个要强的人，也是一个有主见的人，不然她不会选择曹力大。

当年的曹丕妈是乡里的一朵花，盯着采花的人多了。曹力大能像沙砾一样借了太阳的光芒放射出来，走进曹丕妈眼里，那是有赖于大集体时代，当然曹力大讨好曹丕妈那也是有一套的。

当年秋收时分各队的青壮劳力集合在一起互帮各个小队收秋，曹力大到了曹丕妈的那个村杀高粱。整个一大块地里红漾漾的一片高粱，天有些微寒，曹力大故意脱了上衣，露出很结实的肌肉，故意让那些人先开始杀。那年月不讲性感，光天化日下，裸露膀子，那是让陈旧的大地上显得格外明亮的风光。闺女媳妇乌泱泱的眼睛，像种子似的往曹力大的光膀子上下种。胆大就是幸福，曹力大的身体就是爱情的力量。等他们走了三分之一了，他甩开镰刀，棒槌似的手臂一搂，一怀高粱横下，放地上时高粱穗先轻触地面，再撂秸秆，轻重缓急，潇洒得很。歇头歇时，别人都坐在地头上拉话，他走近还不是曹丕妈的女子，要过她手里的镰刀，说："给你磨磨镰，看你杀得吃力，镰不快杀起来不轻便，明儿手臂抬不动。"只见他走到地中间从女人落下的那垄高粱开始杀，那女子看四下里的人都看着想说什么，却也说不出口。只见曹力大一起一伏地说："杀高粱就是磨镰刀，庄稼地里高秆粮食是镰刀的磨刀石，几下子就能越杀越锋利。"曹力大身强脑健，讨好女人有一套，旁的人笑在嘴上却也说不出反对意见来。一身结实的肌肉，一副助人为乐的好心肠，这些都很符合那个年代女人的择偶标准。曹力大一个卖力的小花招很轻易就得手了，那女子没有弯转过筋来，两年后成了曹丕妈。

一季连着一季，而衔接这季与季之间的裂痕是下一代人否定了上一代人，下一代人又莫名其妙长成了上一代人的脾气。当年曹力大就是因为不好好念书，他的爹拿着鞭子抽得他的脊背和斑马纹似的，他的奶奶颠着金莲护着曹力大，嘴里嚷嚷着说："世上最难的事就是识字，就那几个笔画来来回回把社会就扭打乱了，不学它了。黑有黑道，白有白路，造化弄人，下什么种子开什么花。"曹力大也发誓有了娃一定要把他放养在山里，他认为世界上最难的事也是识字。娶了曹丕妈生下了曹丕，他转变了认识，不识字世界就不是你的，不识字兔从狗窦入，雉从梁上飞。

曹丕离家一个月下来，曹丕妈像变了一个人似的，除了照常去地里侍弄庄稼外，再就是站在村口上望着路尽头。见人不抬头像有了短似的，更是不见有句客套话。在屋子里也不看电视，目的是想避开声音，怕忽略了屋外的动静，屋外的任何动静都和她靠得很近。夜黑的时候她顺着出村的路走很远，像是一阵风从门口经过，让她闻到了什么。她急急慌慌放下要洗的碗筷就走，沙沙沙沙的声音，是几片叶子在路上行走。整个山野一片寂静，铅灰色的山挡住了天边那半个月亮，夜低垂着，无论耐力、韧性或定力，那些仰头可望的山峦都叫她感到了压抑，让她有一种剧烈的疼痛感，她觉得她有憋了一辈子的话要说。她看着山打着寒战，她要说的话被夜胶住了，小声到只有自己的心能听见，"曹丕曹丕，妈在村口的路上等你回家。"

话说回来，就曹丕这一个儿子，出了这样的事，曹丕妈可说是看着儿子不动声色地走失，这样的打击太大，刺激太深了。街坊邻居们开始为她担忧，一致认为曹丕是个男孩不会出啥事，只是一时孩子气离家出走，活不下去还会回来，曹丕妈气出病来那曹家就塌天了。

村里外出打工的人听说了曹丕出走的事就互相转告，谁见着曹丕了都要把他妈的情况告诉他。

后来村里有个叫林生的人外出，果然在火车站看到过曹丕。曹丕小大人似的，腋下夹个假皮包包，跟着一个黑油光亮的人急匆匆地赶路。瞅见他的林生喊他，他扭转头循着喊声看过来，果然是曹丕。林生告诉曹丕，他妈天天黑明白夜在路口上望他，人瘦了半个。曹丕不言语。林生说，跟我回家吧。你们家的希望因为你出走没了。曹丕在创业，起步是艰难的，一个人如果有太多的儿女情长，所有的起步都可能半途而废。一想到家，家就变得沉重了，没有任何东西能够阻止他去做真正想做的事情，家能坏事。只有脱离开家，时间才是光，才是空气，才是自由，他的命运才会有运气来改变。曹丕说，你回去告诉我妈，叫她不要瞎操心。那个人是我师父，我跟我师父学艺，学成了自然要回去。你也回去告诉我爸，学艺如念书，不下功夫学，艺不精到。叫我妈吃好些，我是个男人，我得闯天下，总有一天会衣锦还乡。曹丕的话说得叫林生没有话再说，社会真是锻炼人，这几句话念书人是说不来的。曹丕妈一边抹眼泪一边听林生讲曹丕的事，怕一个抽泣失了一个细节。拿着手帕细声细气听。讲完了觉得还没有听明白，还要问，问曹丕穿啥衣服，穿啥鞋，脸色是啥样子，个子高了没有。问完了又问跟着的那个师父是啥样子，曹丕跟人家学啥艺？林生说，我忽略了问他学啥艺。曹丕妈说，知道知道，到底不是你的亲人。这叫啥话！遇见曹丕带信回来不感激反倒成为不是了。不过这个消息让曹丕妈气色有了回转，人明显话多了，见人就开始后悔走时给曹丕的钱少了，一百元是个屁，风放个屁都能吹跑。不知曹丕是怎么活下来的？每天只要闲下都要找借口去问见到过曹丕的林生，林生被问泼烦了，一见曹丕妈就说："你饶了我吧，我下回见了曹丕我就装了没看见。"

这哪里是乡邻说下的话？

知道曹丕在外好好的，个子也长了，长得和曹力大一样粗壮，曹丕妈心里就有底了。就不怕曹力大饭饱生余事了。

正是收秋时节，田野上到处都是丰收的景象。外出打工的人都回来收秋了，都显得急慌慌的样子，把回家当了一个债，回来还债来了。曹力大杀倒玉米，曹丕妈卧在一畦一畦的玉米旁，掰下来的玉米发出轻微却干脆的折断声。她把掰好的玉米棒子插在筐子里，曹力大挑到路边的三轮车上，一车一车玉米送回了院子里。满院都铺满了玉米，一年怎么吃得完？曹丕妈把玉米皮脱至尾巴处，和别的玉米拴在一起，一串一串挂在楼窗下的横杆上，院子里两棵柿子树的树杈上也挂着玉米，墙头上、山墙下都是玉米。玉米皮划得曹丕妈露出来的皮肤上到处都是红道道，太阳一蒸，热辣辣地疼，有一个念顶着，曹丕妈不觉得疼。一年的玉米晾晒完了，余下的玉米曹丕妈不等来年春天，一定要卖个贱价。曹力大和曹丕妈吵上了。

曹丕妈一改往日小心小胆的样子，吵架的声音出奇的大。

曹丕妈骂："春天的玉米价格高，你等得我等不得。儿不是你身上掉下来的肉，娘身上掉下来的肉娘疼。"

曹力大骂："反了天了你，好好的春天的价，叫你秋后糟蹋了，里翻外颠倒，折了一半价，玉米不卖！"

曹丕妈喊："就卖！"

曹力大喊："不卖，这是老曹家！"

曹丕妈脸上挂着草皮指着曹力大："老曹家？屁，老曹家是低贱的树，只有我李艳红才叫你老曹家树上结下的果有个样子。"

曹力大想笑，这么多年他忘记这女人叫李艳红。

曹丕妈："你把曹丕打得那样重，小看他是个孩子，他也长了心。孩子怎么走的？就是你打走的。亏得他走时我给了一百元，不然以后孩子想通了回家来，连个暖心的疼也念不起。"

曹丕妈说："这是有人看见了孩子活得好好的，要是孩子没了人了，曹力大，你别想好好活个死，我提前走也要拽上你，死了还做你老婆叫你不得闲！"

曹丕妈说："你看看你曹家祖坟上有没有念书人这棵草！你还不趁天好卖了玉米去把儿子找回来？你看得钱比儿的命重，来来来，我这一条贱命不值钱，你守着曹家的祖宗，你活，你活千年蛤蟆万年鳖！"

曹丕妈一翻身，曹力大先还有点肝火，后来人就习惯被骂了。在骂声中开始反思自己，人生不吃苦头就尝不到甜头，自己不也是懂事晚，曾经也是不想念书嘛，算了，不念就不念了，能谋个生意也算是个交代。玉米卖完曹力大怀揣卖玉米的钱，开始循着见过曹丕的人指点的路线进城去找儿。

六

城市里真要藏一个人还藏得真严实。走街串巷找，到底曹丕在城市里学啥艺？曹力大想：不给人家修脚揉肚子还怪了呢。走着乱想着，瞎猫碰死耗子，总归要在一个地方看见曹丕，心里默默地高喊着："曹丕！曹丕！我是你爸！"

城市里高低不平的楼房，街道上往来不停的车辆，曹丕在什么地方？不停地走下去，曹力大的腿像灌了铅似的，尘土吸进了自己的心里，他由快而慢，胳膊下夹着一个黑布兜用来装干粮和水，水喝完了想讨口水喝难得很。他不停地打听一个叫曹丕的人，因为说话有口音，怕城里人听不懂，就尽量想用普通话问话，总归是说得不老练。一方水土养一方语言，说话是为了交流，关键是对方听不懂。他打手势和人家沟通，人家翻他一眼，显出了城市人的优越，他不敢吭声。拿笔在纸上写了一句："见过曹丕？"城里人看他伸过来四字纸片"去去去！"像防瘟疫一样嫌弃他。他走过的街道又走了回来，进过的店又走了进去；十字路口上选择，有的已经走过了，有的还在疑惑走过没有？他像汽车轮胎带进城市里的一疙瘩泥，风卷着他在城市里转起圈来，这样找下去不是办法。他在绿树成荫、花木繁盛的城市花坛边坐下来休息，看到那些休闲的人们、牵着手的伴侣在其间徜徉、逛街，好生羡慕这些人的富裕时光，他有一些兴奋。城市好哇！城市是个大宝物。

　　夜深了，曹力大走得口干舌燥筋疲力尽，他走进一胡同深处寻着一家小店吃了晚饭，就着旁边的旅馆住下了。一晚一百二十元，这让曹力大的心疼了一下，与那些大宾馆相比这家是最便宜的了。入住房间后，他看着白色的床，白色的墙，白色的窗帘子，白色的厕所用具，白色让他没有丁点力气。白色在乡下是死人的颜色，白色让曹力大无限痛苦，唯有地上的地板砖带一点肉色。曹力大坐在地上靠着床，脑海里泛起无比复杂的内容，假如睡到明天不醒咋办？讨嫌的宾馆。站起身走进卫生间拧开水龙头解了渴，撒了尿，趴在窗台上看不十分热闹的胡同。一只蛾子在窗户外扑打着玻璃，几次扑打后跌落在了暗夜里。他看到热情行走的年轻人，亮着灯光的小卖部，平地耸起的高楼，黑灰色的影子下几个建筑工人就着路灯在打扑克。他开始难过，这个城市藏着逃避他的儿子，站在这样的窗户前，乡村突然离他很遥远了，那个遥远让他十分惧怕。这个城市里消失一个人太容易了，就像那些黑乎乎的窗户，人走进去再看不到黑之外的色彩。曹力大努力让自己清醒一些，走进简易的卫生间，看到墙上挂着的洗澡喷头，他开始脱光衣服站在喷头下，拧开水龙头，水是凉水，像雨水一样洒在他的身上。不念书的人永远都不能高人一技，不念书的人在念书的人跟前人不人鬼不鬼还没知觉。按照富贵设下的山头，不念书的人都是给念书人垒台阶呢。

敲门声响了，曹力大忘记了自己没有穿衣服，湿淋淋开了门，走进来一个中年女人，女人个儿不高，看见曹力大的样子脸也不红，似乎曹力大的裸体在她来说太熟悉不过，一进门她就把门反锁上了。曹力大觉得她是找错家了，便冲着女人笑了一下。女人说："看你登记时的老实样，没想到你也是老江湖了。"曹力大吓了一跳，意识到自己裸着身子，急忙反身关上卫生间的门。他脱光的衣裳在外面的地上扔着，他打开门想取衣裳，哪知女人在门口站着，单刀直入地说："我是来陪你过夜。"这句话让曹力大浑身不自在，如芒在背。曹力大在乡下听说过一些城里的事，电视剧里也教会了他很多，他是过来人，也和村里的女人偷过情，他清楚地知道这个女人是来找钱来了。曹力大感觉自己被这个城市游离出来，他想哭，努力让酸楚的鼻子吸气，再一次开门取自己地上的衣裳，他发现女人赤裸着身子，他被这陌生浓烈的气味呛了一下，完蛋了，跌落进陷阱里了。就这么个热身子想咋咋吧。曹力大被女人拥倒在床上，女人叫了一声"哥"。这一声哥如一道电光从头顶直直地照下来，一个完全陌生的人这样大胆地叫自己。曹力大不敢直视对方，怕自己无端地哭出来。女人桃花带雨，春波如潮："哥，我不害你，我来是叫你好。"

曹力大血压突然就升高了，一颗心扑通扑通直往嗓子眼里撞，局促在床上，手脚不敢动，生怕一动便会要命。满脸苦大仇深的曹力大不能够正视这个女人，他的呼吸跌落在她的胸脯上，曹力大不敢把她当作曹丕妈使唤，他知道即将发生的后果。偏偏有些后果是无法控制的。

本来曹力大带了钱想在城市里多住几天，直到找见曹丕为止，一夜之间钱的性质转换了。女人离开的刹那间，脸上荡起一阵看不见的小风，女人说："哥，两千。"曹力大脸红了，抬头注视着注视他的人，他脸上的红一点一点退尽，这个女人无论哪里都不及曹丕妈。这桩交易甚至连讨价还价这一基本步骤都省略了，曹力大说："没有。你说你不害我。"女人走到门口开门的瞬间闪进来一个男人，男人进门揪了曹力大的领口，曹力大乖乖地掏出口袋里仅有的两千元递给了女人。女人说："哥，明晚不走我还来。"门吱的一声敞开了，离去的两个人消失时，应声而入的光线分外刺眼。曹力大的脑袋里嗡一声糊了，一时间不明白自己是在哪里，听见隔壁房间里有声音，又想那声音是路边传来的，却又很奇怪那声音，此起彼伏。他开始害怕，那害怕越来越近，靠近他的鼻子和眼睛，他抡起巴掌打了自己的脸一下，那声音无疑是从他脸上传出来。害怕靠近了他的眼睛，他不知这一切该如何结束。城市里的诱惑有恃无恐，他害怕再来一次诱惑，他开始把床拖到门口顶住门，这样依然不放心，自己靠着床坐下。他想，来吧，我曹力大有的是力气。就这样他坚持到了天明。

曹力大顺利地离开了小旅店，结账时那个老女人朝着他露出了牙齿，不是笑也不是骂，硬邦邦地把多余的钱退到桌子上。曹力大出门时撞在了玻璃上，他像一片从大树上掉下来的干枯叶子，不知自己要飘到哪里去，在农村人模狗样的一个人，到了城市他空了。一条熙熙攘攘热闹的街，人流如潮。走过的人没有一个主动看他一眼。可曹力大觉得都在看他，明明满眼都是陌生人的气息，可自己的心里总是充满了怯意，唯恐世人指着鼻子骂他，甚至害怕此时找见曹丕。走了一段路陌生的一切完全消失了，曹力大是谁？没有一个人关心。他紧抿了一下没有水分的嘴唇，咽下了一口唾沫，那唾沫居然把喉咙都拉伤了。他开始佩服城市里的人，人一辈子没有在城市里活两天那叫白活了。那火柴盒垒起来的楼房，见缝插针的小酒楼，以前是住店，现在是宾馆，城里人和乡下人像两个世界里的人。"走过路过不要错过"，从声音开始，这些街道，让他忽略了停留在城市里的时光。狗日的曹丕就在这样一个城市里生活，他逃避念书，如果在这样的城市里活下去，念什么书嘛！不念书在这个城市里怎么活？像那些摆地摊的，活在塑料泡沫、冰棒纸屑、菜叶和丢弃的杂物中间，城管过来撵着跑，在大街上没有落脚地，小街小巷里的贼一样……不能再想下去了。狗日的曹丕，不念书你在城市里只能活得人不人鬼不鬼。看见看不见的难过让曹力大开始讨厌城市了。在乡下，你当个教书匠，家长敬着，给脸不要脸的东西哇。曹丕，曹丕，曹丕！

口袋里的钱叫曹力大一夜挥霍了，留在城市里吃风屙屁是活不下去的。夜里的那个女人，展开来想，她在夜色下抚摸曹力大的脸庞，他的心开始由惶惑而惊厥，一团白肉，渐渐模糊了。他想起了曹丕妈，很久都没有叫他焦躁了，可这不是理由啊！曹力大为昨夜的事情感到羞愧，他为这个秘密感到难过，他所做的一切使不幸降落到了不幸家庭身上。疲倦、饥饿，对曹丕的仇恨让他无法呼吸，面对着这个转来转去的城市，他的脑袋始终无法清醒。

黄昏，曹力大在风里坐着末班车赶往乡村。

漆黑的夜幕下，曹丕妈打着手电筒站在路口照走过来的行人。听见脚步声时先照路，照走过来的脚，脚上穿着的鞋不是曹力大的，便说："路上可见着班车了？"来人说："我和班车走的不是一条路。"

人走过，路静得听不到任何动静。乡下的人是越来越少了，半天听不到脚步声。曹丕妈担忧着外出的人，摸黑走了二里路，一路上想曹丕的从前。曹丕从前多可爱，话多嘴不闲，放了学往家走时一口一个妈叫得欢。曹力大和曹丕对抗后，曹丕就不叫妈了，总是有求自己的时候才困难地叫一声妈。眼下曹丕走了快三个月了，她在村口上望了三个月。乡下人真不知道怎么才能调教好孩子，从前的人养一窝，现在养一个都难。曹丕妈的心悬着，担惊的心如蚕吃桑叶一样搅得她心慌。

有脚步声走过来，曹丕妈仿佛听到了熟悉的声音，照过手电，那双鞋很眼熟，心悬了一下，心里有一棵草，嘣嘣嘣往上蹿。稳住神顺着手电照着裤脚、西装、脸，果然一个有深刻廉耻感的人回来了。手电筒晃得曹力大不好睁眼抬手挡了一下。回来得如此急，曹丕一定是有了音信。

曹丕妈说："见着曹丕了？"

曹力大自顾往前走，"没。"

曹丕妈说："走一天就回来了，是听到消息了？"

曹力大说："听了个大概。"

曹丕妈往前小跑几步挡着曹力大，"你说下个准信，大概是个啥？"

曹力大说："回屋说，黑更半夜，村里人还以为我死了。"

心里都有意回避着一些急火，往回走时曹丕妈腿酥得几次要软下去。

一路上曹力大想，回家怎么交代？儿没找见钱没了，钱没了事小，儿没找见事大。虽然有夜色掩护，瞎话编不圆，再加上疲惫、干渴、路途奔波，越发让他缺乏想象力。假如曹丕妈咬住这个话题穷追，他实在找不出一个高明的答案。

时钟指向夜间十一点钟，曹力大把皮包扔到床上，四仰八叉躺下去，他说肚子还饿着。对善良的曹丕妈来说这是一个捻子，她似乎也听见了一个奔波的人肚子里辘辘乱响，赶忙添水生火。秋后的穰草在灶膛里发出呼呼的火声，她不时瞟一眼床上的人，好生心疼。夜静时分，擀面声奇响，不一会儿，一碗面端到了曹力大眼前。曹丕妈说："见着曹丕了？"

曹力大翻了一下眼皮。

曹丕妈再问："曹丕可好？"

曹力大无从知道曹丕可好。挑了一筷面往嘴里送，占着嘴没法回答。

等着半碗面下了肚，他又佯装瞌睡得急，等不得放碗。曹丕妈心焦得一下夺走了曹力大的碗。

"曹力大，你不是娘生的！"

曹力大夺回碗，"你弄啥哩了吗？我不是娘生的，你也不是娘生的！"

"我还以为你进城一趟连句囫囵话都不会说了。曹丕可好？"

"好。不好我能轻易回来？"

"那他在城市里做啥？"

"肚里有二两墨水，给机关单位当个文书。"

"吃喝都没见遭罪？"

"妇人心。进了机关就是干部，哪个干部愁吃喝。"

说这句话时曹力大有点心悸，有点伤脾伤肝地疼。

这句话对曹丕妈却是一杆秤上的定盘星，曹丕妈转头取出一个碗舀了两勺汤端过来。

"你没给曹丕放个钱？出门在外可是人穷志短。"

驴走下坡路。曹力大想大声说话，想一跳多高，想拿发情时的土话骂娘，想做梦，睁开眼时梦实现了。

曹力大说："城市里要的就是钱。那地方，没钱你就是乞丐，有钱能让人活得上瘾。"

这是一句耐琢磨的话，曹丕妈偏就忽略了。

夜深时，外面下起了雨，门缝里钻进来一股牲畜气息、败草气息，还有雨打进黄烂泥里的味道，这些流动的背景成了曹丕妈无法入睡的温暖。她坐起身看着身边曹力大的脸，月光如水泻在上面，曹丕长得和你一个模子，迷人的老汉啊，好久都没有闻见你身上呛人的辣味了，你呀你呀，可不敢叫我曹丕也长成一个你。曹丕妈笑了，笑得不明亮，但笑得踏实。这日子过闷了，该笑了，明天下雨不上地给曹力大做烧馒烩菜。

七

入冬后的一天上午，一张一百元的汇款单写着山西长子县曹家营曹力大收，像长了翅膀似的来了。

一家闹腾，全乡知道。邮递员怕耽搁了这事，专门骑摩托来村里送了一趟。冷风刮在村庄少有人烟的杨树上，风在树梢盘旋，一阵叶子雨点似的落下来。长驱直入的摩托车一时惊得村口前几只调情的鸡乱了方寸，狗听见了跑来冲着村路恶恶地叫，日头把天空染了一片红。乡邮递员喊着："曹力大，曹力大，有你的汇款单，曹丕寄来的。"这无疑是秋天的雷音。接到汇款单的曹力大手有点抖颤站在那里不会走了。站了半天后他转向邮递员走远的地方，猛跑了去追人家，他想问问曹丕的事，一阵子后意识到这是徒劳的事。反反复复看汇款单，有些字还不是太熟悉，急忙往回走，他知道曹丕妈上过初中。

曹丕妈接住汇款单紧张得先是笑了一下，接下来就嘤嘤嘤地哭开了。曹力大很烦，这不是好事嘛，哭啥哩？

曹丕妈："我儿曹丕是恨我了，不多不少寄了一百块，是走时拿的数啊！"

曹力大说："这时候你还文学，我是问你看清楚地址写哪里没？"

曹丕妈疑惑地看着说："你都去过儿子的机关了，你问这是什么意思？"

曹力大一时糟糕透了。

狗路过时冲着曹丕妈乱叫了几声，像是对曹丕妈的感情援助。曹力大朝着狗踢了一脚，狗脾气上来了，鼻子抽动几下，猛地跃起狂吠着就要撕咬。曹力大的脾气也上来了，或者说他的脾气在曹丕走了的这些个时间里就一直点着柴。曹丕妈拿着汇款单扭转身回屋子里去了。曹力大抄起家伙照着狗就打。狗躲开家伙，不死心守着退路一扑一扑冲着曹力大叫，这下彻底惹恼了曹力大，他拾起地上的砖头打过去。狗尥开蹄脚往远处的地垄上跑，柔软而舒适的田埂，即使无助的恐惧在狗心里弥漫开来，但狗也不怕。狗抬头看看阔大的田野，回头看看冒火数丈奔跑而来的曹力大，爱炫耀大嗓门的狗不叫了。太阳高高挂着，入冬后的田野，毛茸茸的一层霜淡淡地化开。为啥要和曹力大计较呢？都是一个村里的留守人员，罢罢罢，狗撒了欢似的蹦跳起来。

狗看到曹力大一步不稳，扑通跌倒在地上。曹力大感觉有什么东西抚摸了他一下，他想是狗扑上来了，可他就是不想动，想让狗下狠口咬他一下。他是大男人，他不能和女人一样一般见识。此时此地他想到那张汇款单就想哭，躺在软软的泥地上，像小时候躺在母亲的怀窝一样温暖。曹力大眼眶里的泪出来了，一种久违了的心颤，他感觉到心里火辣辣的，脸上火辣辣的。曹丕的消息让他立刻有了勇气，跪坐在田里，看着收获后杀倒的庄稼，他获得了前所未有的勇气，恶狠狠地吼了一嗓子："曹丕，你还知道曹家营有你爸呀！"

狗安静了一下冲天呜呜呜长应一声，脸贴着前脚闪着眼看着曹力大卧下不动了。

曹力大招呼狗过来，狗一嗅一嗅爬过去。曹力大伸手摸它，摸它的头脸、脖子，还有光滑的皮，狗显得格外舒服，把脸搁在地上，眼睛也不曾睁，任曹力大摆弄。

曹力大和狗说："你知道不知道人是分层次的，我就是低层次的人。看我的长相，长腿短身子，俗话说，腰子长来腿子短，不是坐轿就打伞，我没那命。从小没有念上书，念书就像共产党闹革命一样，能翻身做主人。我这一辈子是熬不出头了，我对我这一辈子熟透了。我的儿曹丕，你知道的，我寄希望在他身上，如今是肥皂泡落地。我是个没用的人，我多么想培养一个有用的人啊。祖辈种地靠打粮食发财，在地里扑腾着，也要活人，可人要和人比，人和人一比较，落差就来了。尤其是夜深了，看天上的青白月牙儿，地里的唧唧虫声，我这一辈子就守着乡下不东想西想了，人比人气死人，不想人家的好。可是不行啊，由不得要想，要攀比。我不能实现的就想我儿去实现，念书，考个好学校，识字多了，就能摆脱农民的身份，哪怕当个小学老师，那也是一辈子受人敬，不愁吃喝啊。曹家营的儿孙们考上学外出的多了，没有考上学的，凭了各种关系纷纷逃出去。我看着这些个人我心里就特别不是滋味，心里就有了阴影，我正宗的曹家子孙不能没有出息。你看曹家营李武安的儿子，在县城里当小工，提泥包，以前在曹家营见了还叫个叔，现在见了和我站成了一辈，叫我老曹。再看王行元的闺女，以前穿裤子，现在穿秋裤都不套裤子了，两腿和圆规一样，鞋有半尺高。我从人家跟前走，人家腰身扭着躲一下，把我当了种地的乞丐。扳着指头一数，哪家都有外出的人，都有考上学校的子女，农民的出路只能靠知识改变。曹丕不念书，丢人不说了，日子怪别扭，等于是把我的主心骨给抽走了。我这一辈子养儿，我本来指望我儿曹丕打击他们，可曹丕偏不给我争这口气，不发愤。曹丕这一闹腾，让我找不到头绪了，看不清曹家的走向。你说他在城市里做啥，能做啥？我梦里就见他叫人家打了，我说他在城市里当文书，那是我浮想联翩哩。"

狗似乎睡着了，保持着一个姿态，风推攘着它身上的毛，牛屎的臊味被太阳晒得蒸腾起来。曹力大觉得自己真没出息，连狗都不听他话。他捡起根柴扒拉狗的眼睛，狗喉咙里发出呼噜噜的声响，这是发怒前兆，曹力大赶紧收手，狗却怒而不威地站起来抖了抖身上的毛走往远处的地头。曹力大瞅着狗走远，脸色难看起来，他感到了无望，连狗都不能成为他忠实的听众，曹力大起身咬着槽牙恶气地说："再到我门上讨吃食我非弄死你！"

曹力大晃着长腿走进自己的小院时，日头已将他的身影拉长出十步开外，脑袋印在了门槛上。曹丕的汇款单有点虚假不实，心里空落落七上八下的。

"小小年纪不念书，只怕将来除了认得钱不认得什么了！"

院子里围了一群人。这是一位老者在说话，无疑是笑话老曹家的日子。

曹丕妈说："我曹丕在市里机关当文书。可不是你想的那样，他认得的可是天文地理。"

"文书就是写材料的，领导的话都是借写材料的手说出来的。还说曹丕不念书，要念多少书哩，一辈子图啥，你曹家的吃喝都有了。"

"赚钱的本事难学。以前的人谁敢往城里跑，只敢往野地里跑，锄子儿没有，也只管跑，饿不死。往城里跑，不定哪儿就要花钱，能往回寄钱，那是出息。"

"从小看大，小时候野山野岭的孩子，长大了都有出息。"

"念书有啥用，把人都念傻了。你看西岭上王怀玉那娃，说是在北京上大学呢，回家里见了村上的人不说话，见面也不打招呼。念书欠了一笔债，听说工作了不往家拿钱还叫怀玉贷款给买房。"

"是哩，不是贷一两个钱，是五十万，要怀玉命哩。养儿念书有啥用？一辈子使唤不上，只能说是名声在外。"

曹力大开始怀疑曹丕在城市里的工作，莫不是学了个贼？只有贼来钱快。他一点也不喜悦，思路厘不清，曹丕似乎真在市里当文书，真与假在心中交缠着，闹腾着，之前在城市里见过曹丕没有都糊涂了。一些情景让他禁不住浮想联翩，他感到自己在田野里，刚锄完一块地，累了，便走到地边的一块小坡上，横放了锄头，坐在上面，他摸出纸烟要周围的人抽，他和大家说曹丕的机关，上一次去市里住的是机关宾馆，宾馆一色儿白，乡下把白当了孝，城市里叫洁白。这些想象让曹力大变得异常敏感而活跃。曹丕在机关当文书的各种场景纷至沓来，同时心里也产生了暖融融的感觉。机关里当文书的曹丕，这个创意让曹力大绝望而又快意，突然有种如释重负的快乐，先前想来思去不得要领的事情全解决了。风声滑过耳际，他看着所有张着嘴说话的人们，心里突然涌起了一个大胆的想法，我不比他们的日子差，我有一个初中没毕业就进机关当文书的儿子，没有一点关系就能进了机关。哈呀，就因为我儿曹丕起了个好名儿，是皇室后裔，我儿曹丕才有今天的舞文弄墨。

曹力大决定过罢年去城市里的机关大院看看，今生也该知道想象中的曹丕生存的环境是个什么样子。因果错置，曹力大想着这些的时候总是冲着树上的鸟打口哨，鸟们也不急，世外桃源般看着曹力大这条贱命在地上来回恍惚。

八

过罢年，出了正、二月，定下了出行的日子，就等清明一过下种后出发。风吹过土地，金属般铿锵的声音，自远而近，曹力大把锄头立在地当央，春风已经温热了，他点了根纸烟，看着身后跟种的曹丕妈。自从知道了曹丕的消息人变得勤快了，见人托小腰，一步三摇，说话底气足，她多么自信，认为只有她才能养出不好好念书就能进机关当文书的儿。女人，到底是省略了不可能的过程。

种罢地，曹力大换上了出门的西装，找出只有出门时才背的革皮包包，包包里装了曹丕妈一早烙下的葱花饼。本来还想叫带上曹丕留在家里换洗的衣裳，曹力大执意不带。曹丕妈看看天色还早拿了碗冲了两个鸡蛋，破例加了几粒葱花。曹力大端起喝了两口，觉得好喝，由不得自己就说："曹丕龟孙子放着家的福不享。"曹丕妈暗自神伤，一时控制不好嘤嘤地开始哭了。曹力大说："我还没有和水和盐的缘分尽了，还活着，你这是送我上路哩！"曹丕妈不哭了，掉头在中堂前点了三炷香，曹力大看不惯她这迷信做派，蛋汤一口倒进嘴里，拔脚就出了门。因为太早，山野黑乎乎的，东方的天空有一些青白的光，光把山影的轮廓照得和几头卧狮似的，几只体格很大的蚂蚱跳过他的脚面。曹力大想：乡下真不好，完全没有城市里车辆的鼓噪，就算曹丕在城里活不下去也不能叫他回乡了，回乡让自己没有面子，这回找见他得把丑话说到头。

隐隐约约能听到进城等班车的人说话声过来。

"那是曹家营的吗？"一股隔夜的口臭飘过来。

曹力大看着来人咧开嘴笑。"哪儿的？进城？"

灰蒙蒙的脑瓜子照了一下，看见车灯从远处射过来。一个人吐了一口浓痰。"听说你儿在城里给干部当文书？"

"伺候人，摆不上桌面。"

"说淡话，那是出息。走了谁的后门？"

"前门都找不见还后门。自己找下的。"

"你娃真有出息。捣蛋的娃不能小看，凡是捣蛋的娃，长大了都有出息。"

大家开始讨好地笑，这时候，班车就来了。车上塞满了人，车门打不开，将就开了，等车的人一起往上挤。曹力大拔长脖子往四下里望，"往后挪往后挪！"曹力大发现有几个人他熟悉。正要打招呼，一起上车的人里有人说话了，"曹力大的儿在市里给干部当文书，再过几年人家怕是要小车来小车往了。"熟悉的人里有人朝着曹力大说："你有几个儿，不就是曹丕一个？"

曹力大说："一个儿还发愁得头疼，还几个儿？计划生育不给政策。就算给政策，养得起教育不起。"

"你儿啥时候给干部当文书了？我上月还见过你家曹丕，要不就是你曹力大有两个儿。"

话里有话。曹力大不吱声了，脸有些通红地扭往一边，尽量叫别人的身体挡住自己。曹丕在城里做啥？想打听又不敢打听，有些无趣。刚才还喜着一张嘴，现在脸上再都不显示内容了。梦想回到了现实。

班车午后到了市里，车密封不好，灰蒙蒙的脑袋瓜们对进入城市的渴望一时间有了一些骚动，三轮车像一群猴子一样蜂拥而来。曹力大第一个下了车，三轮车集体喊道：大哥，来上我的车，你要哪儿去？曹力大左掉右扭摆脱他们，躲在班车上的人瞅不见的地方等早上说见过曹丕的人下车。他看见那个人下车后也没坐三轮车，想是奔公交车去了，他一路尾随过去。走出车站才发现城市里比乡下暖和，女人都光了腿。紧着走过去拍了那人的后背一下，那人回头看是一脸殷勤样子的曹力大。

"做啥哩了嘛，你儿不是在机关做文书！"

曹力大的脸像谁抽了巴掌似的难受。

"那不是给自己的脸贴金嘛。你在啥地方见过曹丕？"

"上个月在市政府门前，我撞见他了，问他做啥，他顾不得回答，收拾一块条幅，被城管撵跑了。"

"那是做啥？"

"反正不像机关里做文书的样子，倒像是告状上访人。"

公交车过来了，那人跳上车，嘴里还交代啥事，曹力大脑子实得一句都没听进去。

他招手叫了一辆三轮跳上车，"去市政府。"

蹬三轮的是一个愣头青，"十块。"

曹力大跳下车说："我拉你，你指路，五块。"

蹬三轮的笑了，没见过这样的主。曹力大夺过三轮叫对方上去，用劲踩了一下力，风一样往前走了。

市政府楼像一双外八字脚，楼前一条大道英雄街，英雄街上没英雄，路两边塑了几个铜像当代劳模。两边的楼靠着天空伸展，街道上人声叽喳，车水马龙。大院里停着许多两头平轿车，像个大停车场似的。门前种了四棵假椰子树，曹力大对这种树陌生得很。市政府就在椰子树后，有几分威严，不仅是楼的威严还有保卫的威严。曹力大的身子僵硬在那里，他不能够进去，高眄低照了半天，保卫过来了，示意他走开。曹力大还算是见过世面，急忙掏出一包来时准备好的烟，急急地撕封条，却又紧张得找不到封口，不经意开了封，又抠不出来，显然又是一个没有见过大世面的人。保卫挡回他的烟示意他走远，曹力大迎上去人家粗鲁地再一次推开他，向他低吼一声："你一个乡下人，来这地方做啥，走开！"

曹力大不知如何是好，脸上的笑还尴尬地僵在脸上，心里就想着：曹丕啊曹丕，你要是好好念书将来就进这里头，不蒸馍馍蒸（争）口气，把这个保卫逮捕了。一辆黑色轿车开过来，保卫走到一边敬礼。曹力大还看到一些往门里走的人，脸上都讪讪的，骨头像松过一样，稀软在旁边，不由得叫曹力大忧怜。这地方引得他怪神秘，四棵椰子树上的果子说青不紫地挂着，太阳底下照着新鲜事，如今不念书的曹丕这辈子是进不了这地方了。一阵伤感袭来，能进了这地方都是额头高过常人的人，乡下人天生是低头走野路的货，没有几代人蚂蚁啃骨头的努力，在这地方连脚印都不会叫你留下。半截燃尽的香烟烧了他的手一下，腿脚在这地方变得不利索了。一时有些无趣，只好掉转身沿着英雄街漫无目的地走，他觉得自己像去冬一片干瘪的树叶，被风吹进了城市，由着风推攘着，找不到落脚的地方。走到天黑，曹力大累了，想找个地方坐下来歇会儿。繁华的大街上却找不到一处可供他休息的地方，四处都显得很时髦，都在流动，急慌慌的，都是不想停顿下来的人。一边走一边想，今夜再不敢住宾馆了，有些好见好就是了，那是要烧钱哩。城市里住是个问题，乡下哪里都能宿。他抬头时看到一个站牌，那站牌上的字简单，他熟悉，是去火车站。火车站不就是乡下的牲口棚嘛，对，就住火车站了。

曹力大在火车站的小摊前买了五个烧饼一瓶矿泉水。进了候车室，人声嘈杂，他看到大部分人站着说话，有座位的人半眯着眼睛，萎在座位上。既然找不下座位只好找缝隙站着。突然又拥进来许多人，进来想再出去都难，身子被人固定了，左拥一下，右拥一下，浓烈的混杂着狐臭味的汗酸气铺天盖地就埋葬了曹力大。他打听周边的人，知道夜里十点有一趟去往北京的过路车，火车过后会松下来，于是便耐心等着。近十点时，铃声开始响，人哗的一下全挤往进站口。曹力大仰着脸看马蜂一样挤在一起的人，瞅着空出来的位子挤过去。

去往北京的人进站后，候车室还有好多人，这些人是这座城市的过客，和曹力大一样夜里宿在这里。

夜的气流悄无声息地淌过来，曹力大把皮革包包往怀里抄了抄，想起来还有葱花饼，拉开拉链大口吃起来。一边吃一边想上一次进城，脸上像谁抽了一巴掌似的很难受。抬了一下屁股掉了一下身，脸朝着靠背。不过也还是享了一次福，知道了城市里"鸡"的味道。如果说曹丕的出走让他平静的日子里落进了一个炮弹，那么他进城的结果就是炮弹炸了。他随口应对曹丕在城市机关当文书的话，叫他一辈子的梦想有了阴影。对曹丕的期盼如今是个谜，过去的，现在的在他的心中绞缠着，闹腾着，找不到头绪，看不清走向。这次来是否也像上次一样无功而返不得而知。想着想着，瞌睡就来了。

天快亮时有人捅醒了曹力大，醒来时看到候车室又挤满了人，顿时明白火车又要来了。行李混合着人体汗味的臭气，年幼孩子的哭闹声，这时候他想起人一旦有了钱这日子和那日子是不能比较的，他又续接上了昨夜想的事情，很是为自己开脱，如果不是经历过怎么能懂得这世道的行情。

天亮后走进广场，没有建筑物遮挡的时候才发现天气出奇的好。

站在广场中央发呆的时候，曹力大突然发现有一个人在远处伸长脖子望他，而且他还发现那个望他的人有点眼熟，似乎某点愣头的样子和自己很相似，一刹那脑子没有转过弯来，决定找一个摊位吃口饭。但他马上反应过来了，为什么那个人和自己很相似？于是他向那个人奔去。噢，是曹丕。更远处一个汉子冲这边叫着："曹力大，这里就不错。"

在这陌生地方居然还有人知道他曹丕大，他没有胆量答应对方，明显感觉到对方是在叫另一个人。

曹力大喊："曹丕，难道曹丕叫曹力大？你站下，我是你爸曹力大！"

曹丕躲了一下曹力大的眼睛，看着李明孩，李明孩觉得有意思，居然有人长得和自己的徒弟很相似，只是显得老熟一些。刚吃过油条，擦着嘴上的油正要叫曹力大，曹丕喊道："师父，我见了我爸，你容我和他说几句话。"

李明孩问："你爸？湿的还是干的？"

湿是亲爸，干是继父，可明明长得一个模子嘛。曹丕想解释什么，根本就没办法解释，再撒谎是给自己寻事呢，头上一层虚汗哗哗往出冒。走近李明孩："师父，你不要为难我，放我一天假，这个世上我跟他是父子关系，我得认这一层关系。"李明孩说："我瞅你是通过他传宗接代更新出来的曹家后人，不过有些矛盾，他不该叫曹力大。"曹丕瞟了一眼曹力大，回头肯定地和李明孩说："他就是曹力大，我妈从来没有离过婚。"曹丕说罢眼睛翻到高处，李明孩看到曹丕的眼睛似乎泛出了一些潮湿，有一疙瘩云飘过来在天空压得很低，好像是直压李明孩心头一样，他一把抱住曹丕说："他叫你念书是对的，书上的文字是叫你做人哩。你跟了师父流浪。说到底只能是流浪江湖，江湖太大了，险山恶水，你跟了我一辈子没啥出息。他要领你走，你晚上就不要回家见我，恨你多一些，念叨起来会好受些。"

曹丕低下头用劲吸了一下鼻涕，脚跟前一个矿泉水瓶子，他用脚踢了一下，裤子因了个子往高长显短了，露出一截子黑瘦如铁的脚腕儿。曹力大看得真切，他掏出烟想给抱住曹丕的人发烟，然而那一截脚腕儿刺激了他，他同时看到了曹丕皲裂的嘴唇上，一缕鼻涕挂了很长。那个鼓起饱满的肱二头肌的人抹了一下曹丕的嘴，很轻巧地把那鼻涕抹在自己的裤腰上，这个动作弄得曹力大的思维杂乱不堪。他看到曹丕冲着自己走过来。

曹力大说："谁借了你胆，拍屁股一走了事。看你过的叫啥日子，跟我回家，念书还来得及。"一大群满是汗味的人挤往车站，他们脚步凌乱地叩击着城市的早晨，从他们父子身边走过时推搡着他们，回头去看李明孩已不知去了哪里。广场四下一些卖早点的摊位飘过来一股恶心的油腻味，油条豆浆、小米稠饭、胡辣汤、鸡蛋方便面、麻酱灌饼，一片片腐烂的菠菜叶子被丢弃在彩色瓷砖的地上。

曹丕说："我不回去念书，念不进去。"

曹力大想吼，发现城市里的噪声压住了他的暴躁，假如曹丕从这地方再一次消失，他唯一的儿，在这个世上不能因他的暴躁断了牵挂。手心里淌出了冰凉的汗，他尽量压制住自己的急促，笑了一下，"你妈想你想得心脏病犯了。"

曹丕一怔后也笑了一下，出走的这两年里有些东西曾扯断了他对家的怀想。一个年轻的裸背的女人从他们父子身边走过，她皮肤白嫩，身材婀娜，她的颈肩部文了一只蝴蝶，像一阵风再一次湿润了曹丕的眼睛。看着那个女人的背影在人群中不见了，才想起妈的心脏病犯了。"我妈严重不？"曹力大也笑了一下，两排黑黄的牙上挂着昨晚葱花饼里的葱丝。"严重得还没有要命。"曹丕别转脸，"找个饭店吃饭去。"

曹力大跟了曹丕走，曹丕突然焦躁了，他的口袋里没有一分钱，刚才的早点是李明孩掏钱，一早出门是要赚足一天的钱才能回家，口袋里不装一分钱，这也是李明孩定下的规矩，这样可加大度日糊口的力度。曹丕知道自己不能说没有装钱，曹力大会小瞧他，小瞧他在城市里不安逸。同样也不能花曹力大的钱，那样曹力大会更瞧不起他。庆幸简易的家当还在身上背着。

　　曹丕看见什么笑了，原来是一个矮个黑瘦的乡下人，他坐在地当央，脸前的地上铺着一块烂布放着一堆小玩意儿，有几枚石印，几个似乎想买的人蹲在那里挑拣着看。只见黑瘦的摆摊人从怀窝里掏出一个布包，蓝色的包上污着点点斑斑的墨迹，揭开最后一层油纸，里面是两个通体浑黑的把玩件，阳光在这墨黑样的宝贝上亮亮地流动。曹丕放开声音说："啊，这不是玉，这是煤精石，在煤矿的深处，有上亿年才能形成，我听我大学里的老师讲过，这么大的个儿少见，得上万块。爸你有钱就买了它，能卖大价钱呢。"周围的人就看曹丕，曹丕蹲下拿起有点爱不释手，与他的穿着打扮，与他的年龄什么都不符。这惊炸的喊叫让咫尺之外的曹力大恍惚了，曹丕啥时候上过大学？有几个人开始问价钱，曹丕手里握着不舍得丢开，围着的人开始多了，四下里悬着的心就开始活动了，黑瘦的人开始讲故事，那故事讲得颇叫人掉泪。一个人开始掏钱买走一块，另一个人也开始掏钱买走另一块，曹丕眼巴巴地盯着买走的主，没有四下张望，很惋惜地抬起头看曹力大。"走吧，叫人买走了，怪可惜。"曹力大不明就里地跟了曹丕走，走出人群，思忖着曹丕上大学的事，满头雾水，父子关系变得好像陌生了，相生相连的经脉哪里要断了，这是咋的了？日头照着身子，心里漫过一阵阵燥热，身上头上汗津津的，感觉自己失去了重量。

曹丕领着曹力大经过高楼林立、色彩纷呈的街市时，有几次他看到曹力大想说话，曹丕先说了："这是最繁华的南街，爸你看看，在城里，只有你想不到的，没有你见不到的。"曹力大还是想说话。"曹丕，你到底在城市里做啥？""反正在城市饿不死。"曹力大这下有点憋不住了，"你以为是乡下，你娘能生你，城市里可不会生钱。饿不死？人一辈子就为了饿不死就算是理想了！"

这哪里是当爹的说下的话，对人一点都不信任。曹丕想，反正我口袋里没钱，说这句话得为他自己的肚子负责任。曹丕心安理得领着曹力大转城市，转到他脑子空了无力对自己说风凉话，好再表演一下赚钱的手段，让他知道生活不仅仅是读书和种地。转啊转啊的，曹丕就这样领着曹力大不停走不停介绍，走过电影院，走过超市，走过学校，走上天桥又走下来。遇见一个裸出两条长腿的女人，曹丕盯着人家看，一丝微妙的闪念，一种复杂的感觉。被曹力大斜睨的眼捕捉到了，曹力大想，王八羔子快和我一样了。

曹力大被城市的街景搞得晕头转向，一个上午展现在他眼前的都是人。形形色色的人，路上填满了车辆，大小车辆，都争相拥挤。肠胃咕咕咕咕叫着，热面条般挂满街道的车流人流让曹力大觉得太乱了，乱得和糨糊一样稠。曹丕连水都不买一瓶，他的火气跟着冲上了脑袋，眼睛红，嘴唇干，步伐快，像拧着什么似的，终于忍不住了，"曹丕，你爸我是饿得前心贴后脊梁了！"

曹丕的前方就是这座城市里最繁华的广场。原来地面上遮挡着围栏，拆除了，对天气的热有感应的人们坐在围栏拆除后剩下的水泥墩子上，这正是曹丕想要的效果。曹丕说："爸，我是想叫你看看城市。为啥人都想进城，因为城市叽叽喳喳很热闹。你现在坐下歇着，一会儿工夫我请你吃过油肉。"

曹力大紧走两步上前抓住曹丕的胳膊，"你跟我回家念书去，不吃你饭了，瞅你现在的样子，你本来是社会主义的苗，现在你和草一样长荒了知道不知道？"

曹丕说："你不是想知道我怎么赚钱吗，我这就赚给你看！社会主义的草和苗都是为了将来能赚钱！"

只见曹丕拣了一处开阔的地方，从提包里拿出一块白布铺在地上。白布上写着："祖传秘方，专治溃疡，三服见效，五服除根。"还画着人体阴阳八卦之类的图画。曹丕从包包里掏出一把小铜锣咣咣一敲，不一会儿就招来一堆闲人围观。曹丕把上衣脱掉，露出正在发育的强健的肌肉，一边敲锣一边开始表演："老少爷儿们，大哥大姐们，俺家世代行医，专治疑难杂症。俺祖爷爷是清朝乾隆宫里的御医，乾隆当年下江南时的专职陪同。今天带来的是专治胃溃疡的神药，有钱的留点钱捧场，没钱的免费赠送，五块钱十包，十块钱二十包，二十块钱五十包。人到世上谁不愿肠胃像这街道一样宽展，肠胃不好五脏容易出毛病，身体出了毛病一辈子该享福的事全都米汤一样稀饭了……"

一帮闲人，插着裤口袋，叼着纸烟，三三两两或蹲或站，一袋袋纸包包忽悠着那些清醒着的、混乱着的，也难受着的人不由得掏出纸币来买。也有帮腔的，"这药管事哩，烧心吃了不烧心。在别的地儿我见卖过。"看似钱不多，不用考虑消费支出，也就是十块二十块。现在的人吃得好，容易肠胃不好，见了肠胃药虽然有些犹豫药效，毕竟也抱着试试的态度大都还是掏钱买了。

前后一个多小时，收摊检点。曹丕走过来举着一沓钱嘿嘿一笑说："咋样？爸，一百块到手，顶你秋天二百斤玉茭。"

曹力大一时没有翻转过来，刚才只顾张嘴看，看得也投入，也没想那是自己的儿。看着收摊后的曹丕，他醒过来了："真是药？"曹丕拉着曹力大走，边走边说："是碱面，少吃一点健胃。"

曹力大彻底清醒了，曹丕赚钱的快乐抵消不了他的难过。儿的嘴里完全不会说真话了，他老曹家的祖宗就算是个农民也不能是个卖假药的！

九

天气晴朗，城市里的嘈杂声继续泛滥。曹力大不知自己是怎么就着潞酒吃下过油肉的，和曹丕分手后曹丕怎么消失的，一概不记得了。他看见两个城管撵着摆摊的小贩跑，精疲力竭，自己也跟着跑，跑了一阵子还在喧嚣的城市里。这城市隔着一层东西，透心彻骨的不解，有摘心去肝的痛。城市里究竟有一种什么东西叫人上瘾？为啥，他养大的儿，来世上要来熬他的性子？总归要熬走他的命啊！回去怎么和乡里人说自己的儿在城市里卖假药？说不出口哇！曹家营哪家的儿子咱敢和人家比，不怕不知道就怕一比较，说不出口，于自己的设想太有差距了。坐在城市的花坛边回想午饭后，他是努力压住火把自己的话说出来的，他说："你要还在这个城市卖假药，就当我这一辈子没生儿，你是抱下人家的种，我曹力大天生没生儿的功能！"曹丕红着脸说："放心，曹力大，车到山前必有路，有路就有我走的路！"曹丕就这样甩手走了。他的儿，居然敢喊他的名字，他已经不是曹丕的对手了。城市里教一个人学坏教得够彻底，比他妈的网络还厉害！曹力大又站起来走，走得踉跄，难过，恶心。

依旧想不通，念书的年华怎么就不念书呢？你不念书让我一辈子脱离不开苦海啊，怎么就不能做个人里头的人呢？都是不念书的结果哇！曹力大想哭，城市把人学得尽是假话，是城里的结果呢，还是养育的结果？想得心口难受时曹力大干呕一声，急忙找着一块草坪蹲下去吐，中午的过油肉吐尽了。长出一口气，又长出一口气，他是一点奈何都没有了。回家，只能回家。

曹丕回到租住屋子里，他看到李明孩一个人独坐着，屋子里一股呛人的烟味。李明孩看了一眼曹丕，一种锥心的疼，他想站起来，是什么让他麻木而迟钝了，他试了几次站不起来。这是一间密不透风的地下室，汗味、臭袜子味、烟味、食物的味道，混杂在一起。简易的两张床上堆着脏黑的被子，地上扔着几双变形的皮鞋，一些易拉罐饮料立在墙角，几只坏粮食生出的蛾子飞上飞下，窗外的车从头顶上隆隆开过。这就是城市里下等人的生活场所。那混杂的味道毫无节制地散发出奇怪的情绪。曹丕扑通一下跪在了李明孩跟前，脸憋得通红，双手交叉放在胸前哇一声哭了。李明孩也哭了。两个人不动就这么哭，哭得呼天抢地，哭得左上方的一扇小窗的玻璃呼啦呼啦响。他们的哭惊动不了任何人。

李明孩突然说："不哭了。哭不来钱！"

曹丕一下激动无比。曹丕说："钱钱钱，就知道赚钱，从此我不卖假药了，我想学个手艺。我管不住自己，在车站见着黑皮，我做了他的托儿，我说我上大学，我看到曹力大看不起我的眼神。我在广场卖药，我吆喝，他起初傻张着嘴看，我以为他欣赏我，他还是瞧不起我和我的这张嘴。可是我为什么要做那样的事让他讨厌我呢？他有一天要死，在这个世上我得活着，我一想到我得活着，我没有理由不叫我的嘴说话，是你教我的。师父，为什么那么多的人说假话都成了真话呢？"

曹丕站起来合手拍死了一只飞翔的蛾子，蛾子倏地落在了地上。

李明孩看着曹丕说："人这一辈子有多少真话说？你回家念书吧。"

曹丕不能再回去念书了，他不喜欢被太阳烤得板结的地，不喜欢老师在课堂上那种拿腔作调讲课的样子，不喜欢下雨天村庄散发出来的猪粪味，不喜欢狗伸出舌头的丑样，不喜欢他妈把头浸在河里用猪油做下的香胰子洗头的腻，不喜欢曹力大见了老师那低三下四的样子，不喜欢日头醉唧唧照着劳动人的影子……他不喜欢农村的物事太多了。念书已然大势已去，我怎么才能给老曹家扬名呢？曹丕背对着李明孩想这些事情，脸对着墙，墙让他不快乐，他伸出拳头捶上去，一下两下三下，活个人咋这么累？他瘫倒在了墙角下。

李明孩第一次看到曹丕这样发火，"明天去找手艺，你想学啥都行，我卖假药供你。我横竖就这样了，你学，学做一个人上人不说假话。"停顿了一下又说，"可啥叫人上人呢？咱没有背景和人家有背景的人是天上地下的差别啊！"

曹丕紧紧盯着左上方那一小方窗户，两只深陷的眼窝搁着两粒晶莹的泪珠，用劲挤一下，泪像虫子一样在脸上拱，选择道路。从现在开始曹丕也要选择道路了，哭有什么用呢？对这个世界撒谎的开始，就已经误入歧途。

李明孩用酒精炉煮挂面，像往常一样，外出的人都回来了。看着大家嘻嘻哈哈地议论一天发生的事情，曹丕始终不说话。

黑皮说："你的话为啥突然少了？今天你帮了我大忙，我得给你提成。"

曹丕突然的一阵恐慌，盯着所有的人喊："都滚出去，我讨厌你们假模假样装腔作势的样子！"

大家莫名其妙地看着曹丕，李明孩要他们各自回到自己的地下室住处去。大家退出去后，曹丕倒头蒙上了被子。

这一夜曹丕和李明孩都没睡，一会儿兴奋，一会儿难过。曹丕突然觉得自己长大了，身上有股天不怕地不怕的狠劲，"一辈子要苦出个名堂来，要紧是得有狠劲，我和曹力大一样有一身力气。我不能过叫花子日子，要官家脾气。我拿力气在城市里找手艺，我不相信我活不出个人样。"

李明孩翻了个身说："曹力大，啊不，曹丕，我独柴难烧，独人难活，老天可怜我呢，把你给了我。我这辈子，凡是叫花子的事都由我来做。"

这一夜不是父子的父子俩聊得很晚，设想了很多，也畅想了很多，独独的没有想到后来曹丕从事的生意。

曹丕的后来。

三年后的一个春天，铺天盖地的黄风起了，把天地刮得浑浑噩噩，蒙蒙浊浊，天日不见，乡干部冒着黄风来到曹家营。乡长王刚进了曹力大的屋子嘘寒问暖了一阵子，这无来由的问候让曹力大吃不消也吃不准。曹力大佝偻着脊背忙着递烟紧着叫曹丕妈倒水。王刚乡长用手捧打着头发上的黄沙土看着黑乎乎的屋子，叫通讯员从车上拿下两袋子丝绵被送进来。这件事的直接后果是让曹力大的腿软了，惊讶得汗珠子都要从头发里往出滚。

曹力大说："王乡长，这是咋的了，咋好好送这，这曹家营的都送呢还是就我一家？"

王刚乡长说："你们曹丕给乡里做大贡献了，县里的三干会他主动给会上演出，那是风光啊，把书记、县长看得是哈哈大笑，不时地竖大拇指，说咱乡里外出的人不忘家乡父老，这就是干群关系搞得好嘛。我来，一是慰问曹丕的父母，二是要二位转告回乡的曹丕，我来看过你们，来替曹丕关心你们二位的生活。"

曹力大怔了一下，曹丕？三年没见过的儿，在曹家营他因了这个儿头都仰不直。曹丕妈上前拉住王刚乡长的手，"乡长啊，你快快地说，我家曹丕他，他到底做啥职业，我们老曹家连村支书都不照面，你来是因为啥？"

王刚乡长疑惑了："你们连你们的儿曹丕做啥职业都不知道？不

223

可能吧？你们的儿曹丕那是有出息啊，带团，杂技团的团长。"

从王刚乡长嘴里抠出来的话叫曹力大吃惊不小，杂技他们还是知道的，那不是杂耍，是功夫。三年里一个人就算是有神助怕也不能练出杂技功夫，何况还当团长？

这时候村长也来了，村百姓也都围进院子里。王刚乡长就和曹家营的留守村民说，"三月十五的乡里庙会，曹丕的团来，大家都去看啊，你们曹家营出人才了，不远的将来曹力大就要进城了，怎么会住这样的房子呢？"

曹家营的人好奇了，大多不以为然，笑笑，笑成怜悯，曹力大看得出来。

曹力大心中忐忑不安，和尚打坐似的用手捶自己的头。曹家营的人就笑话曹力大欺瞒得这么好。乡长站起来看房子，曹力大也紧着站起来，这其实是乡长要走的信号。村长和村干部就送乡长出门，乡长一边走一边打着官腔说："今年是个好年景，一场黄风怕是要引来一场雨了。雨来了好哇，咱老百姓的口粮地要丰收了！"村干部高兴地打着哈哈，这同夏天的百花在冬天凋零一个道理，"咱老百姓"觉得并不全是真心话，有水分在里面。

曹力大紧着横晃到乡长的车跟前，眼睛亮亮的，龇着一口黄牙，说："都是托了乡长的福，你是好领导，好公仆。"

有一个半大孩子喊了一声："神经！"

曹力大冲着那孩子小声说："你这号人，将来有你哭的时候！"一副过来人有经验的样子，不忘看着乡长颠呵颠呵地笑。乡长和大伙握了手，上车车窗没见摇下来，这让曹家营的人有些失落。曹力大抬着手跟了村长晃着手和轿车的尾气再见，车走得不见影，他还难为情地望着那一股尘土笑。曹家营的人开始另眼看曹力大，他自己也觉得，群众的眼神有多么重要。人在世上活着，恐怕就是来看旁人的眼神来了，由远及近的眼神闪着亮，和以往真是两样光景。曹力大想宣布点什么，可他真是什么也不知道，不能犯三年前的错误了。人的节气就这样准时，曹丕当团长了？他曹家的儿，他不敢把时光抛向记忆深处。不过现在，他认为不是梦，乡长是多么势利的一个人，能放下架子来曹家营，那不是说说算了的事，是有来由的。曹力大突然就觉得自己高人一等了，那个高让他听到了风在半空伸腰展腿的吵闹声。他大步地越过村长，敢超过村长，就是明确地告诉曹家营的人们，曹力大从现在开始也要打喷嚏了，不再是曹家营的一个冷笑话！

　　曹力大回到屋子里，屋子一下空了，比平常显得更空。晚上坐在屋檐下，夜空挂着那月亮不大也不圆，但贼亮，像挂在头顶的矿灯。春风就是春风，已经不像冬日里那样觉得寒冷，夜色下可以把手从袖筒里伸出来。贴地的蔓草也苏醒了。有一两只小虫子落在曹力大的鼻尖上，他不动，眼睛睨着鼻尖，虫子散发出一股腥气，不停地端详，鼻尖痒痒的。伸长一条腿又伸长另一条腿，那小家伙痒得他皮肉疏松。曹丕妈看着他的样子，说："你神经啥呢？"他吭哧着手指着鼻尖，曹丕妈过来扇忽了他一下，那虫子被风掀走了。

　　真是舒坦啊，清明就要来了，庄稼该下种了。曹力大说："你说咱的日子因了我的儿要改观了吗？"

　　曹丕妈就恶恶地说："叫你三年不去见娃，娃长骨气了。插一根柳当年还发芽，三年我儿曹丕是咋度过来的？不要瞧曹丕长得随你，可性子随我，有钢骨气！"曹丕大听罢，一个挺子站起身，背着双手，仰起头在院子里的月影下徘徊，想城市的路灯耸起后街道上走过的人群，大小车辆连成一片的流动，那就叫城市。应该也叫曹丕妈进城市里开开眼，不要光想城市是纸扎的布景，也该领略一下城市的热闹。天空的云团一下聚住了，慢慢地月儿扒着云缝射出来，曹力大仰着脸喊："曹丕他妈，曹家要翻身了！"

三月十五，乡里庙会，街道上做生意的人都在搭棚子，曹丕的杂技团来了。一辆敞篷车，车身子喷绘得花花绿绿。曹丕的这次回乡与春天有直接关系，时节是大规律，清明还没有过，土地闲着，朴素的生活让厚道的乡下人沉浸在对曹丕的期待中。因了不是唱戏，杂技让年轻人也充满了好奇。亲戚朋友、街坊邻居相互转告着要去看看曹丕耍的杂技。曹力大一再给他们强调，是曹丕的团，不是曹丕耍的杂技。乡里的舞台，原先演戏要挂大幕二幕，演杂技简单，要的是个敞亮，就一道大幕。戏台两边飘着两个大红气球，像井口那么大，用比拇指还粗的绳系着。气球下挂着大幅标语，一条写着：游子归来为家乡父母无偿演出，另一条写着：爹娘养育情是儿女的都懂孝敬。

曹力大一直亢奋着，曹丕的成才，由此而形成的变化让他受之不尽，心在春天里回忆春天，曹丕真是叫他脸上有光了。舞台上的曹丕在人群中发现了他的爸妈，曹丕想哭，李明孩在一旁拽了他一下，自己跑下台去招呼曹力大。曹丕看到李明孩安顿父母坐下后正眉飞色舞讲啥哩。

讲啥哩，李明孩讲曹丕创业的故事哩。李明孩说，这几年，曹丕拜了一位师父，学了一身硬气功，招了几个徒弟，拉起一个杂技团。曹力大一脸狐疑。李明孩就从腋下夹着的包包里取出一枚公章要曹力大看。曹力大要曹丕看。这绝对是中国历史上独一无二的公章，因为通常情况下公章的中央都是一颗五角星，而曹丕杂技团公章的中间却刻着"曹丕"二字，是公私章兼用。曹丕妈说，这公章不规范。李明孩说，不这样，演出完毕没法取钱。这是拿曹丕的名字备案哩。这真是，奇离古怪的年头，什么奇离古怪的事情都可能发生。演出开始了，大家静静地看杂技表演。轮到曹丕时，曹丕的节目让人更是惊心动魄：一块石碑压在肚子上，上面站十个人，又摞十个人。起身后一把大砍刀使劲朝肚子上砍，明晃晃的钢刀。曹丕妈吓得猫腰低下头双手捏着曹力大的大腿不动。

那一晚，曹丕铆足了劲，要在家乡父老面前露一手。

本事，这就是曹丕的本事。

曹力大看演出看得是热血沸腾，他的儿面对那个压在身上的石头，一发力，来了个牯牛犁地把石头翻了个儿举起。后生可畏，台子下的人喊着，那是曹力大的儿，那不愧是曹力大的儿！盘古开天第一遭，就听那"曹力大的儿"在响。曹力大产生了一种自豪感。曹丕妈一晚上手脚拘谨地捏着一把汗，直到曹丕把自己的节目表演完，曹丕站在台上讲了谢幕词，乡长送了花篮，散场后人走得没有影踪了，曹丕妈手心里的汗还留着。

十

多少年后，只有李明孩知道这是他策划的一场戏。

曹丕和杂技团签下了合约，曹丕的两场演出和曹丕的团长职务是要曹丕三年不挣一分钱工资来还，一切都是为了人在人世间的一双眼睛。改变曹丕，塑造曹丕，李明孩得帮助曹丕提着头发往高拔，但仍然说不上，这些帮助能不能助长将来的曹丕。

花开富贵

一

黄风刮过良马河，一阵子把日头刮出来了。有人看见良马镇的河套里走着一群活物：梁永胜和四头大白纯种母猪。

梁永胜挥舞着一根杨木棍儿，前头奔跑的猪拽着他手里一根长长的中间分出四股头儿的麻绳，猪们扯着四股麻绳头儿欢腾得要命。渐次扬起的尘土中，有人看见梁永胜的脸冻得胭脂一样红。

雪后的天光把梁永胜胭脂样的五官照得都往上翘，人跟着猪飞跑起来的时候像台子上吊起的一只木偶，抖得欢。

良马镇新盖起来的镇政府在一片民居中央被视觉揪出老高，和低矮的民房相比，主要是它很显身份。两边的店铺有些热闹，要过年了，热闹是必然的。第一个和梁永胜搭话的人是马月山，"人家过年是买呢，你是卖呢。"

这里的这个"卖"字含有色情的意味。

说的是离良马镇三十里地河西村的吴二虎家妮子小花。梁永胜年轻的时候见过，那时跟着瓦窑沟一干中学生来河东村过星期日，几个女娃在村上游门，一群妮子跟了大儿子忠伟来家里耍过，吴二虎的妮子是一群女娃中最好看的一个。听说初中就跟男娃搞对象，约会的条子上写着"老时间老地点"。那时实行夏令时，地点是良马河后沟。小花没念完中学就跟着镇里的人外出去打工了，闲言碎语传回来，反正吴二虎家是发了，土坯房换了二层小洋楼。政府不能脱贫的事，人家妮子腰揣利剑给脱了。

计划生育让人丢失了许多宝贵的机会，比如还能生三胎的话，要是能生一个妮子呢？还用得着养猪？光彩礼就能给一个儿说下媳妇。梁永胜的心态也是他人的心态，见不得人家好过，眼热，心里不爽常常带着酝酿很足的羡慕嫉妒恨。

浩大的冬阳里梁永胜张着嘴巴夸张地笑。对面的听不见他的声音，能看见他的笑，将他当下的笑和以往正常的笑分离开来，一眼就知道他的笑怀了鬼胎。梁永胜用劲拽着猪说了一句跟命运较劲的话："跑得猴快是急着找死呢！"

这时候从一家店铺里闪出一个痴肥的女人，她手里端着一脸盆脏水要泼下去，看见猪在她的门口拉了一泡粪便，大声喊起来："永胜，十几块钱一斤的肉丢了，你哪头儿值得？"

梁永胜扭过脸来看，看到地上的猪粪，脸快速黑下来："不说了，不说了，政府有人等着呢。"走过街道直奔镇政府而去。

镇政府的院子里十几个站着或蹲着的、脸皮粗糙的农民在抽烟聊天。梁永胜看到自己屋后的光棍苟小仓，见他光着头趿拉着套鞋旁若无人地在政府大楼前竖下的石狮子旁解手，有人过去撵他走，他和人家瞪眼睛。看到梁永胜赶着猪进来了，提上裤子粗声大气地问："哎，政府重地，你这是找谁？"

梁永胜说："瞅你那下流相，进了政府你就尿高了，我找吕镇长。"

苟小仓系着裤带笑了，一脸狡黠："是永胜啊，送猪来了？"

梁永胜递过去一根烟："送猪来了。畜生东西没登过大码头，进镇里拉了一泡，少下斤秤了。"

苟小仓低头看了看猪，知道梁永胜是计较那一泡屎："'驴镇长'不在。"

周围的人笑苟小仓叫"驴镇长"。

吕镇长是今年才调来的，原来的王镇长被"交流"回县里了，梁永胜还不认得。原来的王镇长号召全镇养猪，现在镇里的吕镇长号召全镇养驴，一个领导一个主意。听说吕镇长要在良马镇大做驴品牌生意，要大做，做大。吕镇长认为养驴是农民的一个光明产业，驴是好东西啊，天上龙肉，地下驴肉。不过喊"驴镇长"不仅是因为养驴，还因为吕镇长是计划生育的模范户。

苟小仓敢喊"驴镇长"说明吕镇长不在镇里，意味着猪不能送下。梁永胜决定和猪一起到朝阳的墙根下等。四周晒暖阳的人们调集了全部兴致看梁永胜和他的四头猪。猪们被梁永胜打卧在墙根下，又因了什么其中一头挣扎着支起后腿，很急似的撒了一泡尿。所有人的目光投到了梁永胜脸上，知道出门时猪被喂急了。破旧苍黄的土墙根下梁永胜脸上蒙了一层霉气，当初进镇的欢实荡然无存。就良马镇的农民来说，也许都还希望梁永胜出丑呢。太冷清了，日复一日地看鸡栖于埘，牛羊走过，时光一天天淡去，若是能有个热闹点亮一下眼前，是否，这样的一生也就不会漫长得那么枯燥？而且，从根本上说，他们自己，须发无伤。无趣得紧，但就是这无趣，也常常不会突兀于波澜不惊的日常生活。所以，大家内心有隐隐的期待。

吕镇长是秋口上来到良马镇，梁永胜来找过几次，几次都没有见过面。腊月天到了，人没有见，养肥的猪得送来。

苟小仓挽着裤带走过来，想和梁永胜讨根烟抽，梁永胜不舍得掏，因为墙根下嘴里想冒烟的人太多。梁永胜打了苟小仓的手一下，苟小仓觉得丢面子了反身踢了卧着的猪屁股一下，猪被踢得急了立起来哧啦一下泻出一摊，梁永胜的脸黄蜡蜡的，吊着眉看苟小仓，苟小仓皮笑肉不笑地看着梁永胜，周围的人开始不发声笑，等有个啥结果好把拽着的那后半段笑喷出来。猪泻完腾空了卧在墙根下哼哼着，很舒坦的样子。

晒暖阳中一个人说话了："人养一个定乾坤，猪养一窝守墙根。"

苟小仓歪着脑袋斜瞟了那人一眼。

梁永胜没说啥，苟小仓说话了："出门死喂，吃多屙多。"

梁永胜一脚就踢上去了。这是苟小仓没有防备的，没有挽紧的裤带在倒退中崩开了，裤子一下脱落了下来，皱巴巴的羽绒服下裸出两条细腿来。周围的笑声憋不住喷出来了。

"哈哈哈哈，快看苟小仓那两条麻雀腿细的。"

苟小仓弯腰急忙提起裤子挽好走到梁永胜跟前，所有的人都认为好戏要开场了。却见苟小仓快步跑到墙根前照着四头猪一脚一个要命似的踢上去。猪吱哇叫了一声翻滚起身，牵扯着梁永胜骨碌一下全挨着跑了。

墙根下的人站起来看梁永胜拔脚飞跑的样子。

猪跑出镇政府，跑进河套里，猪跑得飞快，梁永胜的喘气声生丝一样拉出很长。

二

午时，吕镇长领着县水利局的领导调研回到镇上，没进政府直接进了镇上驴肉香酒馆。这个良马镇纯种贫农后代，如今是一马双跨春风得意，良马镇人对他颇有微词。当初那个吕宽富见人低下三分，如今那是见人高出一等啊。酒馆是公社时期的供销社改造成的，原来叫"红梅饭店"，吕镇长来后改了叫"驴肉香"。店老板叫红梅，吕镇长中学时的恋爱对象。正门一副对联：闻见驴肉香，神仙也心慌。横批：香飘天下。

店里三张桌子，桌面上铺着向日葵塑料台布，很整洁也很温暖。坐下后能看见良马河的河套和远山。黑漆漆的炉台上坐着一口砂锅，驴肉的香气冒出来弥漫了一店。店主红梅等客人落座后开始炒菜。吕宽富走到炉台前拿勺子舀起一块驴肉端到水利局局长面前。吕宽富说："安局长，砂锅、老汤，驴肉的味道才纯正。"叫安局长的也走到炉台前，砂锅里的汤汁咕嘟咕嘟鼓着泡子，那香气立时扑鼻而来，似在操纵着安局长的神经，调动着安局长的食欲，安局长难以按捺地喊了一声："香得还吓人哩！"

店家红梅笑眯眯地把驴肉放到案板上，切成精薄的片，撒上葱花、香菜。驴肠子也切成薄片，薄片的驴肠子在盘子里摆放成菊花形状。安局长说："驴也有花花肠子？我还以为只有你吕宽富有。"吕宽富仰着脸笑了，低头时瞟了一眼红梅，红梅正往碗里舀老汤，小白瓷碗里盛了浅浅几口汤，上面漂着一层细细的黄色油花儿，捏几粒葱花、几片香菜进去，端到桌子前。安局长先喝了一口，没有等品出滋味，再一口就全部顺下喉咙了。

"再来一碗！"

吕宽富说："安局长，这一口香是叫你润胃呢，喝多了吃肉就吃不出味道了。"

安局长说："店小还怪出毛病，把那电视打开。"

吕宽富说："我就知道安局长离不开电视。"

红梅一边切驴腱子一边说："安局长，等一下你尝尝我的驴腱子，驴身子上就数腱子肉好吃，不是入口化，有嚼头，嚼的是滋味。"

安局长这才正眼看红梅，女人侧着个身子，红毛衣裹着身子紧紧的，两个奶子随着刀起刀落晃得有型，有些岁月的脸上长着一双会说话的眼睛。安局长看吕宽富："好，好。"

吕宽富说："啥子好？"

安局长笑着说："腱子肉好嘛。"

红梅端过腱子肉，又端过一盘架着篱笆墙像晒布一样的东西。

吕宽富说："安局长，你猜猜这是啥肉？你们也都猜猜。"

安局长说："我不猜，叫店家说是啥肉。"

红梅朝着桌子上的人说："这东西不能煮得太塌，太塌了就没有嚼劲，没有嚼劲就吃不出香气，一口肉两种味儿，安局长可吃得出来？”

桌子上的人都是水利局跟着局长一起下乡来的人，局长不说是啥肉，就算猜着了也不能说，更不能动筷子吃。

吕宽富从架子上拿下来一瓶酒很熟练地打开倒进了玻璃杯子里。

安局长说：“这小媳妇有内容，你不说这是驴鞭，要说是一口能吃出两种味儿，吕镇长说说，能吃出两种啥味儿？”

吕宽富端起酒杯递给安局长：“来来来，啥味儿不是入口时香下咽时一口泥。”

安局长说：“你小子针针不离穴。你干了。良马河多年都不发洪水了，你借着防洪要钱，要钱防啥哩？”

吕宽富说：“我干三下，咱要钱要的是百年不遇，真要遇个年成不好，大水能冲了龙王庙。”

吕宽富四根指头夹三杯酒，仰脖子伸长下嘴片，三杯酒上中下摞起来瀑布一样倒进了嘴里。

红梅在炉台前看到窗外有一个人垂头丧气从远处走来，他的身后跟着四头猪，是梁永胜。梁永胜把猪拴在镇政府门前石头狮子上，什么事让他突然地来了精神，弯腰捡起一块红砖进了政府院子。隔着玻璃听不清梁永胜喊啥，看见有人陆陆续续走出来。梁永胜先天长就的性格如他那张脸上的五官一样，尺寸不大。红梅笑了笑。午后的风沙歇了脚，天地睁开眼了。红梅是见过大世面的人，看良马镇那些灰头土脸的人觉得一点也代表不了时代气息，和以前比都觉得良马镇的日子没有向前挪动反倒是后退了。她扭身给桌子上的领导们添水，看到桌子上醋碟子里都是酒，吕宽富红着脸喊叫着：“喝个月亮！”一碟子酒下去了。红梅给他们的空杯子里倒酒，酒倒得边边沿沿的，安局长还嫌不够，喊着："喝酒要喝车大灯！"红梅倒得酒鼓了起来。

红梅走到炉台前开始和面，主食是驴肠炒揪片。再看窗外，梁永胜似乎什么人也没有找见，走到拴猪的树下吼着骂了几声就着手里的砖坐下了。红梅想：这就是梁永胜的出息。红梅看到又来了两个人，一个人怒气冲冲走在前头，后头的人似乎反绑着手，两个人一前一后走到镇政府门前，前头的人把后面跟着的结实地捆在了梁永胜拴猪的树上。来人是瓦窑沟村村长李保国，拴在石头狮子上的是他儿子李进生。李保国冲着儿子骂什么，四下里的人伸着脖子笼着袖看，李保国骂得起劲。红梅想不通，啥事李保国要对儿子这么狠？红梅给吕宽富使了个眼色。

酒桌上吃酒人吃到了高潮。

吕宽富脸红脖子粗地端起分酒器扭过身子喊："红梅，你不来敬安局长一杯？来给安局长讲讲驴肉养生的好处。"

红梅莞尔一笑拧开水龙头洗干净面手走过来。

"我是乡下人，哪能上得台面，安局长不嫌我一身腥膻味儿，我就敬安局长个满杯。"

红梅端过吕宽富手里的分酒器给安局长倒酒。

安局长口齿不利索地看着红梅，伸手捉了红梅的手晃悠悠地填满酒杯说："我跟你喝三个车大灯。"

吕宽富站起来叫红梅坐下。吕宽富说："红梅先喝一个太阳。没有阳光照耀，才需要车大灯。"

说完话吕宽富出去了。

红梅抽出手拿起酒瓶倒满分酒器端起来笑盈盈看着安局长："安局长，店小人手少比不得县城里的大饭店，就怕慢待了贵客，安局长你要体谅小店的不周全处啊。我敬你，先喝为敬。"

红梅仰起脖子像喝水一样把酒灌了下去。安局长捏住红梅的手，把桌子上三杯酒倒进分酒器要红梅端酒往他嘴里倒，红梅有点羞涩地一手托着安局长的后脑勺，一手端着分酒器把酒倒进了安局长的嘴里。

安局长看着在座的人说："男人没有不爱女人的道理，在女人面前，男人是没有免疫力的，女人就是男人的荷尔蒙。"

一干人看着红梅笑了。

吕宽富从饭店的后门出去，后院子里一圈栅栏围着，拴着一条土狗，狗像见到熟人似的站起来摇着尾巴，几只鸡在铁笼子里卧着不动。一根木头接一根木头的栅栏，颇具流线美。栅栏外有一条路，顺着路走，拐个弯有个小巷，小巷尽头正对的是镇政府大院。吕宽富看过去，顿时明白了李保国对儿子的狠是为了什么。只见保国指着儿子在骂，骂他管不住女人，女人跑了儿子顶！保国是瓦窑村刚选的村长，当初选时就有人告他，吕宽富没有想到李保国来这一手。吕宽富一边往回走一边给镇派出所打电话，叫所长派俩人到镇政府门前把石头狮子上拴着的弄走。吕宽富走进栅栏冲着狗撒了一泡尿，尿冲出一个很深的窝窝。狗被铁链子拴着几次举起前爪想扑过来，拽紧的铁链子拽得它呻吟了几下。吕宽富收拾罢了走近狗拍拍狗的脑袋，狗骚情地哼哼着摇头摆尾伸出舌头舔吕宽富的手。吕宽富自言自语地说：

"你真是懂得人的心思，你这下作样和人有相通的性子，有些时候你就跟我一样！"他发泄似的踢了狗一脚，狗可怜兮兮地看着吕宽富，吕宽富顿时觉得狗有一些语言，正在喉咙里唧哝。

饭桌上有人制止红梅再和安局长喝酒，要她快去做饭。吕宽富进门说："把煮好的驴肉打包六份，小米、大豆、花椒、松蘑各样都装到纸箱里，给安局长多带两份。"

红梅在案板上边擀面边说："早叫司机师傅放车上了。"

吕宽富能不知道吗，他就喜欢这个女人的利索劲。只是故意说给在座的听，东西不多咋呼劲大。一是过年了，他们之所以腊月天下乡不就是来要个土特产嘛，告诉他们都拿了啥；二呢，安局长多出来的两份就是身份的象征。

安局长站起来要去撒尿，吕宽富扶着安局长摇摇晃晃往外走，走到后院，狗闻见有生人来了扑叫起来，吕宽富很像主人似的踢了狗一脚。从厕所出来，他从口袋里取出一个红包塞进安局长口袋。

安局长说："你这是做啥哩？"

吕宽富说："这不是要过年嘛，知道你当爷爷了，又不是给你，是给咱孙子，你说我这当小爷爷的还不该给孩子一个压岁钱？"

安局长说："这还没有过年呢！"

吕宽富说："眨眼就到了。不该几天，年后我就不去了，也算提前拜个早年。"

安局长对吕宽富的解释比较满意，钱也就不往外掏了。

吕宽富搂着安局长的肩膀说："安局长，你说，过罢年良马镇的良马河治理，咱先不说防洪，先说良马河是一条温顺的河，大多数时间都忠诚地为人提供服务，但良马河也有暴怒的时候吧？历史上可不止一次对老百姓实施过粗暴的掠夺。真要明年来一次大雨，几年没水的河沟里农户可是建了村庄哩。"

安局长说："知道你良马镇穷山恶水，也就指望一条河要个零花，我过罢年给你二十万。"

吕宽富紧着从上衣口袋掏出要钱报告："安局长，我没敢多打报告，二十五万，你签个字，二十万归良马镇，五万到账后我给你回扣。"

安局长接过吕宽富拧开的钢笔看着报告，酒精刺激得看那二十五万像二百五十万，安局长把手里的笔一下扔到了地上："你和那个红梅把我灌醉，耍什么花枪哩？把我当二百五！"

吕宽富捡起要钱报告吓得跪下来："安局长，你当我是孙悟空？敢在你面前耍花枪？你再看看，黑字白纸我敢闹着玩我不是人，是地上的狗！"

安局长又看了看，果然是二十五万。"都是你妈的让那叫红梅的女人灌得我头大得成糨糊了。这钱也是看你岳父的面子才给你，一个女婿半个儿，你也算个好人。"

吕宽富掏出一个塑料本子垫在报告下跪着举在安局长面前，安局长在报告上写了"同意"，连带一竖到报告抬头标题里的二十五万上画一个圈，再挑高写下了"安在"俩字。

一刹那间吕宽富像卸掉了一个包袱，他都想给安在磕头，要了一年才要了这么点。同时心里又泛起一股难言的滋味，起身赶紧搀着安局长往回走。安局长走了两步回过头，河道里无水，对面山上一派萧索。安局长突然对吕宽富说："我跟你说个酒话，我是越来越怕死了，活到这个年龄，就怕死了再不能看电视了。"

吕宽富说："我这样的小人物，不怕安局长笑话，我就怕死了再见不着女人了。"

两个人哈哈笑着进了门。

三

派出所和镇政府就隔着一个弯道，一个弯儿拐过来两个穿制服的民警，也不全是制服，下身穿牛仔裤皮鞋，手里提溜着手铐，他们一边走一边指手画脚地说话。

一干看客知道警察来抓人了。苟小仓从远处溜达过来，一看警察掉头就走了。梁永胜看见了，捡起砖头就往苟小仓离去的方向跑。

"苟小仓，你往哪儿野死哩！"

他这一跑，派出所的民警也跟着跑。看客出了个黑点子，追啥呢，牵了他的猪走，他自动就会回来。民警们站下了，对出点子的人报以微笑。

不知道谁喊了一声："你的猪叫老公家牵走了！"

梁永胜回头看民警牵着猪走了，照着苟小仓远去的背影扔过去砖头，转身往镇政府门前跑。"做啥哩，我的猪犯下啥王法了？"

一个民警拦住说："你们这是弄啥了？一个狮子上拴一个人，一个狮子上拴四头猪。"

梁永胜说:"我的猪是来找吕镇长。"

保国说:"我也找吕镇长!"

民警说:"这俩狮子可叫你们拴得劲了,这是看门狮子,是叫你们拴人?"

梁永胜说:"我拴的可是畜生!"

保国说:"我拴的也是畜生!"

李保国起劲地开始骂:"活一个男人活得真叫个窝囊,看不住老婆,你老婆不回来引产,我在镇政府门口拴你半个月!叫大伙说说,他媳妇怀娃我咋能知道?要不是肚子大了,闹得都看出来,我还蒙在鼓里呢!谁借你这么大的胆敢叫媳妇违反计划生三胎!"

民警二话不说取手铐铐住了李进生和梁永胜。人一戴手铐就傻了,连自己怎么说话都忘了,猪和人披一身金的霞光,乖乖走往山湾后说理的地方去。

这事对良马镇的人来说一点也不新鲜,知道是县里又有干部来下乡。没啥新鲜事,人们望着拐过弯的背影,很无趣地各自散了。

派出所院子里站下三个大活人,四头大活畜生,人能带回办公室,畜生哪能也带进办公室?一时想不出好办法,叫梁永胜进办公室,猪在外头。哪知梁永胜清醒了,人一清醒话就来了。梁永胜不干,死要猪守,活要守猪。

派出所所长说:"猪是在猪圈里,你在外,大腊月天冻出毛病来我咋交代你两个儿子?"

梁永胜说:"我是戴着手铐进你派出所的,冻出毛病来你派出所就得管。手铐也不是随便戴的,当是小儿玩家家?"

派出所所长想了想和下边的人说："给他开了手铐，把他带到审讯室，那地方虽然没有生火，也比外面强。"

梁永胜不去，凭啥去审讯室，犯啥法了？凭啥保国就不戴手铐，他也是牵着畜生呀？

派出所所长解释说，不就是因为你不离开猪吗？保国那畜生会说人话，你那畜生会说人话？你去那里暖和一些，等吕镇长送走县领导来了我喊你。梁永胜觉得也是个交代话，毕竟要卖猪给镇上，撂下一句话："你不要跟我扯淡，我也是王镇长的座上客哩！"

李进生一进办公室就被铐在了暖气包上，这一铐他有点吃不准深浅，一时吓得没兜住一股尿热了裤裆。

派出所所长叫人把李保国带到自己的办公室，问他，为何要把自己的儿绑了？保国说："他违反计划生育。我不知情下他把媳妇弄跑了，秋口上搞选举有人就告我状，我还以为农民们没有啥素质瞎告状哩，我不怕。现在好了，肚子大得藏不住了，我才真知道我低估了农民们的素质。我儿真的违反了计划生育，别说人家告我状，我自己都没脸面当这个村长了。"

派出所所长说："媳妇去哪儿，你不可能不知道吧？"

保国说："我指天发誓，我要知道我是个这。"

保国跷起自己的小拇指。

派出所所长笑了一下说："我也是闲问你。你当了好几回那东西了。"

正说着话呢，吕宽富醉着酒进来了。

所长忙站起来叫吕镇长坐。

吕宽富一把抓住保国的领口："腊月天，你他妈还嫌不乱是不是？你想唱戏你他妈到台子上去唱，拿你儿子搞什么苦肉计？旁的人看不清楚，我看不清楚你想做啥？你把媳妇支应走了，拉儿子出来垫背，想叫别人服气，你这障眼法也太下作了。"

保国腿软得跪在了地上："吕镇长，农村工作三分之一是演戏，三分之一靠政策，三分之一还得耍手腕。吕镇长啊，你说，媳妇都七个月了，肚外的是人，肚里的就不是人了？七个月，那是杀人啊！那可是个男娃呀！跟你我一样，你看看这派出所里，见有一个女娃没有？你看看镇政府里，有几个女娃？你再看看咱良马镇的村民选举，哪个女的能当了村长？地方不说，你看看中央，这社会活该是男人的天地啊！你不答应我就不起。"

"你妈逼赖啥哩？赖谁哩？叫县里领导看看瓦窑沟选举的村干部都是无赖？你还有没有党性原则？你以为你的水泥标号高，能生出大学生来？能生出大干部来是不是？"

保国哀求地说："我哪会儿敢说我的水泥标号高了？我这不是替我娃求情吗？"

吕宽富说："年前你要不把媳妇的三胎引产了，你这个村长我叫全县通报你，当反面典型，一辈子白纸黑字苍蝇一样趴在报纸上！"

吕宽富说罢挣脱保国往外走，派出所所长丢下保国也往外走。

派出所所长在院子里悄声和吕宽富说："吕镇长，还有一个人和四头猪在审讯室。"

吕宽富疑惑了一下："什么人和猪？"

"河东村的梁永胜。说那四头猪是送给镇政府的，原来王镇长和

245

他的交易。"

吕宽富说:"现在良马镇还有王镇长?"

派出所所长也不敢说话了。

没等吕宽富回话,李保国从屋子里出来走到吕宽富跟前一副认真的样子说:"吕镇长,我感到了你给我的潜在压力。"

吕宽富一挥手:"是基本国策给了你潜在压力!"

李保国哈着腰说:"是是是,我一时糊涂,想到以后势单力薄的日子,我就想一定要生娃,革命意识就差了错。"

吕宽富说:"你哪里还有革命意识?回去好好想想,都像你这样三三两两地生,为了你个人满足给社会造成负担,你当村长能为瓦窑沟村民谋幸福吗?你不为了你私欲谋幸福才叫日怪!叫你媳妇苗条着回村过个春节,天下的好事不能你妈逼叫你一个人得!"

李保国站起来很谦卑也很可怜地跑到路前头说:"吕镇长,这事我要办不成我就不当这村长了!"

保国牵着儿子李进生的手很不情愿地走了。一路上李保国和自己的儿说:"胳膊扭不过大腿,要不是选举欠下亲戚们的钱,我要孙子不要妈逼这尿村长。"

进生说:"爸,那咱回家咋办哩?"

李保国说:"吕宽富是杀人犯。回家叫你媳妇引产。"

进生说:"就怕我媳妇不同意。怀和生都是爸你导演的。"

李保国说:"半路上戏演不下去了,没见那导演的手段。你爸再有力气也干不过老公家。"

梁永胜在审讯室等候的过程中看他的猪，猪是土地之外的重要经济命脉，猪眼下已经累得睡在了砖地上，那肚子明显地塌了下去，塌下去的猪腰显得苗条，梁永胜盘算着一头猪少说丢了五斤肉，不由得心疼起来。先是恨猪有多么不争气护不住自己的欲望，随随便便大小便，这世上的事情哪能随便做，万行万业都该有个规矩。梁永胜又开始想王镇长，当初王镇长到他村下乡见他猪圈里的猪肥壮，笑着问他猪一年的收入是多少，他告诉王镇长一年的收入几乎不赚钱。为啥不赚钱？要是赚钱现在农村人你见谁养猪？人都往了城市，猪都没圈了。为啥？猪不赚钱，猪要吃粮食，猪一年吃进去的粮食够买一头猪，不合成本。那你为啥还养猪？腊月天杀了猪村上人过个年见个现钱。王镇长就和周围的人讲了个小故事。

王镇长说，他从县里下来之前在县宾馆当所长。每天宾馆吃喝剩下的残羹剩饭一桶一桶被倒掉，看着白花花的饭菜倒掉了，就觉得有点丧良心，决定在宾馆的后院养十几头猪。当时还不是王镇长的王所长叫人去乡下买回猪娃子，宾馆的猪圈也和乡下的猪圈不一样，猪圈的地上砌了青砖，猪打小就享受着脱离乡村后的福分。十几只小猪托付给两个女服务员养。宾馆的饭食和乡下有天壤之别。乡下的石槽里一桶食倒进来没啥捞头，显得清汤寡水，吱哇叫唤也没用，顶多给槽里抓把糠皮，诱你再捞食几嘴，稀汤灌大肚，上顿接不住下顿。宾馆好哇，五寸厚的油花儿飘着，以往吃的是谷糠麦麸，现在吃的是拉面、大米、牛羊肉，毛吃得滑溜溜的，肚吃得滚圆圆的。猪圈里每天都洒来苏水消毒，定时定点清理卫生。王所长酒桌上常和领导们吹嘘自己人工养殖的猪有多么可爱，完全脱离了动物的低级趣味，和宠物猪一样，你看它，它看你，摇头摆尾，你跟它逗着玩儿，它就像小孩子撒娇一样哼哼吱吱蹭着你叫。小时候家里养猪，猪吃猪食，人哪里能走近，那猪头是高频率地在甩，食屑四溅，给猪喂一顿食，就要闹脏一身衣裳。饭桌上领导们一般不议论当前社会，对社会的看法是各怀心事，酒桌上的人呢也是严格控制自己的嘴巴。猪不是敏感话题，说到猪，大家兴致都来了，就要王所长过年时把那猪杀了大家分享一下。春天的小猪进宾馆时一尺长，到了冬天猪长了半尺，到了腊月天领导们被王所长吹嘘得都想吃自家剩饭剩菜养的猪肉，尺半长的猪咋吃肉？王所长和厨师说，这时候是亮你厨师水平的时候了。厨师说，不用亮，这猪肉保管不能用。王所长说，我们可以当乳猪嘛，一个桌子上一头乳猪吃尿了它算了。厨师说，该出圈的猪当乳猪？就怕肉咬不动。既然猪没有长成，显然是还不应该宰杀，那么我就叫它继续长，看这畜生在违反自然生长规律的情况下长多久才能成大猪？

那一年县上的干部们年终会餐吃的是市场猪肉，王所长告诉他们是宾馆养的猪肉。书记是个喜欢激动的人，还在聚餐会上大讲特讲，要全县干部都向宾馆学习，不铺张浪费，学会生产自救。你们今天入口时吃出猪肉的香了没有？啊，这不是市场猪肉，不是饲料猪肉，是什么猪肉？是你们吃剩下的饭菜喂养成的猪肉，所以它香！从现在到明年开始，我们每年的聚餐就吃宾馆自己养的猪肉。我们的干部都是好干部，我们不铺张浪费，我们以前的领导人就说过，农民脚上沾着猪粪，就比不动手假讲究的人干净。多好的话啊！

王镇长在梁永胜猪圈前学着书记讲话，开过三干会见过书记的村干部就笑了，说王镇长学书记的话和书记一样一样的。王镇长说："我后来才知道猪不能精养，老百姓最懂这个道理。"梁永胜说："猪吧，天生该用糠皮麦麸喂养。"王镇长说："梁永胜说得对。养猪付出的辛劳太多，更主要的是乡镇企业和农民进城这两件事改变了历史。以前一年一圈猪，现在一年两圈。说人民生活水平高了，可就是没有人说现在的猪都违反自然规律了。现在河东村，就你儿忠伟来说，没有上过大学，长在农村的人，农民是他命定的职业，可他偏偏就打破了这个命定，离土又离乡，像他们村口的这条河一样，做了民工，有去不返。为啥？消费水平高了，种地养活不了自己。据我所知，河东村有劳动力近一百个，也曾是一个以农业为主的村。梁永胜你说，你原先有几个劳动力？"梁永胜说："我和俩儿还有我老婆，算三个半劳力。"王镇长又问："种几亩地？都种了啥？"梁永胜说："一口人二亩，原先种的花样多，光豆子就种下了红豆、黄豆、小豆、扁豆。四口人口粮地八亩，现在都种了玉茭，懒省事，啥都是玉茭换。"王镇长说："你们都是村干部，都该了解自己村的劳力。你们搞村选时都拉过选票，知道在外有多少人，家里留守的都是些啥人对吧？我就拿梁永胜的地给你们算一次账。四口人，八亩地。一亩地打玉茭一千斤，我不按高产也不给你低产，一斤玉茭一块钱，一年八千斤。包括投入的农药、肥料、种子和人工成本，苦干一年，梁永胜，你落下了多少？"

梁永胜说："不到三千，还不含误工费。"

王镇长说："你们明白了吧？苦干一年，不敢说劳力使用，土地超载和农业比较效益低下是显而易见的。农民对农业效益低于工商业的认识并不是在改革开放以后才有。咱再来说现在，农村一斤玉荄一块，脱皮玉荄充其量加五毛手工费，你看城市里的超市，一斤脱皮玉荄六块。咱镇往山河县坐班车去一趟三十块，人家北京的地铁，两块钱在地下转半天。你们说城市好不好？"

周围听的人咂吧着嘴，似乎也明白这个道理但又没有总结得这么好。当然是城市好，城市人有工作不上班就能拿钱。农民进了城不劳动月头上只能拿个屁。城市人多少年来都低看咱农民，把农村不当住地。"我和你们讲，农民一进城农民的厉害劲就使出来了。因为农民不给他们好好种地，不给他们好好养猪，进城后还冲击了他们的情感底线，他们城市要不明白这是农民在反抗，他们吃亏还在后头哩。城市一向是一个不舍得流动的社会，也是一个盘根错节的社会，当咱们农民潮水一样流进去的时候，打破了城市的规矩，打乱了他们往常的思维。劳力都进城了，国家在给农民土地补助，一亩地还不够人家超市二斤玉荄的钱多，你们说咱农民咋办哩？"

大家目瞪口呆地想不出咋办哩。

梁永胜说："凭王镇长给农民脱贫哩！"

这句话说得真叫人刮目相看。"好！咱们镇是个穷镇，地下没资源，地上没木材，土地的养分也不够，我们就得学会去和有资源的镇要钱，有煤矿的镇要钱。我们要人家给吗？当然不会给。那我们要得上吗？当然要得上。为什么要得上？因为县里的财政要靠它们富镇拉动指标，那个指标升起来了，还得要把它花掉，会花钱是一个领导的本事。那么我们要学会的不是花钱，因为我们没有钱，我们要学会的是要钱，学会挠领导的痒痒。现在的农民不是不养猪了嘛，猪肉价格不因为农民不养猪下跌，反而是一路飙升，这样对我们农民不是坏事是好事。为什么是好事？好就在于领导们吃不上农民养的猪肉了，农民不养猪的最大坏处就是猪吃不上蔬菜，吃不上粮食了。猪吃啥？瘦肉精、饲料里的各种添加剂一抓一大把，不是猪肉价格上涨了，是添加剂价格上涨。我们要讨领导的欢心，就要让领导知道，我们良马镇还有留守农民在养猪，我们良马镇的猪是吃粮食和蔬菜长大的。我们把这些生态猪送给分管我们的领导，财政的钱不就会有一小部分叫我们花吗？因为他比我们都清楚，有钱会花钱才是一县人民的好家长。梁永胜，今年你给我养四头猪，喂粮食，喂蔬菜，粮食是啥？玉茭皮皮，谷糠皮皮，黄豆皮皮。蔬菜是啥？萝卜缨缨，白菜帮帮，春天榆树上的榆钱钱，夏天洋槐树上槐花花。这猪肉你说挠不住领导的痒痒？"

王镇长真是一个很了不起的人物。梁永胜想吕镇长一定也是不一般的人物，毕竟是从良马镇出去的人，也知道拿驴肉挠领导的痒痒，对吕镇长就又抱了一线希望。寒冷袭身，双脚来回跺着，猪在地上又拉又尿，这些梁永胜都不心疼了。能叫屎尿淹了良马镇的派出所才叫好哩。推了推门，门没有上锁，梁永胜牵起猪一起往外走，开门的瞬间一股冷风扑过来，扑得梁永胜咳嗽起来，咳——咳——，猪觉得梁永胜的咳嗽声空洞乏力，像饿鬼缠身的样子，猪不管不顾往外挤。派出所的院子里铺了一层瓷砖，蹄子走上去有些滑，寒冷的冬天，花草都死了，雾霭斑驳迷离，冷清把光和色都胶住了，使走过院子里的人和猪有点心慌。梁永胜想找找派出所的人，想问问吕镇长甚时候可以见着，却发现所有的门都关得实实的，问看门房的老头，老头歪着嘴笑了："我不是镇长肚子里的蛔虫！"梁永胜说："你说我等呢还是去找人家镇长？"老头说："噢，想起来了，镇长来过，叫保国牵着他儿走了，没见你？"

梁永胜说："要见我了，我还在这里憨狗等羊蛋？"

老头一摸头说："所长出门时告我叫你牵着猪走，我把这事给忘了。"

梁永胜瞪起眼说："你这是割了羊蛋不管羊死！"

看门房的老头说："你又不是个村干部，镇长见你做啥，够不着见你！"反身进屋关上了门。

够不着见我？好你良马镇的吕宽富！

猪在路上拱着头走，一边走一边似乎想觅到一口吃食，东拉西扯招得梁永胜火气突突往出冒，一时心慌蹲在满是碎石的河滩边，抓起一把未及融化的雪，指头隐隐发痛，俯下身把那雪塞进嘴里，冰凉冷冽刺痛了牙根。他想哭，可那额角的血管因为火气还在突突胀跳。稍息一会儿，站起身沿着河滩任由猪牵着走。

四

快过年的良马镇没个热乎劲，冷清得要命。河道里空无一人，街道上空无一人，岸上的农田里堆着没有撒开的粪堆，几条野狗在粪堆上刨食，算是扰乱了一时的寂寞。旷野也并不辽阔，天空也并不宽广，以至一座良马镇的政府楼就把所有的景象遮蔽了。

红梅立在饭店的后院看眼前的河道，记忆中河道里的水缓缓流过，打眼前就能听到水流声，水的气味扑鼻而来，水流的声音总是无法收拢，犹如远方有一个人拽着它的手。黄昏晚夕下的光线如同一个"势"，孩子们欢闹得不舍得离开。在河道里贪玩到月亮升起，各自的爸妈在良马镇的街道上扯开嗓子喊他们回家，看那水迎着月光而飞，不知谁家的大人扬起手臂啪地那么一甩过去，河风顿住，往事响作一团。红梅想哭，想自己的日子总是留在童年，而这条河里的记忆何止是童年，还该有她的青春和爱情。从前的某个久远的情节像储存在录音机里，摁播放键的前一刻，需要备好一包纸巾。是的，阳光烤干了河道，过去的热闹都僵硬在了河道上。

　　红梅走回饭店里间住人的屋子里，感觉黑一下蔓延进了屋子。隔窗再看，西山头上如墨的夜色就要扯过镇政府楼了。吕宽富在床上睡着，一屋子酒气，红梅拖过一只矮凳坐在床前。这张脸显得那般苍白，不再青春的脸上已经有了秋天的痕迹。时间收藏了许多季节，当年那个文绉绉的读书人，在她心目中很体面的男人如今是六亲不认，世无羁绊的霸道。红梅顺手从果盘里拿过一个苹果，一边削着果皮一边很耐心地听他连续不断的打鼾声。她小心挪动了一下他，那鼾声断了一下接着又起了。红梅看着这个曾经爱得要命的男人，孤寂渐渐被什么充盈起来透明起来。她与这个男人之间的爱是一种毒药，卧伏在记忆深处的河是他们的红媒。还记得那些考上大学的同学走时的那一刻，离乡是风光的，良马镇领导为考上大学的学子送行，他们的父母脸上都洋溢着喜悦。命运携带着许多命定成分，命运的改变让她听到一个熟悉的声音："莫要再去妄想。"什么能够穿透岁月的幕布抵达眼前？当他们俩搁浅在乡下时，唯一的出路一定是背井离乡吗？乡村的土地可以喂饱一个人的胃囊，却喂不饱乡下人集体出走的欲望。

红梅抚摸着吕宽富的头发，想告诉他自己离婚已经多年了，不是为了谁离婚，是为了自己的心。心里有一个总也追不上的踪影，可那影子就在自己的身边晃荡着。看对方鼻子不是鼻子眼睛不是眼睛时，就想那个影子，就想这样活到老是不是亏了自己？一辈子雾锁心头活着叫个啥日子？红梅想起早年爸爸在供销社当售货员时的情景，她和吕宽富在对面的南禅寺里读高中，星期天吕宽富不回家来找她要书看，就是这间屋子里他们一起读《安娜·卡列尼娜》，读《霍乱时期的爱情》。爱情是男人与女人之间强烈的依恋，亲近，向往，甚至超越了父母的爱，是一切生命无可替代的交流。地上不是现在的地板砖，是夯得很实的泥地，地上盘着砖炉，炉口上烤着黄梨、红薯。透过窗望良马河，河水哗哗流着，吕宽富在她身后因为书中一个什么情节惊得她转回头看，那时候的人真是矜持，不懂得拉手，更不用说拥抱了，笑也是咔咔咔的细碎。吕宽富托人进县民政局当临时工收发报纸，自己留在乡下。爱情似乎是在远离时开始明确的。依旧是这间屋子，砖垒的炉台已经拆掉了换了铁炉，夏天冰凉的铁炉旁边两个人隔着烟筒说话，能听见锈烂的铁皮从烟筒里往下落。吕宽富说："生活再艰难和辛苦，我们都不要松劲，不轻易放弃我们的爱情。"红梅只是哭，那种很敏感细微的哭声，源于内心的弱小，没有方向的弱小，她能感觉几次吕宽富想伸过手来抚摸她的脸，最后也只是递过来一个布手绢。他们的呼吸在空气里收放，可从来没有过身体内在的迫切需求。当吕宽富转身离开时，红梅觉得身体空空荡荡的，撵到门口看，怕人瞅见。趴到窗户上看，那个骑自行车的影子走出好远了。什么也看不见时，她坐在床上，不想漏掉任何一个细节一分一秒地回忆。

吕宽富到底是留在县城了。

红梅还记得一九八九年的冬天，河道里结了冰，天空阴霾着，人憋得难过，她坐在河岸上，身边坐着吕宽富。他来良马镇就只是要告诉她，他要结婚了，结婚是为了摆脱一个男人农民式的命运。他娶的是民政局局长家的千金，一个聋哑女子。两颗硕大的泪珠一起从红梅眼眶里掉在河岸上，没有一点声音。红梅说："我的心悬着，我的心一直以来都悬着。但是，我不恨你。"吕宽富说："我爱你，我无法丢弃命运。"红梅说："人间事就是这样，越怕什么越来什么，我的心里要是没有你就好了。"吕宽富说："你要一辈子有我。"红梅看着河沿的冰碴子说："你叫我一辈子怎么活？"吕宽富说："我一辈子忘不掉你。忘不掉和结婚是两码事，我是男人，我得改变自己的命运。"红梅诧异地看着他说："难道命运是靠婚姻可以改变的吗？"吕宽富说："人世间的欲望只要存在，什么都可改变命运，包括丢掉脸面的尊严。"红梅不说话了，当人没有尊严的时候，理义之气，情爱之气，再说都是伤心。吕宽富伸手拿过红梅的手说："我们还没有拉过手，我拉你手是要告诉你，有一天我会给你富贵。"红梅说："那些有什么用？愁有千万，富贵何来？"吕宽富说："不要忘记我！我得走了，我坐了局里的车来，司机是局长的心腹，我不想弄出啥事来在他面前落下把柄。"吕宽富想抱住红梅，红梅挣扎着。吕宽富说："你让我抱你一下，我从来不敢抱你，我一直想等洞房花烛。等不得了，红梅，我对不起你，你让我抱你一下，你知道我心里装着的是你，你的心不该是灰。我迟早给你一个洞房花烛。"红梅甩开他的手说："是灰就该比土热啊！"红梅跑开，往哪儿跑？寒风中她喊道："我再爱你除非河水断流！"

良马河十年后断流。

梁永胜看着河道里的猪，胯塌腰松的样子，上午来时生龙活虎，大白屁股蛤蟆肚，村街上走过，乡民都站在街道上看，扳着指头给梁永胜算账。出门时梁永胜招呼村上的后生拿秤吊过，一头猪三百斤左右，估摸着四头猪可拿回一万多块。眼下猪饿得皮松骨缩的，就算收购了猪，丢了的斤两谁来补？养了一年猪，这叫个啥结果？耍猴还要锣吹喝，就这么叫人家日弄得自己在良马镇黑唱了一台戏。又想到苟小仓那王八蛋，躲了初一他躲不过十五。

腊月天梁永胜用了吃奶的力气喝了一声："停下！"猪们吓得一时陌生了，怀着对这个人的知恩感情一起直直立着回头看。"返回！"这不是返回吗？猪们踮起蹄脚要走，哪知梁永胜先转了身，相互这么一拽扯，梁永胜跌了个仰面朝天。知道牵猪的绳子还在胳膊上缠着，猪们还在他的掌控之内，他心酸地笑了一下。胳膊肘的麻骨被鹅卵石猛烈地磕碰了一下，好不容易站起来，依然麻酥酥好半天缓不过劲儿来。梁永胜咬着后槽牙骂了一句："日你良马镇的祖宗！"猪们吓了一跳围过来唏嘘不已。梁永胜明白，他今天来良马镇的目的已经从拉锯战变成了白刃战，他和良马镇的吕镇长已经势不两立了。

夜幕下这条被乡民踩熟了的路显得细长而白净。一群活物在河道里走着，走得恼羞成怒。他开始来精神了，猛劲儿走，不走河道走堤坝上的大路，正面过来一个人被吓了一跳，正面的人明显地躲了一下想绕过去，一句话结结实实砸在了那人身上。

"日你妈苟小仓，站下！"

苟小仓激灵了一下，明白眼前的形势对自己很有利。

"站下就站下。咋的不敢站下？"

梁永胜说："有种的你跟前来！"

苟小仓说："梁永胜，你这是在河道里领着猪锻炼身体吧？"

梁永胜说："苟小仓，你活不过今年！"

苟小仓嬉皮笑脸："我活不过今年，你活明年。"

梁永胜说："死了狼拖狗拽了你！"

苟小仓说："喂了你的猪，给你添个斤秤。"

梁永胜说："再转世转成一头畜生！"

苟小仓说："转成一头猪，要你祖祖孙孙喂养我。"

梁永胜弯腰捡起一块石头，当下里他就想打死苟小仓，可又觉得明摆着打不死他。

"你过来！"

乡下的梁永胜攀上了良马镇一把手，村长见了都要矮三分哩。可光棍苟小仓自始至终就没有怕过他，啥都没有的人啥都不怕，便挺直了腰杆要走过去。

梁永胜反倒怕他真过来，真过来，手里的石头拍不拍？拍不死他拍了自己咋办？自己死不怕，猪是见证者，可猪是猪脑啊！

梁永胜大喊一声："你还不停下步，你敢过来？"

苟小仓说："我娘养我两条腿就是叫迈步哩，在路上我停下步不走，你说两条腿在路上难道是路的摆设？"可人也到底没有动，也害怕梁永胜来真的。两个人是麻秆打狼两头怕。

梁永胜说："你敢过来！"

苟小仓说："我巴不得叫你拍我一下，我住进医院要你几个医疗费。"

两个人的喊叫声在堤坝上扬起又跌落到河道里。

梁永胜说："日你妈，我赔你一头猪！"一块石头扔了过去。

苟小仓蹦了一下，看着那石头滚下堤坝，惊得树丛里三两只麻雀飞起。苟小仓突然很整脚地吹了一声口哨。

梁永胜气得满地找石头，可不停乱窜的猪扯拽着他停顿不下来。

苟小仓说："我告诉你在哪能找见驴镇长。在驴肉香饭店红梅的屋子里。你只管拍门，红梅不叫你见到驴镇长，你只管在她的饭店里吃饭，最后你把猪押她饭店走人。"

梁永胜陡然清醒了。

苟小仓说："我要不是怕你俩儿回来找我算账，我才不怕你，你没有叫我怕的地方，你省省劲儿，不要抓了芝麻丢了西瓜。"

空气里充满了躁动，又流动着更大的安静。好像被谁攥走了那一把烈火，顿时没有了燥劲儿，可梁永胜支棱着打人的架势还在。

"你说话跟放屁一样！"

"放屁也有响儿，我要做成了你给我一百块，叫我买条烟。"

"做不成你给我买啥？"

苟小仓在堤坝上闲溜达了一圈，不接对方的话茬儿。既然给梁永胜找了一个正当、恰切又充分的理由开脱了他，他还不走，自己再接他的话就没意思了。光棍是啥？是不舍得下地干活，东家进西家出闲溜达的人物，光棍还喜欢热闹，喜欢在人家的热闹里流连，喜欢把自己当了生活热闹的主题，自己就是人家锅里碗里的那一口下肚后嘴边的话把儿，啥事都喜欢做个参与者、听众和看客。

苟小仓说："要是驴镇长想从红梅的后窗跑，要不要我给你堵死他？"

梁永胜想，没这个人事情还真乱不起来。苟小仓是个不要脸的人，事情闹大了，也好顶一杠子。

"梁永胜你说一句话，就咱俩，你不丢人。"

"你是哄着你爹缸沿上跑马哩！"

"我是三张纸糊了个驴脑袋，就图你给我那一百块钱哩！"

两个人都不说话了，梁永胜在前，苟小仓在后，中间是猪，两人心照不宣借着月光往良马镇走。

夜，彻底来了，来得急迫，酝酿并策划好的行动必须预热，以保证有充足的胆量去敲红梅的饭店。梁永胜想，我不能后悔，事关钱的问题，事大了身后有个苟小仓，是他让我犯了冲气。

五

一只蜘蛛从凉棚上吊下来，拉长了室内的灯光，是一只红肚子喜蛛。红梅抿起嘴唇看那一线光亮下的明明灭灭，看得痴了。突然站起来拿了一根长棍轻轻地拉断了蜘蛛的丝，蜘蛛悠悠坠落，发现危险后又匆匆提升，宛如光线渐渐地缩小，在朦胧中她把那只蜘蛛送到了墙角。火炉上水壶里的水开了，红梅提下壶倒入脸盆并添加了冷水，试了一下水温然后开始给吕宽富洗脸洗脚。

事隔多年，她还记得当年他和男生赤条条地钻进河里洗澡，女生在岸上的草丛里躺着，矢车菊开得灿烂。那时候的良马河有那么多的传说，传说他们洗澡的那个瓮池里，早年有一个小伙计背着东家的秤去外村收租，走到瓮池跟前绊了一跤，秤掉进了水里，因秤杆是老红木很快就沉入瓮底。秤砣子滴溜溜在水面上打转，小伙计伸手够秤砣时被瓮池里一个十八岁的女水鬼拽走了命。良马河是一条有着生命跳动的河，平淡无奇的日子因为良马河的传说变得有趣。女生在草丛里议论那个铁铸的秤砣怎么会在水面上打转悠呢？那些洗澡的男生谁会被女水鬼带走？红梅害怕女水鬼把吕宽富带走。太阳高高地挂在天上，红梅迷恋那个瓮池里洗澡的人，她不要他有任何闪失。这个不愿守着贫穷的男人，不是贫穷太愚昧了，是贫穷太孤单，贫穷需要一张气势很足的脸面来撑起他的腰杆。

红梅倒脏水的时候，看到镇政府的楼前撒满了霜也似的月光，有什么声音脱离了良马镇渐行渐远，渐渐不能辨析了。她抬头看满天星星，想起来是下午的风收走了最后的尾巴。

供销社彻底消失的时候，红梅爸爸买下了这一排旧屋，盘点了剩余的旧货由红梅来当店员，也就是说供销社成了私营，改叫：良马镇供销社。红梅始终觉得良马镇是她的一个痛点。爸爸叫她站柜台，她坚决不，一定要离开良马镇外出打工。爸爸说："鸭子过河鹅过河，孙子过河爷过河，世上沟沟坎坎的路太多，出门千般难哪有在家好？

不和那外出的人置气，你留下来陪爸妈。"红梅还是决定走。出门几年先给人家当服务员，后来自己开小饭店，小本生意做得也算红火。可闺女大了总得嫁人，妈力主不叫红梅找外头的人，经由媒人撮合红梅嫁给镇上邮局的一个邮递员。红梅不爱这个男人，对这个男人始终没有爱的敏感和冲动。结婚那天，月光那么好，男人却一脸的沮丧徘徊在自家的院子里。男人把烟揉碎回到屋子里下了狠手，发现红梅系着五条死扣裤带。像做一件惊天动地的事一样，他们俩肩膀上从此撂了一副担子。

人在社会中扮演一个角色真难，尤其是一个妻子，戏演久了心身自然都累。妈说："你不理不睬人家娃，你知不知道人家娃是来咱家挑担子，天下没有开花不结果的树，你忍心爸妈老了续不上自己的香火？"放下自己累的那一刹那她怀孕了。做了母亲，犹如水被收服在容器里，很难恣肆妄为枝蔓横生地思谋红杏出墙桃李争春的事。她又想起了曾经阅读过的小说。如果你怕死，你是得不到真爱的。就像弗洛伊德认为，人类一切精神上的疾病都是从性的创伤开始，这种创伤对于人的精神来说不可逆转。从这个实质来讲，爱情又变得像霍乱一样真实。性和爱哪个更重要？没有爱怎么能有性？

父母年迈，她得撑起这个家。盘点饭店回乡把供销社改成了红梅饭店。再见吕宽富已经是二〇〇九年的夏天，他已经是民政局的一个副科长了，下乡来店里吃饭，在转头看见他的刹那她明白了，无法抑制自己活下去的渴望又如春天来临。

那一年他在镇上住了一夜，他们和镇领导们打麻将，打到半夜，他知道红梅的丈夫去县城送邮包了，出门解手的时间里走进饭店。就这张床上，没有过程，没有准备，没有情绪酝酿，很自然地拉过红梅的手，很自然地抱着红梅躺在了床上，红梅惊讶得张大了嘴巴。吕宽富说："吓着你了？"红梅说："你还是当年的吕宽富吗？""操！我要还是当年的那个吕宽富，百病都会乘虚而入。""既然不是当年的吕宽富，当年的那个红梅死了。""我不信你此时心里没有堆放一堆干柴，我烧不热你！"什么东西生丝一样勒痛了她。"吕宽富，你对我从来没有负罪感吗？"这是一句叫人难以回答的话，尤其是此时的吕宽富。结果是他无语匆匆而去。

沉闷燥热、心烦意乱，整个人深深沦陷下去不能自拔。曾经拉手都很难的决绝，怎么会如此没有过程就撕破了那一层圣洁？顿觉自己在吕宽富眼里成了一个混沌粗鄙的女人，这世道里的自己真的是多了隐晦污浊的下流，少了一帘花雨的清气吗？

世上没有比找不到回头的路更绝望。她决然地离婚了。人事景物腻烦之极，花开两朵，各表一枝。她这一辈子再都不会有新鲜生动娇憨可人的那一天那一刻了吗？她渴望那一天那一刻，渴望那个负心汉给她承诺的洞房花烛。爱一定要有一个端肃正经的过程，之后才能渴望犹疑躲闪和招惹挑逗。

刚来时吕宽富正赶上村民选举，村里叽吵事多也麻缠。穷村穷争，富村富抢，都是为了争当村长好利用资源去县里跑项目。吕宽富一来就叫红梅的店里上驴肉，叫她的饭店改名驴肉香。他说："你还记得我说过的那句话吗？我一定要给你富贵。"红梅才知道他的父母在县城郊外和人合作养驴。干部到任后要落实遗留问题，续接问题，一系列问题需要他决定。接着是十月初一烧纸钱，有人上坟不小心点了山，他带领干部翻山越岭去扑火，等工作理顺的时候就进入深冬了。

离年关近时，县里下乡的人也多，有时候一天就能拿走一头驴。红梅想，这驴肉可是比猪肉值钱啊，这样一头一头拿，年腊月要拿走多少头驴？钱从哪里来？红梅算了算卖出去的驴肉，一个腊月天将近有二十万出去了。这么大个数目？吓了红梅一跳，她就想知道他这一生奔着的是个啥目标？想着的那个幸福是个啥标准？

哪哪哪，敲门声响起。

红梅今晚不再招待客人了，就想等床上的人醒酒。

门外的人喊了："红梅你开开门，我要在你店里吃口饭。"

不等话音落下后院的狗叫上了。红梅听见是梁永胜。红梅说："梁叔，没饭了，去别家饭店吃吧。"

梁永胜喊："我就想吃一口你家的驴肉。"

红梅觉得蹊跷了，梁永胜的猪撒泡尿都心疼，他还想吃驴肉？这么晚了，他喊吃饭的话好生硬。可也不好说啥难听话。"驴肉卖完了，想吃明天中午等班车捎来了来买。"

屋外的苟小仓拿着一根棍戳得猪吱哇乱叫。

梁永胜小声黑着脸说："王八蛋苟小仓，你是想叫我要你命哩！"

苟小仓小声应对："猪不叫动静不大，人家咋知道你的猪是要卖给镇政府。"

梁永胜心疼猪，啥也顾不上了大喊着："红梅呀，你开了门，我找镇里的一把手哩，我知道一把手在你屋子里，你开了门。"

红梅知道闹事的来了。开门不是不开也不是，是谁看见吕宽富在这里？傍黑时他是从后门进来的，河道里没人看见就不会有人知道他在这里呀。

红梅说："梁叔你稀罕了，吕镇长咋的会在我这里？"

梁永胜知道红梅上了自己的当了，自己不说吕镇长，只说一把手，她自己说了吕镇长，好嘛。

苟小仓坏笑着小声说："你就说在河道里看见吕镇长进了她的饭店到现在没见出来。"

梁永胜说："你咋知道现在还没出门？"

苟小仓说："我是光棍我天生就操这心。"

梁永胜说："我晚夕时见吕镇长进了你的饭店到现在没见出来。我找他有急事呀，我可是等了他一天了。"

红梅说："叔你说笑话。我睡下了。"

梁永胜哀求地说："叔是马踩着车哩，火烧眉毛的事，我是一天水米没进了。吕镇长下令把我关在派出所，我梁永胜做下啥犯法的事情了？往年的今天是我来镇里送猪的日子，你吕镇长咋就架子大得不能见我梁永胜一次？我找过你吕镇长啊，你脚上踩着风火轮，我哪能找得见你？红梅啊，就算吕镇长不在你饭店，你开了门给叔一口水喝吧？"

良马镇的人陆续走过来，都知道梁永胜把"驴镇长"堵在驴肉香饭店了。镇长的秘书小张也来了，他也不知道镇长在红梅的饭店里，打电话镇长不接，小张干着急冲着梁永胜喊："你嚷啥哩，一朝天子一朝臣。吕镇长咋知道你给镇里送猪？你送猪去送给王镇长呀。你嚷嚷着把良马镇的和谐都嚷没了。快牵了你的猪离开！"

梁永胜说："你娃说话不脸红，你也是伺候过王镇长的人，换了领导咋的把心肠也变了？你可是党员干部的后备，你不怕王镇长得势了少了你这个提拔指标！"

皎洁的月光下来看的人都龇着牙笑。黑咕隆咚的饭店突然灯全部亮了。门哗啦地打开了，红梅一身红衣戴着围裙站在门口。亮瓦瓦的饭店里桌子板凳干干净净放着，碗儿碟儿在桌子上安安静静等着。

红梅说："梁叔是要吃腱子肉呢还是吃驴下水？"

梁永胜傻了，一时不知道说啥。看苟小仓，苟小仓一缩两缩地退出了他的视野。

红梅说："梁叔，你说呀吃啥哩？"

梁永胜说："你给叔把那驴下水弄一盘，我尝尝是个啥滋味。"

六

吕宽富在床上睡得正好呢，刚才发生了什么事他完全还迷糊着。听到外面的吵闹声，第一时间是拿起手机拨通了派出所所长的电话，小声叫他派人来看看驴肉香饭店是出了啥事情了，把带头闹事的铐走。

派出所所长亲自带人十分钟不到席卷而来。梁永胜这下不怕那手铐了，主动走到派出所所长面前伸出手说："来，铐！我给良马镇送猪，你们铐我；我来吃碗驴下水，你们也铐我。你敢再铐我，我明天就上访，一级一级上访。红梅啊，一碗驴下水吃出祸害了，怨不得你叔，镇长要不在你屋子里，能知道驴肉香出事了，能叫派出所来抓我？叔来生变个驴，记着，把叔那一口肉给了吕镇长吃。"

良马镇的人们喧嚣了，这事儿闹出花样来了。红梅大声喊道："还嫌不闹？派出所的人都走啊，共产党的名声就叫你们这些个官儿给咋呼坏了！"

吕宽富任由外面的事态发展，他不信老百姓不怕政府和派出所。

红梅说："他是我叔，他来饭店吃一碗饭，用得着拿手铐来铐他？"

梁永胜说："她是我的活祖奶奶，我没钱拿猪换她一碗饭，赔干贴净我愿意，我不犯法！"

周围的人都笑了。这是把梁永胜逼急了。狗逼急了要跳墙，人逼急了鬼都怕。

派出所所长知道梁永胜的肝火倒腾出来了，腊月天是该教他怎么消消火。两个民警上去咔嚓一声一甩手铐，铐住了梁永胜的双手。

梁永胜泼皮一样三步两步跑进了驴肉香的店铺大声喊叫："良马镇的一把手吕宽富你出来，天下要大乱了，你不出来我就碰死在你这驴肉香。"

民警往过冲，突然间红梅泼妇一样冲上去："把我也一起铐走，你们握着这点权力想铐谁就铐谁，把我铐走，你们谁去喊四平叔来？"红梅看到四平叔就在人群中。

梁永胜躺在地上喊："我冤枉啊，快给我捎话回河东村，叫我老婆来给我收尸，就说我临死老公家都不叫我吃个饱肚！"话说完一挺

266

装死过去。

苟小仓喊："不得了啦，死人啦，快往红梅的床上抬，救人要紧啊！"

看热闹的人也开始嚷嚷："吕镇长这时候还不出来说不过道理，真要出人命啦！"

"看他派出所咋的处理，红梅这下败兴了，谁不知他们一来就明铺暗盖在一起。"

乱了阵脚的人有几个小混混儿抬了梁永胜就要进红梅的里屋。红梅清醒地拦在了门口。"你梁叔是来镇上卖猪来了，吕镇长收不收猪，这猪我收下了，四平叔拿秤吊了，我现在就付梁叔钱，梁叔你醒来吧，你那猪跑得没影了，你总得把猪找回来吧？"

梁永胜哼哼几声睁开眼四下里找他的猪，看见猪还在，一时又来劲了："以往吃猪，现在吃驴，下一步就要吃人哩。四平你过来剐了我熬了骨头汤！"

这么一闹民警也不敢下手了，憨站着看事态发展。

红梅说："人都得讲道理，理不顺事不通。梁叔你是成心要看我的笑话，可这笑话也不是说看就看上了。你听信小人，说吕镇长在我这小饭店里，你要是找不见他，你敢把你这四头猪赌给我？你敢赌我就敢叫你进我住人的屋子里，良马镇的人可都看着呢，老少爷们儿的眼睛可盯死了，别说我红梅说话不算话，你要是一个明理人，这四头猪立马过秤，我收猪你拿钱，别叫话传出去县里人笑话派出所动不动就铐人。"

良马镇看笑话的人里有人叫梁永胜赌猪，有人叫他赶紧把猪卖给饭店，也有人说后朝不理前朝事，你这是无理取闹。

红梅说："把手铐打开，不打开我陪他走，乡里乡亲的，真要把名声丢尽丢够才要收手吗？"

这一句话似乎是再一次说给屋子里的人听。

派出所所长说："打开手铐看他做啥哩，留着看他能做了啥。"

梁永胜的手铐被打开了。

苟小仓在黑暗中喊："梁永胜，你赌猪啊，赌猪啊！"

梁永胜循着声音翻了一眼黑暗中的苟小仓，心想着，才不赌猪呢，就算吕镇长在红梅的屋子里又能咋样？还不是最后卖了个猪价钱，抬头不见低头见，说不定啥时候就用得着镇政府了。出门时老婆还安顿自己说，人家吕镇长是民政局下来的干部，说不好也能求人家弄个低保，一年拿几千块钱不也等于养了一头猪。

梁永胜说："店家红梅，我的猪一天没吃喝哩，掉了斤秤，不是掉了一两个钱。"

红梅说："张秘书，叫人拿秤来给猪吊重量。"

张秘书犹疑了一下，害怕在红梅的饭店里要出啥事，急忙应着去找人拿秤来。

红梅说："叔，你平常有多重？"

梁永胜说："一百零五斤。"

红梅说："叔你来我的地秤上站一下。"

梁永胜挣脱挽他的手，疑惑地站到地秤上，那红针指在五十上。腊月的夜里是最冷的，刺骨的山风把人脸都吹得木木的，看的人忽前忽后挤着。张秘书拿着秤来了，吆喝人给猪吊重量，猪们哑着嗓子吱

268

哇乱叫着，吊下来的猪们一共是一千零五十斤。红梅说："按梁叔你说下的重量来算，比你平常的重量少了五斤，我一头猪加五斤少下的水分，总共一千零七十斤，再搭上叔你掉下的五斤重量，因为你也一天没有吃饭，就算是补偿你饭钱，总共一千零七十五斤，按一斤十三块算，我该给你一万三千九百七十五，凑个整，我给你一万四千块，你等着我这就拿给你。"

梁永胜一听立马就能拿钱有些感动地说："不急嘛，杀了猪再拿，我没把钱看得那么当紧。"

红梅进去里屋取钱时看到吕宽富藏在门后一动不动，她没吭气拿了钱出来关上门。钱递给梁永胜，叫他数数，数钱的过程中，红梅叫四平叔连夜把猪杀了。看着有往回走的人，红梅站在酒店门前喊了，凡是良马镇的人一户二斤肉，算是祖辈住在良马镇，这么多年来大家照顾自己生意红梅聊表的一点心意。杀猪，分肉，就算是分到明天早上，也要连夜做了这事。

屋子里的吕宽富听着外面的吵闹声慢慢明白了一切。听说红梅要分猪肉给良马镇的老少，心里想着这女人到底要做什么？对梁永胜这样的刁民就该叫派出所管，掺和什么。他恍惚站起来，努力保证自己的警惕性，记住自己的当下就是不忘记自己的身份。自己的身份接下来要做什么？吕宽富很小心地到卫生间洗了脸，把刚才的酒劲扫去，整理了一下衣着。想到，当下的身份是离开这里不在现场。决定离开时，吕宽富看了一眼刚才躺过的床铺，淡粉的雏菊被子被月光照出一种说不清楚的余韵，床头柜上放着一瓶干红，高脚杯里的干红隐约晃着外面的月光。他走过去用指甲盖轻轻地敲了一下，似乎响声很脆，心跳不由加剧地跳了一下，与外面的吵闹声相比又似乎微若轻尘。吕宽富准备开门时发现走是不可能了，因为门外就是饭店。

他开始怀疑这出戏是红梅一手导演，是存心在报复自己当初对她的抛弃。不然为啥她一而再地拒绝自己？

吕宽富尽量让自己冷静下来，黑暗中努力回想傍晚来酒店时的过程。当时外面刮着二三级小风，红梅看到他走进来时欣喜难抑，那一份久盼的牵肠挂肚都晒在了脸上。红梅说今夜你给我你许诺过的这个节日，这个节日和渴盼、梦想、怀恋靠在一起，这个节日埋伏在平常的日子里，竟然要我用半生来寻候这个日子。他当时好像是急促地抱住了红梅，依稀记得红梅的两只眼睛被泪水糊了，呼吸急促地说："你知道我心里难过，我对谁也不能讲我的难过，我的难过很复杂，全部归缩在拳头大的心里，日日夜夜，我想一个人，我从没有轻易得到这个人，可这个人轻易就夺走了我的一生。你说人的一生活着到底是为了什么？诚实的生活方式是不是要按照自己身体的意愿行事，想你的时候想你，爱的时候不必撒谎，睡觉的时候也不用为了逃避可耻的爱情程式而装睡？你说，你这一辈子活着到底是为了什么？"吕宽富想不出人一辈子到底是为什么活着，欲望的实现，对！随时随地的欲望实现。欲望便是行动的出击。"你知道我等不及了。""早晚之间，你可还记得你说过的话？""说过的什么话？""我们初恋的结束，在屋外的河滩上，我守着这条河，就因为我的初恋遗失在了这里。""都多少年前的事情了，没有当初的决定哪有我的现在？你该为我想想。不说那些陈年往事了。""怎么能说是陈年往事呢？我是每日都在想，想那时的爱情，突然遇着你的欲望了，我的爱情就没了。""你看我憋足了劲在等你。从它的态度上你该知道我有多想你！"吕宽富脱掉衣裳赤裸着仰躺在床上。

现在想来是红梅在报复他，让他脱光了报复他！吕宽富一下就烦躁了，开始寻找什么，果然电视旁边放着一个相机。他小心取出相机卡握在手里，他不敢往下想，越想越怕，没有什么好方法抵住不怕，气从心口生，他煎熬得难活。存活于世的人，因为与命运的博弈太过惨烈和真切都变得多疑。吕宽富想和红梅说，我喜欢你在饭桌上和领导周旋的样子，和我一心一肺的，我就知道你内心积聚了风骚。可你现在这样对我？吕宽富想哭，如果时间倒回二十年，我和你成为一家子，在良马镇做个小生意，过不温不火的日子，生活到现在又能怎样？谁能在我身后弯着腰说话？这是个攀结权贵的社会，拿权力耀武扬威的人才吃得开，才不叫人低看。我由一个农民走到现在容易吗？农村是一个极其封闭的小社会，农民除了碌碌无为过日子，剩下的就是鸡飞狗跳瞎吵吵。他们只有破坏社会而没有推动社会的基础，我不可能变成他们，所以我瞧不起他们。他们给不了我光明的前途，只给了我耻辱的背景。我只有手执权柄，我才能改变一切，我只有改变一切才活得是个男人你知不知道！

驴肉香里生旺炉火煮水要杀猪了。良马镇少有的热闹，店老板红梅似乎对自己这一行为痴迷得很，一身红底绿花的睡衣妖娆地穿梭在人群中。梁永胜看着他的猪被人用绳子吊起来，猪叫得人兴奋，梁永胜也兴奋，怀揣着钱，钱能把受过的罪抵消掉，钱比什么都好。

一个大字不识的庄稼人，能看多远？人世对梁永胜来说思想观念也在转变，以往庄稼长得好，日子不求人，才好挺起腰板活的日子没了，不知道钱好的人就等于是瞎子走黑路。梁永胜捏着口袋里的钱，不敢轻易往人群里挤，腊月天闹下这事情，也不敢一个人往回走。命不值钱，钱值钱啊。

夜幕下的良马镇，似乎在经意与不经意间发生着细微的变化。比如苟小仓蹭过来，蹭到梁永胜身边，他很兴奋，比红梅还兴奋。这个人长得就像一丛灌木，无人修剪，长得没遮没拦，无规无矩。走近梁永胜故意磕碰了一下他装钱的口袋，梁永胜的眼睛死鱼似的盯着苟小仓。"瞧你那怕样，你吓唬谁？不是我你去哪里得钱。我这是来关心你，你说我这一天都在陪伴着你，帮你做成买卖，得了钱，你那猪好过了良马镇的人，我不是镇里的人，想吃猪肉没有良马镇的户籍。我起哄架秧跟在你的屁股后，不说别的，返程你不得有个护卫？说到桌面上，你总该给我个零花吧？""再嚷嚷我叫派出所抓了你。"苟小仓弯腰踢了踢地上一个烟盒子，他以为是谁不注意掉下了，可踢上去轻飘飘的。"你是个老鬼。"梁永胜觉得这句话很难听，可也无法反击，便佯装了听不见。苟小仓感觉到了沮丧和悲哀，这事不能算个结果，他还得撺掇梁永胜拿几个零花出来，不能就这么拉倒。"梁永胜，你一会儿不回河东村了，月黑风高你就不怕遇见响马？""你就不能紧眨眼，慢张嘴，我要遇着响马了排除不了的就是你。""你也太下看人了，明人不做暗事。你只要给我个零花，我一路给你当个保镖。""共产党要是把你这样的人饿死就好了。"苟小仓觉得这话说得太损，算了，就当自己踩了死人骨头了。

案板上的猪开了肚，汤汤水水淋漓在地上一个大铝盆里。这边厢每一户出一个人来领猪肉，红梅在案板旁边指挥着，一户二斤肥瘦搭配。有的拿了肉还想换一块别的部位，割肉师父白他们一眼说："这是白拿，你家过年肉不够，还可出钱割几斤。"大伙儿觉得讨了人家红梅的便宜，也该替红梅销销肉了。有人就要五斤包括送的肉，等于是割五斤肉出三斤的钱。有三斤有五斤，也有割十斤肉。这时候割肉的四平叔又换算了一种割法，要十斤的给你十二斤，算送二斤，肉就涨出许多。四头猪转眼间就剩下了四个猪头。寒冷的冬夜谁也看不出来这个女人的变化，她想和时间算账，可时间一出溜就远走了，日子就像绳子一样绾了个死扣。现在突然就打开了，人反倒舒畅了许多。

七

梁永胜在河道里走着，冷风嗖嗖在刮，今日的事情邪乎得就跟做梦一样。干硬的冻土绊了他一下，他觉得自己像纸片一样在被风掀着走，口袋里的钱踏踏实实很清醒地握在手里。走之前他和红梅借了个手电筒，照路。现在无端地开始脸潮心慌起来，河道旁秋天盛长的花草干透了，风吹出嚓嚓声。一开始还能听，敢看，后来越来越小心走路了，生怕脚底被什么拽一下。心里一直犯嘀咕，要是有人敢来，来的人一定是苟小仓，暗自想着，忧心着，如果是苟小仓，他明天就不要想活个全人。

河岸上有什么声音嚓嚓传来。

梁永胜不害怕，怕什么！有什么怕！往河东村的河道很宽，东山和西山相距四五里，河两岸是平整的农田，两边还能隐约看见村庄里的灯火，只是拐过弯往北山的沟里才显得山大沟深。河东村就贴在北山根上，不等走进沟底就回村了。不怕，他家的屋子坐在床上就能看见进山的路，大白天眼睛好的能看见树梢上起起落落的麻雀。那嚓嚓声还在，梁永胜突然地回了一下头，什么也没有。他纳闷是自己饿昏头了，饿得耳鸣了。继续走，黑墨的山黑墨的地，那嚓嚓声依旧跟得紧。梁永胜想点根烟抽，可手始终不敢从装钱的口袋里拔出来。又想到"烧山坐牢"的标语也就罢了。便忙不迭地开始快走，极快，那跟着的声音也快起来，像扫把掠地而过。

梁永胜站下来。

"日你妈！日你妈！日你妈！"

朝着三个方向骂了三下。日怪，世上还有比骂人更能壮胆的事吗？寂静的河道里梁永胜的骂声响起来。

"庄稼人和土疙瘩打交道，过日子不欠人，不怕你个龟孙子！你敢来？"

"我最恨好吃懒做的人，自己不下力，不务正业，光你妈想讨便宜的事，就不怕骨头明天就散了架！"

"龟孙子，不义之财得来，吃饭都叫你不香，你敢过来动手？"

"我死是这里的鬼，生是这里的人，这里的沟沟坎坎摸黑走都知道哪里撂着一块石头。你敢过来，我生吞活剥了你个龟孙子！"

一路骂过来，手里握着的钱都潮了，骂得口干舌燥，喉咙里干烈烈地冒火，始终也不敢卸下架势，瞪着骂人样，一路快走。

突然远处传来一片吆喝声，不像是响马喊叫，仔细听是自己村里的人。知道是自己家的人得了信赶来接应自己。走在前边的是自己在外打工回村过年的小儿子。梁永胜掏出钱跟跟跄跄地奔过去把钱送到小儿子手里，手电照着，看着儿子卷了一把插进了屁股后的口袋，他担心那地方最不叫人注意，最容易丢掉。又把骂人的那架势撑起来："啥东西到你手里非弄丢不行！"他和儿子要回来，依旧自己装好，一路小心握着回了家。

回到屋子里梁永胜不急不慌地脱鞋上床，虽然眼也看不见，腿也又硬又乏，可硬撑着给河东村来看他的人讲良马镇一天里发生的故事。他说，我今天是把一生的风光都占尽了，人哪，只有坐过牢的人才知道什么叫自由！我今天在良马镇坐了回牢，戴了两回手铐，手不能动，越动越紧，像狼牙一样咬着你的手腕。河东村的人唏嘘着，这也算坐牢？都没有在牢房里过夜，只不过是拘留一下，还因祸得福了呢。梁永胜半躺在温热的炕上，展开腰身，怡然而卧，要老婆子拿过烟来，他直起身一一扔过去。"吸根烟，给，吸根烟。"他有点像战场上立功的将军一样，说派出所算是见识过了，派出所都见识过的人还有什么可怕的！临了他问："是谁告诉你们我在路上，要你们来接我？"

二儿子说："是苟小仓告诉叫我们去接你，他怕你路上有个啥不测。"

梁永胜："独秆子苟小仓，他总算做了一件人事。"

二儿子说："我给了他一百块钱，他说跑腿也不能白捎话，何况还配合你把钱要下了。"

梁永胜怒喝一声："你给我把他个龟孙子喊来！"

一口气没吊上来，人就说不出话了，顽痰在喉咙里堵着，咳咳咳咳半天，脸在灯光下憋得跟猪肝似的，老婆子急忙走近他拍他的背，朝儿子喊："活祖宗，快倒碗水来，忘了你爸一天没有进水米了呀。"

红梅收拾干净，打发走外面所有的人，走回里屋，看到一屋子烟气，吕宽富在烟雾中恍惚着。两个人对视，当初的这个人，那一份对生活的美好在她的心跳处伴随着她呼吸着，给她希望和孤独。吕宽富伸出手掌，红梅心动了一下，爱，再一次的爱，却见吕宽富缓缓掰碎了手中的什么，那是什么？难道爱情和霍乱一样没有体面而言？难道染上了爱情，唯一的结果就是加速死亡和痛苦？

屋外的狗被什么声音引逗着叫了几声。与以前相比是一种灰冷，她不要这样的富贵，遥远的记忆深处，必定蕴藏着炉火吧？温暖的炉火旁边的读书声，一个眼神，一段沉默，对未来的渴望和梦想是多么的干净啊？连着未来的根基又是多么脆弱，曾经的温暖而微弱的存在，有所依偎，却无所着落。当这个人从她身边离开时，她原谅了他。如果爱能因为放弃给对方一个美好的未来，她愿意。她守着那份爱，那份理想，守着河流，守着良马镇。当她看到自己的同学小花外出打工给她的父母赚回来一栋小洋楼时，她不屑小花。世界上的所有都能被轻易使用时，爱情不能，性不能。活着穷尽毕生努力，绝不能给自己的名声留下罪恶。传统吗？不，她心里有爱，爱在心里溶解为水，滋养心田，滋养长久艰辛的生活和精神。

雪在地上，月亮在天上，天地清澈，想干好事想干坏事，在这个了无边界的夜里，她什么都不想干了。她走近吕宽富，从来就没有说服过他，她想说，做好事做坏事都为着所有眼睛盯着你的人和事想想，好吗？

吕宽富能听明白吗？

红梅打开后门说："吕镇长，夜安静下来了。"

吕宽富扬起那些碎片，用一种怪异的神态看着红梅，甩手悻然而去。

敞着的门挤进来一股风，旋着屋子里的烟雾，红梅索性就大打开了门窗，看那股旋风旋过角角落落，卷着一屋烟雾，在门边上盘旋着被路过的风迅速携带着走远了。一轮凉月，四壁黝黑，宁静堆满了良马镇，仿佛河道里被水搁浅出的石头。月光泻下来，只有月光可以抚平人的疲惫吗？她有些想睡了，眼睛酸酸的，她站着，让那股冷风尽量吹得自己清醒点。过了这个年土地全都要露出来了，那些冬眠的虫子也要被翻出来，四季重新开始，春天的心情就像擦洗过的玻璃，该是格外明亮。

红梅关闭好门窗睡下了，睡得很踏实。夜里梦见一个浪漫的场景，吕宽富和她说，你养猪吧，我给猪们喂玉茭皮皮、谷糠皮皮、黄豆皮皮、萝卜缨缨、白菜帮帮，这猪肉你说它挠不住钱的痒痒？

早起，有人看到红梅的"驴肉香"的牌子不见了，挂了"红梅饭店"，那副联子也不见了，换了旧联子：一沟风月留醅饮，二里山河尽春歌。横批：花开富贵。

玻璃花儿

一

柴晚生对于山神凹人，是以梦游的姿态潜入的。循着四季的轮回，简单到春、夏、秋、冬，似乎距离今天一点也不遥远，只是回想起他时有一点凄凉和伤感。当时间颠倒到那个年代，柴晚生还在娘肚子里，就已经决定了他的来生。

二

山神凹秃山旷岭，满眼除了山就是苍茫裸露的黄土。天年顺时光景好，天年恶时光景难。那时的柴晚生家在山神凹是富裕户，因为窑里养了两头骡子。能养得起两头骡子的人，在凹里不是一般人家，等于是养了两个壮劳力。劳力多了肚子是填不满的仓，嘴多能供养得起的就算不是一般人家了。

柴晚生还没有出生，在他娘肚子里还混沌不分。他爹和后柳沟同样打粮多的成万英有一次出山赶集，说到各自婆娘肚里的事，一时兴起，讪头讪脸地肯定自己女人肚子里怀的是男娃。集市上遇见了会掐算的胡四，胡四要各自跌了六下铜钱，摇着头翻着眼睛说，从卦面上看是乾，但有一个出现了变卦，变卦不好说。胡四就不多说了，就伸一根指头要二人看，说，来日印证了结果，他再把一根指头的谜说出来。两个人赶集回到半路上翻山的时候坐下来歇脚，又说起此事，琢磨不透胡四的一根指头是啥意思，冲着各自婆娘的肚子较起了真，假说都是一色儿就互为干亲，假说是一儿一女，就做了儿女亲家。

老天爷命定，活该要他们生了一儿一女来这世上为人世间的热闹凑份子的，儿女亲家在欢喜不尽之余拉钩上吊把两个新生儿的命运决定了。满月那天订婚，四乡八邻都出了份子送了红蛋，有人却看到柴晚生有眼疾，是胎带的。人眼隔肚皮，生米已经稠锅了，后悔不得。成万英听说后长叹一声，也只能认命，知道五官上有毛病等于是坏了一个人的人才。柴晚生他爹也知道这叫个毛病，就许诺将来结婚时，娶亲不住窑洞，盖砖房。这样的承诺就遮蔽了柴晚生的眼睛疾患，也省略了一个未知的陷阱。

柴晚生他爹为了实施山神凹盖砖房的理想，决定租出去土地，自己领柴晚生到山外古县镇卖货。一开始货不固定，小到针头线脑，大到麻纸布匹，赚了俩钱，一心想回山神凹盖屋。山神凹还没有人盖过屋，都是断崖半坡上挖洞，大开大阖，顶多挂砖。就在柴晚生他爹准备回山神凹盖屋的这一年十月，他爹得了病死了。看病，丧葬，钱花得差不多了，盖屋的事又搁下了。生活在这样一个世事变幻的时代，无状的承诺让他年少的力气一下挑不动肩上的担子了，想到了和未来的岳父商量娶亲，媳妇进门后好一起经营店铺等待时机回凹里盖屋。成万英撂出话说："要不是因为你的眼疾，没窑，猪圈我也把闺女嫁过去。"

柴晚生伤了自尊，好眼睛流着泪，坏眼睛憋得通红，一口痰送出去，仰头把眼泪硬塞回去，决定不盖屋再不提这婚事。

在古县镇做生意，一做就是五年。

五年光阴烟尘一样一晃而过。然而，五年光阴对于柴晚生来说，是生意之道上双手辟开的生死路哇，真是个苦。因为天生有一只眼睛是坏的，那只好眼睛又和正常人无二，那只坏眼睛看人时，眼珠子里闪现一朵花儿，日头环绕得紧时，那花鲜丽起来，像梦境的第一层皮，泛出玻璃样的光。山神凹有人见过后盯着柴晚生的那只坏眼睛说："你长了一只'玻璃花儿'。"

苦中也有乐，乐是一个生意人平凡的生理需求，柴晚生喜欢上了古县镇一户人家的女儿。想到成万英说过的话，心内芥蒂加深，遂隐瞒了自己的婚事，择了吉日娶了妻，擅自从一个青皮后生过渡成了一个男人角色。

没有不透风的墙，事情传回山神凹的时候，足足走了半年。

三

秋天了，天地阳光弥漫。成万英的闺女正在院子里晾晒的花生上坐着剥花生，风贴着地走，风把闺女成熟、圆润的身体裹紧了，风又扫了一下打了个旋，闺女清秀正派的脸上被风扫出了红晕。花生都结籽了，闺女也该嫁人了。

成万英从外面走进来，看着闺女俊俏模样，先是咳了一下被风呛堵了的喉咙，接着脱下一只鞋，冲着院墙上的一只老猫扔过去，冲出嘴的话是："独眼龙，龟孙子，你欺负你爷爷！"

事情，肯定是个事情，闺女知道，独眼龙，是骂自己的女婿呢。起身回了屋。闺女十九岁了，乡下人这个年纪娃娃都有俩仨了。一个黄花闺女过了节令，也知道有些东西永远地不在世间了。那个与自己生来连襟连袢的人把自己闪下了，发冷的身体，满是煞白的倦脸望着窗户。一夜不说话，死看。

娘说："喝口糖水甜甜心口。"闺女一掌把碗击落在了地上，青花瓷碗碎了。闺女想不明白，却又不敢去想，脑子愣愣的。爹弄下的事情，害了自己一辈子，人能有几个一辈子？

问成万英。

成万英说："马屎面皮光，我不报了此仇，我就不给闺女当爹了。"

两天之后没有什么动静，闺女说："等什么呢？"

等什么呢？等来的是问风，风从不记得哪年哪月顺风走远了的那个人、那件事。风让人事都挪移了位置，有些昏天暗地的。但是，也只有风知道，成万英要行动了。

成万英说："闺女，你愿不愿意把自己舍出去？"

闺女仰头看着爹，哭红了的眼睛像两个香包。成万英低下头不敢多看，决定放弃。

闺女说："爹，我还有什么呢？剩下的日子空留，时也，命也，运也。我已经不是你闺女了，我变成了这世上的仇和恨。"

这一年的十月初一，逢古县庙会，柴晚生想会期过后回老家一趟，找人说和开自己和后柳沟的亲事，不能耽搁了人家闺女，仇和怨缓缓也就缓开了。

哪想知一件意料不到的事把柴晚生隔在了凹外。

古县镇年年有庙会，会期十天，十月初一开始，会名儿叫"破鞋会"。也有人叫"故衣会"。俩名儿都暗含了卑下低劣人群生存艰难，买减价，买便宜，买处理货的贫苦内容。会期八方来客，有占卜吉凶、预测生死的江湖骗子，有做假字画、盗墓、倒片子起家的古董商，也有游手好闲的混混儿，其中也闲搭浪着一部分赌徒。

面儿上卖旧衣旧裤的只是装点了街道两边的风景，深里的风景，惊涛骇浪中才方显真正的红火热闹。

古县镇会期最大的赌局在古县镇北关，是一个县里官员下属的亲戚开着，和官儿们连皮带筋裹着混沌不清的关系。方圆几里有赌瘾的大小户会期都要去捧场。赌局里推牌九、掷骰子、搓十三点半、麻将、押宝摇盘样样俱有，还起了一个很有意思的名字"红运商号"。红运商号四进院的高屋大瓦房，柴晚生只是见过，心跳脸红地拿那只好眼偷着看，快快地低下头走过。因为，柴晚生他爹活着时坚决杜绝自己的子孙进红运商号。

他爹说："同山打猎，那银圆票子搬来搬去，心跳手痒，眼花缭乱的都是吃人的狼呢。"

红运商号掌柜的有一个嗜好，喜爱黄花大闺女，赌钱玩女人，认为是男人一世的风光。

谁也没有想到成万英把闺女送进了红运商号。

闺女是夜深了进去的,进去的时候心境也比较安详,只是进去之前,感觉自己把身体割开了一个口子。来到古县镇已经两天了,旅店和家不一样,炊烟四起的时候,闺女离开了炕,眼睁睁地看着暮色把房子揽入了怀中,也让闺女眼睁睁看着一个永远期待的美好死在了门内。猫蹲在窗台上,出神地看着闺女打扮,两条大辫子盘在头上,闺女闪着眼睛在镜子里端详了很久,那样的青春,那样的夜晚,就这样洋溢着花开的季节,要被一个不属于自己的男人掐走了。闺女想留住这一晚,泪眼迷离地看着镜子中的自己,唾沫冲喉,肚子咕咕乱叫,体内万种风情,千般欲望,都是为了谁?闺女的恨又起来了,恨回不到娘胎里去,恨活人活了个脸,嘴角边便不自禁地淌出一丝苦涩的笑来,便也就安静了许多。

夜,只是无语,天黑得谁也看不见谁的时候,闺女隐到了黑暗里。

四

会期已经到了末了,剩下的破鞋烂衣在街面上零星堆着,没有多少打量的眼光。昏黄的日头照得赶会人的脸膛一明一暗的。有几个乡下女人在旧衣摊前,弯下腰拾起来,手里掂着破衣看,看买回去还能不能上身。有几个乞丐横躺在路边上等待有人给他们施舍。

日头已正,古县镇的街道上出现了成万英,瓜皮帽下的脸上挂着黑，像马屎的面皮，泛着陶一样陈旧的光泽。成万英背着褡裢走过街道，走进了红运商号。赌局掌柜的就坐在堂房的楼棚上，被两个粉娘陪着，正喝着盖碗茶，听屋檐下鸟笼子里的八哥叫唤。看到大门上进来一个人，其中的一个粉娘喊了一句："我爹来了。"

这里的视线绝好，什么人进来了，什么人需要下去招呼一下，什么人是穷光蛋，什么人是惹事的，他都看在眼里。掌柜的提了袍子下了楼棚，没多表态，打了个手势，两个人进了一间屋子说话去了，像是熟人。

古县镇的街面上有一卦摊，是一个外号称胡四爷的东北客，有时候也能给人算得碰对一两件事情，有一些名气。破鞋会走到现在该买的卖的，出手了的，值钱的不值钱的，走过去又返回来的，扛膀子贴屁股的，人就有些稀松。胡四爷的卦摊前有两位老太太打卦，俩老太太很虔诚地摇着手里的三枚制钱，胡四爷看了看时辰准备起卦了，侧面过来一个人。他把石头镜往鼻梁上顶了一下，伸着脖子看到走过来的是柴晚生，便把黄表纸压到摇签的竹筒下，站起来冲着柴晚生招了招手，叫他过来。柴晚生笑了笑，都是老熟人了，抬头不见低头见。他不怎么信胡四爷，他认为是胡诌八扯。

不要看柴晚生是玻璃花儿，一只眼睛看世界，心眼像黑暗里的灯笼一样，照不亮前方，却能照亮脚前。凹里走出来的人和平坦地方落住的人心态不一样，底气虚，喜欢和人编个谎。总之，不能叫人小瞧了荒山沟里走出来的人没有什么教养，也不能叫人下看了凹里的人和山没有什么景致。柴晚生拿古县的风水和山神凹比较，说山神凹的风水好，山是青山，水是绿水。月在窑垴上，明晃晃照着世界，打远处就看到了落在地上的银针。说树会伸胳臂，树杈上举着麦子，能把麦子举过窑垴，举到天空喂鸟吃。柴晚生几年不回山神凹，树要长啊，当然就长到了窑顶。如果听的人不想听了，说山神凹的风水是真好啊，眼睛里都长玻璃花儿，他就和人家翻眼睛，打赌，玩个小彩头。

胡四爷说："柴晚生，你过来一下，我送你两句话。"

柴晚生站了老远翻了一下那只玻璃花儿说："送。"

胡四爷说："你今儿个面相鼻尖发亮，印堂发红，你一定有好事降临。但有些事情我不便说透，说得太准我是要瞎眼睛的。你信我就过来摇一卦，不信呢，我就再送你几句。"

柴晚生摇了一下头说："你日哄鬼呢，我清早起来第一件事做啥了？你猜对了我就给你钱。"

周围的人就有人停下来看，想看胡四爷猜出的结果，也想要看胡四爷出洋相。胡四爷要俩老太太稍候，他先给这位柴大买卖人起一卦。

丢了六次制钱后，胡四爷翘着兰花指掐算了一下说："清早第一件事你把婆娘压到了身子下，你做你婆娘了。"

四下里的人哄笑了起来。

胡四爷说："第二件事，也是你的第一件事，你看到了房东院子里的牲口，有一匹公马朝着一头母驴的水门拱，你便按着那路数也想骚情了。我要说得不对啊，你砸了我的卦摊，我下半辈子不吃这碗饭了。"

四下里的人起哄说："接下来呢，接下来呢？"

已经没有人怀疑胡四爷算卦的准确性了，只是想知道柴晚生怎么做他新娶下的婆娘了。

胡四爷说："柴大买卖人，你今儿走红运呢，见好就收了吧。再有，你一早上茅厕还捡了一个银圆。明儿你来我这里吧，看落到实处没有，我再给你补一卦，依旧不收你钱。"

柴晚生心里想：日怪了？日他娘，他怎么就算出来我清早做我婆娘了呢？还有，还真是在茅厕口上捡了一块银圆。柴晚生不知道这是成万英一早扔下的，成万英已经守候了几天了，成万英在隔壁房东的茅厕蹲着，透着石头缝隙，成万英看到柴晚生捡了一个银圆，那只玻璃花儿的坏眼都浮上绿毛了。柴晚生四下里看了看，蹲到茅梁上，吹了一口气在耳朵上听了听真伪，吓得小脸蛋煞白煞白的，偷着装到了口袋里。

柴晚生听胡四爷这么说，一时有些不自然，气也短促了，从后面那句走红运上还是感激这两句话，觉得自己今儿是不是真走红运了？便笑了说："胡四爷你埋汰人呢，我不听你瞎说了，谁舍得把钱丢到茅厕口要我捡，就算是丢了，我一只眼能有人家两只眼明亮？"

胡四爷冲着他的脊背说："一只眼比两只眼灵醒，看啥都毒（独）呢，信不信由你，你清早上那事啊，有意思呢，也是转运呢，你买卖要做成生意了。"

有人觉得是胡四爷在瞎扯淡呢，柴晚生刚娶了老婆，就柴晚生那鼓鼓墩墩的双腿，一双像铁耙一样的双臂，一天不做婆娘三两回那才叫不正常呢。

柴晚生疑惑地想着这卦，东瞧西看，一时又没有什么上心的事要想，走着，揣摩着，我今儿什么也不做，看有什么发财事来找我。

这时，有人走过他身边扛了他一下，一时没有看清是谁，扭头想发作，发现是收购猪鬃的运城客商，正冲着他露出两个黄金牙笑呢。笑一下，鼻头两边的两绺翘起的八字胡就扇动一下。

那客商说："柴晚生，哪里有乐儿耍？不是女人那乐儿，是手痒呢，想摸两把，解个心焦。"

柴晚生知道他是手痒得想赌，便有意拉着他找几个小买卖人赌两下。那客商却摇着头说："小彩没啥意思，不刺激。"

一听说想找刺激，柴晚生便想到了红运商号，他便很热心地说："我领你去一个大场儿，我得告诉你，是相不伸手，伸手不是相，割掉鼻子猪一样，你要是不怕铁匠买卖是挨打的货，我就送你去。"

运城客商说："不打能成型？！"

两人说笑着一起往红运商号走。

五

楼棚上的红运商号掌柜的，看到来人了，就站起身伸了个懒腰，差人去迎接。

这时候，跟着就有一个主也进了赌局。他大摇大摆随堂倌进了红运商号内室，手里提着一袋子光洋哗啦一声拍在案子上，四下里看看，挽了袖口说："爷今儿高兴，要耍。"

柴晚生想走，运城客商说："看看，看看能吃了你！"

柴晚生便站在一旁看。一张红木方桌，三十二张黑漆木制牌九稀里哗啦调洗好，依次散出四铺，虽有人跃跃欲试，但一看是有钱的主儿，却少有人下注。有一会儿，柴晚生感觉空气浓稠浓稠的，压迫得他心跳，他觉得是被那气势压迫的。只听得运城客商双手一拱，说："兄弟姓王单名雄字，运城人氏，在'仁'字上虚贴钱粮，脚踏贵地未一一造访，'升子里扣碗'不方的请方，不圆的请圆，我先下注凑凑兴，给这位财神捧个先场。"

僵局一打开，于是开铺下注，头八铺牌有钱的主儿都未亮牌，下面三方（顺门、天门、倒门）哪怕小得只有一点，运城客商王雄都是"连赢"。

人群有些骚动了，连头发看上去都在蠢蠢欲动。王雄把赢来的钱要柴晚生提好，并附在柴晚生的耳朵边说："你只管看，不要心动，龟孙子有的是钱呢，他今儿走背运，怕是黄瓜敲锣越敲越短。"

柴晚生的玻璃花儿翻了一下，心里潮湿得一激灵一激灵地泛热。

这时候下注的人就多了，有钱主儿赔得多赚得少，王雄鼓动柴晚生下注，柴晚生虽有忌讳，但也经不住当时的诱惑，手里提着钱袋沉甸甸的。他想：钱是好东西啊，比他提过的麻纸布片儿要重，比粮食更重，有钱了山神凹盖多少屋，盖他妈妈一个大庄园。

便也试着下了几注，赌运气呗，自然是赢多输少，想着也不过如此，要得也就顺当了。这时候牌九也已经赌到了火候上，有钱主儿使出手艺洗好牌，散出四铺牌九，然后将叫牌的骰子向口中一吹，换出两颗"带坠儿"的骰子（灌了水银），自言自语说："今儿赌运不佳。"

然后用劲掷出，宝子亮出嗓子喊了一声"顺"。这一档四铺牌确实不少，顺门是"九天五加一对六豹子"，天门是"天九五加地扛"，倒门是"一对媒子一对长二豹豹豹"，押注的王雄和柴晚生都暗吐舌头，这是从未拿过的大牌啊，赌什么赢什么，赌这么一点小钱算什么！悔恨没有把身上的钱都押上。有钱主儿慢条斯理地一张一张地翻牌，第一张是"二四"，第二张是"长三"，逗起来只有两点，看的人都说有钱主儿又输了。

王雄说："再押！"

有钱主儿说："看自己的牌押，自愿！"

王雄说："我押上我全部生意的猪鬃。"

十年难逢金满斗啊，赌到眼红的柴晚生想到了胡四爷的卦，莫非灵验了吗？眉间心上，银钱儿像一股暖流一样袭上心头。周围的人群高声喊："押，押，押！"不知道是赌的人醉了还是看的人醉了，柴晚生斗胆一击掌便也开始押，钱押不出的时候，柴晚生鬼使神差和掌柜的借了高利贷，嘴里默念着：山神凹的山神爷，我回去给你上供，你佑我大赚一把。

空气里没有了人声，只有气息，有些急促，闻上去铜锈的味道肆虐了人的鼻腔，就连喉咙里面也堆满了铜锈，能感觉它们蜂拥着，从无形到有形，从稀疏到密集，划过所有人的面庞，那铜锈像刀子一样割得柴晚生的心生疼。他有些害怕了，但心底却又无端腾起了一股必赢的底气——胡四爷的卦摊子那也不是白架在古县街上的。

他看到有钱主儿慢条斯理地翻出了那张牌，众人一看是"拐子"，拐子配长三名曰"拐拐王"，可以管三方的牌。不过虽心凉了半截，但也期待着第四张牌，所有人的眼睛像后来人发明的灯泡一样贼盯着。

翻开第四张牌，是一张"丁丁"，这四张牌可以扯逗成"皇帝加拐拐王"，把三方全部吃光。

柴晚生的脑袋已经被铜锈熏得大到木了，像打闷了的鸡呆立着。听得有钱主儿告了一声得罪。

散场的人依旧不走。

柴晚生回过神来冲着运城客商王雄喊道："日你娘，都是跟了你！"

王雄说："我把猪鬃压进去了，我满身上下还剩两颗大金牙！好我的柴大买卖人啊，我都得敲下金牙当了回家！"

柴晚生灰着脸看着四下里，空了脑子，完全失去了意识，就像谁用铜锣在耳朵眼旁敲了他一下，啥也听不清楚了，懵懂着喊："我赌了，日他娘啊，我总算是用一只玻璃花儿见了世面！"

这一声"玻璃花儿"引逗得一个女人在楼棚上大笑了几声，那笑声像风滚树梢一样在上空滚动，那笑落在人群里时没有反弹，笑得人心有被什么撕裂了一般疼痛，人的嘈杂声突然就闷了。

柴晚生拖着像灌了铅的两条腿，啊啊啊叫着叫到最后抽丝一样发不出音来，摇摇摆摆走了。

路过胡四爷的卦摊前笑了一下，用剩下的二两力气飞出一脚，卦摊像风筝一样飘了。

六

　　时间总是无情，山神凹除了遥远，对柴晚生和成万英闺女来说，在他们的生命链条上终于绾成了一个承上启下的死结。

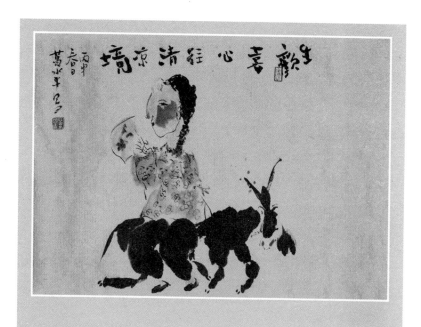

歡喜心 程清涼境

丙申春日 葛水平 [印]

我望灯

一

一立春，尤其是快要下种了，山神凹有一个人就急上了：怎么还没有人来呼我出山呀，再不呼，就忙起来了。

以往比干部还忙的李来法，终于寂寞了，不甘寂寞的李来法，就算是忙乱得插不进多余脚步的春天，他的心也还是想着那个过去。那个过去，那个忙啊，大白馍慢慢撑开锅盖的味道，晚炊下浪起来的女人的味道，黄烂泥土里桃花的味道，那些个涨满心的饥渴，冷不防地让李来法在记忆中再一次开出了乾坤之花。

从前的风，从前的月，从前的山神凹，让接下来的日子过闷了。

李来法不甘，是男人呀，哪个男人一生不是忙着两条腿，一早一晚，不惜力气做着一个"忙"的样子来。忙啥呢？一早一晚一生一天的事情呗。

山神凹春天出山的道上，有人就看到李来法泥尘脚跟脚地又舞起来了。

李来法裤裆前吊着一团红布穗子，甩着俏皮，打远处，一点红过来，就知道他忙着要往山外走了。裆前的红很扎眼，是赶邪气的红布穗子，也是李来法的身份写照。只要是李来法忙着要出山了，他总是冲着人喊："捎啥不？要出山了。"山神凹窑洞里的脑袋都要探出来看吊着脖子走着的他。你给了他钱，东西没捎回来，钱没了。没钱了，咋办？头疼脑热，他过来给你舞弄舞弄，除除疑，好没好，顶了欠账。时间长了，哪个敢把钱放他手心。李来法就这样在拒绝捎货的恼恨声中很没有趣味地走远了。

李来法遭人恼恨，不是他的小样儿，是因为李来法当年的一段热闹故事，至今，有一些事情让山神凹人不能够清楚。当年的李来法思想中有一种山神凹人思想里缺少的东西存在，那是一种什么东西呢？好像是一种庄稼人的狡黠。但是，比庄稼人的狡黠又高出一个地垄，确实很有意思。

故事大约在李来法的青年时代，那时的他生活在贫困线上，不仅没有粮吃，穿衣和住房都很是困难。李来法弟兄姊妹五个，他是长子，家庭的责任在他成年后该放到他的肩上了，他知道。从爸爸的叹息声中，他也知道他承担不了。夜里五个孩子盖一床被子，白天上茅房李来法的俩妹妹轮换着穿一条裤去。李来法到了十八岁的时候，应该是成家了，没有窑住，谁家的闺女也不想嫁过来。媒人腿跑细了，嘴片说薄了，依旧是梦里坐飞机想高不见高。恰巧，他父亲在给他打窑时，崖皮掉下来闷死了，家中无主，李来法成家单过的日子随之泡汤。

家庭责任不往他肩上放也没有地方放了。

后来，怎么来叙述呢？一个"穷"字，把最初的基础打下了。李来法不能重担在肩，与他的长相也有关系。

李来法什么长相呢？李来法长得精头细脑，和他爹李斗明一样，脸上没有存下二两肉，脖子细得像麻秆，两只招风耳像俩铜钱似的横在腮帮后的干骨上，走起路来一边的肩胛骨翘起来，一边的倒下去，有点灯下影子似的恍惚。走过去的时候你再看他的后影，身子骨像麻绳拴着骨头朝上吊着似的，随时要散下来。声音也非常细小，是那种类似于安静的"小嗓"发声。个码儿干细，脖子和头看过去像拴着一根筋，有时候你喊他，他转身转得急，人像拧麻花一样就地转了个圈。这样，一般情况下他娘也没有把他当成一个挑重担的。但李来法在思想上一直认为自己应该重担在肩。

有些事情和春天有着密切关系，不仅仅是因为春天是发芽的季节，还因为暖和，像被子一样，蓄满爱意。

那是一个春天的上午，迎春花、杏花、桃花、梨花……次第开放，金黄色的蜜蜂仿佛自由逃跑的蕊，牵引着李来法走啊，走啊，走，就走到了一个塌下去的先人住的坟地。黄澄澄的阳光把洞口镀上了薄金，有散碎的野花摇曳着，有蜂飞来飞去不断搓着两只小手采蜜。望得久了，觉得很蹊跷，蜜蜂它为什么要采花？李来法走近了，想凑着闲时光看个仔细。哪里想到，不小心弄了一下周围的什么，李来法的鼻头上就被蜂蜇了一下，麻疼麻疼的。那个难受劲儿，让李来法有些气儿泛上来，想把那些野花敲碎。拾起去冬的一根干柴棍儿想跳高捅了蜂窝，在抬脚的刹那，人却不小心掉进了地上的坟窟窿里。

山神凹这地方，祖辈穷得靠天吃饭，没几个胆子大的人。所以，活着时过得清淡，死了连一个好坟墓都没有。李来法这样想时就看到了一堆烂棺材板，不普通的地方是它在暗光下发出荧荧的光亮。他弯腰拾起一块，他还不知道那是磷的作用。李来法稀罕，想着这么稀罕的东西总得该有个用途。他的思想上就有了一个不易察觉的缺口。思想的运动让李来法闭上眼睛，他看到了眼睛底幕上有一团亮光，看到了有一圈柔润的轮廓，接着，什么也没有了。李来法用劲挤了一下眼睛，再闭上，感觉有飘动的金星迎面扑来。首先，可以肯定那不是浩荡的春天的气息。应该是：生机勃勃与绝望之间，黑暗和光明之间，窟窿的危险与泥地的庇护之间——缺氧的征兆。

就这样的感觉，让聪明的李来法知道：自己承载家庭责任的使命来了。责任的底气来自哪儿？他一时半会儿还不知道。他坐在那个坟墓上，早出晚归坐了五天，第五天的黄昏时分，他突然开窍了。

二

这是奇怪的事情呢，那个春天的夜晚，在外聚堆儿的山神凹庄稼人就看到了对面的山垴上有一团亮光，隐约闪烁。有几个孩子指着对面的山垴说：快看，它在移动！

传来一声鸟鸣，或几声鸟鸣。一切，并没有打断庄稼人的视线。老一些的人开始叙述一些鬼怪故事。说，从前哪，从前的人死了变成鬼了，鬼能在半空中吊着走路。一张被岁月捏皱的脸做出一个鬼脸来。鬼在暗下来的黑中让人毛发倒竖。山神凹人因了集中了口口相传的力量，神鬼的爱变得宽大而柔情。毕竟讲述的是无声的世界，毕竟活在现实中。小孩子害怕得往人堆里缩，大人们还不时弄出一两声响动来，吓得小孩子和女人身上的汗毛竖得比铁钉还硬。女人说："你咋的就不说一些正经事呢？"男人说："天一闭眼，有多少是正经事呢？"女人说："个个儿是不正经的货色！"男人们就不说了。小朋友又开始乱嚷嚷着要他们往下讲。对神鬼的恐惧和对神秘的幽冥世界的好奇，把小朋友的心揪住了，他们纠缠着要求大人们讲清这些简单而又完美的故事。令人们惊奇的是，李来法不知从什么地方走过来。

李来法说："我夜黑里做了一个梦，梦见了天上的玉皇，他告诉我，要是看到对面山上有发亮的东西，就是他老人家降我的天书。喏，看对面山头上的那一团光，说不定正是玉皇降书给我呢。"

李来法像板凳一样折着腰，要求有人跟他往对面山头上走。

他的娘在窑门前冲着这厢喊："来法啊，来法啊，快回来喝饭。"

李来法说："喝啥饭，不喝，我要吃馍。"

不当不正，不年不节的，来法吃馍？想吃玉米窝头还是人话，吃馍？地上的人哈哈笑上了。

李来法的神态有点飘忽，像是私属的神真的降临到了他的头上。人们疑惑地面带笑容望着他，有人起哄说："来法，没人跟你上，不怕鬼跟了你，你去对面的山头上看看，看是不是玉皇的天书。"

李来法说："嘘，小心，神仙是有千手千眼的。"

黑幽幽的山，李来法远去的背影，那个背影像一根竖起来的棍，跳，跳，跳，跳进了夜幕下的山中。山神凹人突然觉得满身满心的激荡，心里从没有给李来法腾出过一个空位，从没有想到李来法是一个人物，那种人？一点都不用费神去琢磨他。都等着看李来法的稀罕呢。李来法下山后，肘窝下夹了一个红布包裹，李来法神秘地说：

"是一本书，无字。"

无字！也能叫书？！

三

春天走了，夏天来了，关于李来法的笑话从雨帘里钻出来，顺着山道儿一路风景出山了。山外大河流淌，阳光灿烂，笑话讲着传着就当真了。是真实！有外村的人就想来试试。全因了乡村没有一个正南把北的看病医生，出了个李来法就等于是出了个救命主。

最初给人看病的时候，李来法还拿捏不准，仅仅是试试人们相信他多少。

他立在窑门前，忘情地看着来人。

来人说："听说你弄下事了，急病乱投，来问个病。"

李来法脸上一下子浮起了温煦和沉醉的神色。开始了。他什么也没有说，人像沙子似的，什么也不惊动地退回窑内。窑掌的条几上有香炉，他点了三根香，起身后坐到炕上，坐上去的时候，胯骨发出要散架的声响。

李来法说："谁出毛病了？"

来人说："闺女。烧，头上着了火一样。干烧，没汗。"

李来法说："哪日显了毛病？"

来人说："七月十八。"

李来法说："老葱根，干姜，熬出味后，要她喝。你来时拿了啥？"

来人说："走得急，啥也没有拿。"

李来法说："不拿东西，我拿啥给你回药？下次来蒸几个馍，又不是我吃，哝，是给神吃。"

说归说，跳下炕，从火台上顺手拿起一个玉米窝头，掰下一小块在手中捏了捏，吹了口气，念了一段什么，走到窑掌，从香炉里捏了一星香灰，不防备地跺了一下脚，跺得四面掉土，最后要来人拿走。说："回去分三天吃，嚼烂吃下肚，喝老葱根干姜水，不抬头地一直喝。三日后见轻。"

李来法不说好，只说见轻。

送走来人，李来法想说话，掏心窝的话，不知道该说给谁听。窑掌深重的背影和窑外明丽的阳光，是他内心的反差。

李来法在窑对面的厕所里解手，挽裤带的时候看自己的老窑，窑的风景还没有厕所好看，厕所的石头墙上次第开出南瓜花、葫芦花、丝瓜花，黄一片花，白一片花，红一片花，逗引得蜜蜂苍蝇嗡嗡嗡嗡乱飞。李来法想哭，咸泪霎时涌出了眼眶，心房在急速地搏动，他等待来人。空空的山神凹羊肠小道上，鬼影子都没有。

他的娘端着一碗稀饭放到窑窗上，碗里冒着热气，他的娘说："喝饭啊，来法。"

李来法很动情地白了他的娘一眼，嘴里像塞了棉花一样，喝不进那稀饭，他要吃馍。那一碗不是馍的稀饭，令李来法涨红了脸。他的脖子拧着，舌头翻卷着，他决定做出一件让山神凹人惊异的事情来。对已经存在的事情，一切，他认为都还不够。来法大笑了一声，整个人昏黑不知。他的娘跳着脚喊了一声："来人啊，我的来法怕是抽风了！"来法不是抽，是疯了。来法说："娘，我在磨神。"

由他的娘把口里的话传给山神凹人听。神跟了他，神得有一个考验他的时间段，他做了神的替身，现实世界来法便糊涂了。

这句话之后，来法不说话了，不说话的他要山神凹人悟。

在人世间的舞台上，来法需要表演了，他是舞台上的道具。接下来来法开始昏睡，昏睡是对知觉的背叛，来法有知觉。他的知觉来自神的指引，他在知觉里体验实现目标的快感。

一个月后，他醒了，和好人或曾经的来法一样。没有人能够知道来法昏睡的秘密，这样，他向前迈出的那两只荒唐的脚，再一次赢取了山神凹人对他的肯定。

山神凹出人物了。这样呢，他的窑洞里的米面白馍就多了起来。穷人得了病和天王老子硬抗，抗不过也不舍得到药铺买药，蒸一笼白馍找顶了神的人看。李来法的生意从小处见大，一下旺了起来。他盘腿坐在炕上，精瘦如柴，睁大了眼睛看来人，同时展开的还有耳朵和鼻子的神经末梢。他把来人带来的白馍用手揪下一小块，吹下几口"仙"气，嘟囔了几句他自己都听不清楚的话，要来人带回去。来人悻悻的，在什么也没有听到和看到的情况下，拿了自己送去的八个大白馍中的拇指大一小块走了。就这一简单的反复过程，来法窑洞里的白馍就如小山包一样地堆了起来。李来法决定要用这白馍挖三眼窑洞，窑脸用砖挂脸，这是富裕人家的气派。

他娘乐得说，这样好，不然白馍馍因天热就要长绿毛了。

四

给李来法打窑，贫穷岁月，不图什么就图了个填饱肚。一眼窑洞，不用多少天就成了型。头疼脑热找他看看，掐算掐算的人多，给他帮工的人因了他会掐算也多起来。李来法看看当下形势，决定再打两眼。三眼新窑落成，那真是有别于山神凹人的另一个世界。来法的窑洞把山神凹每个人的细胞都激活到了兴奋的状态。五十里山路是一把长长的尺子，大白馍馍是标尺上的刻度，也是诱人的眼波呢。满目荒凉，病痛让贫瘠雪上加霜。看到一大群冒着汗味的人从山神凹的山头上涌进来，看到他们脚步凌乱地叩击着山神凹的街道，山神凹人内心的那个焦苦，恨不得平等的神把大白馍匀一些出来给他们吃。

李来法的心身彻底进入到了另一个悠远的想象里了，再不是那个吊着膀子折得像板凳一样谦卑有礼的李来法了。他程式化了。与山神凹人的疏离和陌生让人们对他的感情萎缩了。李来法才不管呢。新窑落成，山神凹人不来给他暖窑，有一窑洞的秋蝇子来给他暖窑。秋蝇子热闹得嗡嗡乱飞，秋蝇子引领着李来法，这窑出去那窑进。幸福像挤进木格子窗户的阳光一样，亮晃晃的。秋蝇子就在亮晃晃的光影里眯醉着眼睛舞蹈。李来法的舌尖从嘴角不时地伸出来，像是抿舔含着的一块看不见的糖果，润得满喉咙唧咕唧咕冒酸。他还挑衅地嗡一声抓一只苍蝇下来，包到拇指大的白馍中，要人家拿回去治病。

人生舞台一场戏，看着日头升起来，偏西了，落下去了，晚照从高高的窑头上跌下来，跌得叫人绝望。白天咋都好说，夜呢？夜把窑洞给了他一个人，月投云影，鸟宿枝丫，夜同时把山神凹的李来法弄得很痒很热。睡不着觉的时候出窑洞看平铺开的山神凹，风吹得骨关节冰凉，山神凹像糊黑的锅底，一年一年的岁月，走得匆忙而神速，他的好日子不能就这么冷着啊。那一窑洞一窑洞的炕上，晃晃悠悠的人影儿，一切微妙的粗重的呼吸，呼得他的脑内、耳道间、脊梁骨，嘶嘶的萧索。山神凹人把夜搅动得壮阔臃肿起来，小风尖锐，毕竟李来法是壮年男人嘛，每个角角落落里的黑都袭击着他精瘦的躯壳。

李来法想女人了。

李来法看中了王来新家的老婆，恰好王来新的老婆在这样的时候病了。春月的云头一个由西，一个由东，静静地落在山神凹的上空。王来新躬身卖力地走上山头，来找李来法看病。李来法要他老婆来山神凹看，只有这样，他老婆身上的邪气才能尽快祛除。王来新把老婆送了过来，他老婆腿下夹了毛驴从山垴上走下来，一场风花雪月的事就在山神凹开始了。

王来新的老婆实际上是因生活极度贫困出现了精神癔病。有白馍养着，有热炕睡着，停留在山神凹不出半个月就好了。王来新的老婆想走，李来法不让，王来新的老婆就在窑洞临窗的炕上望着远远的凹口。凹口上有两个小小子在玩泥巴，不知道怎么的一个哭鼻子了，一个攥着一个回窑里去，惊飞了一群麻雀。这样，山神凹的一棵桃树就被摇落了一地花瓣。她轻巧地叹了一口气，那叹息像是春风吹落花瓣上的浮尘一样，轻得要跳起来。李来法走近了把她耳畔的一缕头发用兰花指挑过来，发丝轻拂着她的脸颊，李来法冲着那头发吹了一口气，王来新的老婆痒得用上牙齿咬住下嘴唇不让自己笑出声来。这时，李来法拿着木斗里的白馍看着王来新的老婆就也想笑，笑王来新的老婆的头发。有风在她的头发上胡搅蛮缠，把她的头发扭转成结，又随着她的笑蓬散地打开。一个人既无法摆脱风的作用，索性就顺着风势飘摇，她的脸就在风中潦草起来。只有风是最解风情的。李来法突然心里就生出了一丝惶然，这女人笑吧，还笑得不浪。

李来法手里拿着白馍说："香不香啊？"

王来新的老婆压着笑点了点头。

李来法说："看把你吃得像蚕一样白、肉。"

王来新的老婆就想夺过白馍来，伸了一下手，又缩了回来。

李来法说："我想和你晚上睡觉肚脐对肚脐。"

不等王来新老婆回答，李来法踮起脚伸过嘴在来新老婆的脸上亲了一下，弯下腰搂住了来新老婆的腿，打了个鲤鱼挺子直直地压在了来新老婆的身体上。

这下子，女人的笑声大得浪满了窑洞。

一个月后，王来新到底把他老婆叫走了。

春风温软地吹拂，经由洞开的门窗，可以看到细若蚯蚓的山道上，驴和它脊上的女人摇摆着，走远了。并且逐渐地，埋进了阳光深浓半明半暗的山那头，像梦境一样隐了。

梦散人醒，觉得寡味而孤清，李来法嘴里嘟囔着："远了，远了，远了。"后来就哭了。

尝惯了甜的李来法感到了日子青黄不接，他怀想，飘过山岭的云，洒过泥地的雨，穿过长夜的梦，不能就这样没了。

在以后来找他看病的人中间他就想法让那些女人来。风姿绰约的女人们把山神凹的土道打扮得像盛开的花朵一样。走进山里的女人们被李来法一个一个安顿在炕上，喝红糖水，吃大白馍。女人们一脸很满足的样子，吃了，喝了，目光贪婪地盯着木斗里的馍，说："来法啊，你缺啥？"

李来法说："缺你。"

女人说："不缺馍馍吧？"

伸手往小包袱里揣上两个，给儿女拿回去。

山神凹人端着海碗，热了到树荫下，冷了到向阳处。东蹲一片，西蹲一片，形成了一个露天饭场，不单是图了个吃饭豁亮，更是为了看热闹。热闹是李来法的热闹。喝饭的嘴离开了碗沿，直勾勾看来法的窑洞。手把门框等着刷锅的女人们喊过来，要男人回窑。喊急了不见回窑，一把刷锅刷子照着男人扔了过去。

李来法的娘，这时候，就从儿子身上看到了一股邪气，来看病的女人们省略了拿白馍这一重礼。他的娘发现这一问题很严重时，已经是一个白馍也见不到了。他的娘思谋着多种复仇方案，先是横在窑门前不要女人进门。

李来法说："你能堵了门连我也不让进才算叫有本事。"

接下来红糖水里放了碱，笑着端着要女人喝。那苦水儿不光顺着肠子进了肚里，也顺着脖子到了脑门上。女人不问病了，便也不让李来法动她，哪怕是手指尖儿。

很长时间，山神凹的上空反复不断地重复着一个女人的叫骂声，那些隔段时间就会来的女人，再也不见了影踪。

五

季节很是平和，春去秋来，李来法常说的一句话是从说书人口里听来的，叫："雕是雕翎箭，弯弓上丝弦。"李来法的弯弓上了丝弦。李来法耐着性子热泪涟涟地等待，山神凹的热闹就这样在等待中孤独了下来。而李来法的天书，因为李来法的惠泽，女人难免成了人们对天书最后的怀想，无论有字无字都已经无法气定神闲了。李来法不再等了，自己出山，可惜，一切，已经不能从以往的脚步中解救他的生活了。

李来法四十岁上得了一种流行病，发热高烧不退，窑里闷了三天。望着油灯晃动的火苗，死盯着窑墙上的泥皮看，泥皮清晰地透现出形色各异的斑痕。油灯前有米粒大小旋舞的飞虫出入，移动或停驻。就在这一派心境的虚寂与心念的不甘的鼓涌中，以往的日子一点点地映照在泥皮上，水涌霞升，雨雪风云，人事哀乐的混沌世界，埋藏了无尽的气候节令和草嘶虫鸣。李来法觉得日子和以前不一样了，仿佛多得长出来许多，长出来的日子开始瓦解他的思想，让他慢慢地对自己生出了失望。有些事情远了，远得闪闪烁烁，欲显又隐。他莫名地恨他的娘，想着那些隐埋在无法被忘怀的时空里的女人们，他用了最后的力气挤出了一团笑。

三天后人剩一张皮，长出一口气，借了油灯的火苗点了天书。烟气散处，山神凹的岭头雾气云霭融成了一团墨，看着那团墨云，他眼皮一松，安然了。

死了的李来法因没有女人，棺材里放了一块砖，砖上刻一个女人的名字，砖上刻的女人名字叫"转红"。转红和来法一个日子闭眼，转红用红布包了放在李来法的枕边。

山神凹传下来的风俗，没有女人的光棍，到死，包砖入棺，叫"招砖"。砖头"转红"幸福得蒙混过关，一头儿睡下再不醒转。

春风
杨柳

一

　　杨家老屋子前的拴马桩还在，马没了。

　　每一次杨家兄弟路过，尤其是晚上，在一片漂洗得纤尘不染的月光下，看老屋，怎么看都像纸扎的灵屋一样虚幻，那可住过祖先曾经的繁华？

　　杨家走到二十世纪七十年代，人口四下而去，衰败了。杨家正宗后人杨德孩长子杨添仓的后代杨丙尧和杨丙西，也都各自娶妻成了家。杨家的大院还在，屋易其主住的不是杨家的后人了，有金姓常姓李姓，混乱地住在一个大院子里。弟兄俩住在河边上五间土坯房子里，一人两间半，日子过得细脚伶仃。上土沃这些年外出人口不多，政策还没有放开，日子过得也都四平八稳。终日忙碌，都是为了公家。上地的时候是为了公家，下地的时候也是为了公家。为公家奔波于田间，欲望集中，步调一致，日子过得倒也盲目得欢势。七十年代杨家弟兄的房子被烧过一次，是墙上的灯捻儿爆响花，火星儿点着了炕墙上糊厚的报纸，连带着把被褥一起烧了，幸好没有烧了房梁。这一下让杨家几年都没翻过劲来。到了七十年代末期，三中全会开过后，日子过得有欲望了，才知道受苦不该是为了集体，该给自己受了。日子苦永远都有理由，经历是走过来的，分田分地分家产到如今的包产到户，土地远走远转了一圈又回来了，日子却不是以前的日子了。三十年河东，三十年河西，说的是黄河里的淤沙，土地上谋收成的人永远都有大方向指着，有无法看透的缝隙。三十年，经历已经把兄弟俩的胆子磨疲沓了，日子过得寒酸，虽知道祖上是大户，可那是皇历啊，是遥远的庙堂国事，一切连想都遥不可及。

世道是真变了，往前走，杨家血脉里的那份不安分的东西就开始往出冒了。杨丙西想开一家豆腐坊。开豆腐坊不能在上土沃开，要到公社去开，决定和哥哥商量一下。杨丙西猫着腰肘下夹了一瓶酒走进哥哥的屋子。嫂子柴棉棉看到小叔子来了，没多话，捅开火坐了铁菜锅提起案板切了半个莴子白，不大会儿一个菜端到了炕桌上。杨丙西和杨丙尧对饮，饮到酣处，为自己家的家底恓惶。大集体的时候，夏季大致一口人能分到五六十斤麦子，一年的口粮，大年小节、红白喜事、亲戚往来，哪一样都少不了麦子，全年的节气都在后半年过呢，前半年哪见过白面星星？眼下有了自留地，作为农民，谁都知道包产到户的好处，日子才抬了个头，尾巴就想翘，心痒着不能和旁人说，不能不和自家的哥哥讲。杨丙西说："哥，想去公社开豆腐坊，眼下生活好了，谁家哪天不吃顿豆腐？到了乡里，过往的人多，饭店不愁买卖，该比土里刨食强。"杨丙尧知道兄弟是来和自己商量事来了，种地没钱花，又养着一个得了小儿麻痹的儿子，现在还上学，长大了怎么办？他老了做不动活儿，哪个来养他？这都要兄弟来操心。既然来商量事了，就是明白着告诉自己，卖豆腐得夫妻俩合伙，这个儿还得要哥招呼着。话不用说得太明白，啥事也敌不过亲情。杨丙尧从心里不喜欢弟弟做买卖，祖上受的罪，那高楼大瓦房到最后的结果明摆着呢。爹临死前说过："长壮实了，健全了，就是庄稼人的本事齐全了，别想其他，粮食够吃，早娶媳妇快抱孙。七十二行庄稼人为王，一代一代安稳着有个点香头的，就好。"爹有一事按下不说，祖上人和暴店柳家有过节，杨家只要往暴店去做生意，柳家便使黑来害杨家。如今弟弟要去公社卖豆腐，能看多远？孰重孰轻，孰轻孰重，他凭着对人世间的判断，抱定七十二行庄稼人为王的祖训，决定要弟弟不远行。酒喝到醅时不明原因地两个人开始掉泪了，一瓶酒，恓惶都喝出来了。杨丙西说："哥说的是只要勤快，泥地里啥都有。可咱在地里歇过偷过懒吗？人有好坏，地有薄厚，种下的不见好收成，咱能和人家谁去叫板？地也要种，豆腐也要卖，买卖得手的是钱啊！不能求现在的稳当，以后呢？老来呢？""我知道你是想有个积蓄。到了暴店千万记住了不和柳姓打交道，杨柳有纠结不清的麻缠呢。"杨丙西点点头。"你去卖豆腐，娃我来照顾。"杨丙西在炕上拉开架势磕了仁头，磕得额头发红，泪流满面。

杨丙西收拾好，借钱买了一头驴，在暴店公社租赁了房子，用牛车把大石磨、大铁锅、大沙缸、木头豆腐榍子、压板、沙子等，一应俱全拉到了公社。他和老婆马彩霞每天做三十斤黄豆，一斤黄豆出二斤六两豆腐，硬邦邦的豆腐，麻绳儿能吊得起来。小本买卖做得起劲。几年豆腐做下来，人脉和地盘都扩张了，把患病儿子也带了过来在乡里上学。儿子上学不见功夫，杨丙西决定不让儿子上学了，要他跟了公社修手表的柳成土学修表。

杨家和柳家的一段渊源，能记得的好像也少了。老一些的人还能模糊想到很早前两个家族之间的争斗，争一个铜鼎。县太爷想拿了杨家的铜鼎卖给杨家一个官儿，柳家看不惯，使了方法偷走了杨家的铜鼎，乱哄哄的世道，两家都伤得很重。远去了，曾经的祖先都成了陌生的人，崭新得扎人眼的现在，要紧的是怎么往前走，哪还在乎从前？况且腿脚有毛病的人哪个不是去学修手表？！

暴店公社会修表的也只有柳成土。柳成土收了杨家两瓶酒两条香烟算是认下了徒弟。柳成土教杨家儿子修表，一带就是两年。好在杨家儿子生得灵窍，虽然腿脚不便，但所教皆学得进去。又一副人残志坚不服输的决心，格外叫柳成土喜欢。三年后，杨家的拐儿子在暴店公社人民供销社进门处用玻璃打了一个三面小隔断，算是开了自己的摊子。那时候能有表戴的不多，他兼修钟表、挂表、拉链等小零碎儿。

儿子有了饭碗，杨丙西的心也就放下了。日子像线一样，中间挽了一个疙瘩，现在疙瘩已解，杨丙西的心舒畅了许多，心情舒畅就想着将来回不回上土沃都没有多大意思了，想着在暴店买房子，琢磨着上土沃的房子该让哥哥买，因为五间房子梁架不分，哥哥不买了才能卖给旁的人。杨丙西犯了一个错误，五间房子两间半，那半间是前后隔断的，他那半间没有窗户。杨丙尧知道弟弟卖房子，私心里是想自己占了，可是钱不够，不知道兄弟能不能缓三年两年的。杨丙西不想缓，哥哥没钱，买房子等给钱是一个谎，他急等着花钱呢。房子说买不是一下就买了，弟兄俩各自怀着心事心里就结了芥蒂。

说说话话，杨家的儿子在暴店修表出了名，也有闺女愿意嫁过来，是好事。闺女嫁过来的条件是必须在暴店公社买房。这下房子是一定要在暴店买了。

柳成土在人民供销社成立时，因自己家的地盘进入了供销社，他便当了售货员，这是一个赚国家钱的营生。成了国家正式人员，某种程度上感觉就好多了，一副扬眉吐气的样子，不用再拿着眼睛夹着放大镜看那些个小零碎了，便动用正式工的职权把门口的一小块地盘长年租赁给了杨家的拐子。杨家的儿子长得细瘦伶仃的，喜欢敞着穿一件中山装。有生活做了，人孤零零地埋着头，两手窝在眼前没人交流的寂寞，挺是叫人心疼的。供销社来的人不多，大都是女人，一来就是三两个结伴，到了要扯的花布柜前，推搡着喧哗着也比画着，有时候她们来好几次都不见下决心。

　　供销社有一天进来一个女售货员叫小彩，很伶俐的一个闺女，长得不算好，进来了就算是吃供应了。羡慕她的当下里也知道了她是有背景的，因为她爹是一个村里的会计。小彩来了供销社，来的人里就多了男娃，多是混混儿，一个个都长一副蓬头垢面的脸模子。他们来了专叫小彩拿货，小彩拿过来了，他们的眼睛却不看货，往小彩脸上瞟。柳成土知道都不是来买东西的正经料。小彩也无所谓，反正成了供应粮了，拿着公家的显摆心情也没有什么不妥。对于小彩来说，一种是新鲜，另一种是给一个人看。想让看的人不是别人，正是杨家的儿子杨兵。杨家儿子在门口的三面玻璃后很认真地修表，除了偶尔向师父柳成土笑笑，露出一口白花花的牙之外，从来不多看小彩一眼。那时候的爱情观很简单，男人女人除了谋生之外没有任何爱好和别的闲暇，在狭小的生活圈子里，正派有理想的青年很受闺女们喜欢。小彩认为杨家的儿子是自己理想中的爱人。残疾不是问题，况且也不是先天形成的，爱的是他这个人，而不是身体。柳成土看清楚了这一点就想撮合他们俩，一时理由不充分，每天琢磨着，果然琢磨来机会了。

二

小彩戴了一块日本产的双狮表，有一天她上厕所发现表停了。知道是自己夜里忘了上劲（弦），蹲在厕所里摘下表上劲，不知哪个坏小子吃不到葡萄了在厕所外的口子里扔了一块石头，小彩喊了一声："谁？"人往起站的当下里表也掉进厕所里去了。表的声音和石子的声音都不是太大，但是，对当时的小彩来说是跌心的感觉。小彩爹雇了人下到厕所里捞上表来的时候，那只表停留在了它出事的那个精确时间里，十点三十五分。杨家的拐儿子拿到那只表时是草纸包着的，臭味还在。杨家儿子清洗表后的第二天大早上在小彩上班的供销社门口等着了她，把表递给了她。小彩说："多少钱？"杨家儿子说："啥都要钱世界不乱了套了。"一股暖流袭上心头，未经世事的爱情就这样进一步种在了小彩的心里。

柳成土做了这个媒，做得有点费劲。

小彩的爸爸怎么会叫小彩嫁这样一个人呢！过程比结局更有滋味，杨家儿子认为自己天生是失败者，失败是注定的，不失败也是不可能的。一开始杨家儿子就没有冲动过，但是他唯独没有明白人有时候的未来常常是别一番模样。在杨家儿子不能肯定自己的日子中，柳成土说话了。"你有没有那意思？"杨家儿子杨兵不能说没有，也

318

不能说有。空气里充满了躁动，又流动着更大的安静。"师父，我不敢想。""怕啥呢？你说这世道让咱见不到华主席，咱就不能想见了？""师父，那不一样，人家是眼前人。""所以咱不能遏制了旺盛的虚火，我看那闺女对你心里不安分，你要敢把勇气提起来，我就敢给你来个纲举目张。"杨兵点了点头，然后很尴尬地红了脸。

柳成土拍了拍徒弟的肩膀说："好样的，我需要浇水了，你就装了淋了一身雨的样子；我需要给你施肥了，你只管在你力气能使到的地方长一长。趁着爱情还没有附加太多的东西，我用师父的两片嘴给你捏合一个好家庭。"

杨丙西明白了儿子的能耐，窃喜着，也心慌意乱地等待着。进入了秋天，杨丙西端了一屉豆腐送给了柳成土，柳成土知道豆腐的分量，半两没有丢在自己的案板上，骑了自行车送到了小彩家。

柳成土放下豆腐说："小彩爸，你要觉得这豆腐不是豆子做的，你扔到大门口叫狗吃了。送你豆腐的人家没有提半个字的话，我一厢情愿送豆腐上门就是想把你闺女小彩嫁个好人家。我知道，你是嫌弃人家儿是个拐子，拐子是仙人转世呢。自打我认了这个孩子做徒弟，走路从来就没有见过他勾着头。走路看做人呢，腰都挺不起来，畏缩着不朝前头走，注定是干不了大事的人。说白了，人家没有看上你闺女，看上的是自己的事业，尊贵的人，腿虽然有疾，脖子是仰着的。俗话说了，红心萝卜紫皮蒜，仰头老婆低头汉。别小看人家，万物万事都有来路，也都有去路，来路纷杂，去路归一，心憋着一股劲，人家是想走到人前头呢。"

小彩爹坐在小凳子上，一根接着一根抽纸烟。小彩妈一碗糖水端到柳成土面前。柳成土喝了一口。坐人家的凳子，看人家的脸色，喝人家碗里的成色，知道人家是放了白糖不是糖精。

"你看你村里的人，从自家院子到自家田里，前前后后的那些勤快人和懒人，一直都不曾停下或者拿起手中的活计，他们都在期待着什么。是什么呢？我来告诉你，几亩大的田想种出好日子来，想发财呢，屁。提着粪桶给田里喝汤呢！发财梦都化在阴晴雨雪的日子里了。往小里说，人家是买卖人，往大里说人家有积蓄，暴店买房子不算事，你闺女嫁过去，那还不是端着活。你当大队会计，知道会计的作用有多大，闺女过去了也是当会计呢，给杨家当会计，进出一把锁，天生该是阎王命呢。"

钱是人的命，阎王是管命的主儿。

小彩爹插不上话，也不知道要说什么。只好把头长时间地扭在门口看。小彩妈端过来一碗糖水放在脚边上，他端起来，两口喝完了。一时又忘了喝完了又端起来喝，啥也没有喝到，吸溜了一口空气。怕柳成土看到自己失态，舌头舔了一下碗边，伸长手放到了门墩上，秋蝇子哗地飞了过来贴到了碗沿上。小彩爹抬手来回扇了两下，有些局促不安地叫小彩妈"端了碗走开"。

"你看那些个种田的人，有几个是正经后生？书不好好念，整天里往暴店跑，想学城里人。城里人娘肚子里就是城里人，娘肚子决定了命。学穿什么喇叭裤，不说别的，攒了粪都野没了。真要找这么一个货色，终其一辈子，给小彩带不来片刻安宁，倒是花肠子长得长，撩猫逗狗的。你家小彩是嫁好人家、好人品呢，不是嫁混子的。你琢磨我的话对不？"

小彩爹的情绪似乎平缓了一些，默默地攒着劲想给对方一个回绝，半天后站起来说："这事不成。"

"你把那豆腐扔了，给狗吃了，我柳成土要是登你第二回门，我不是人，是狗。"站起来端起一碗糖水走到门口要往院子里泼。

"你这是做啥呢？"

"做啥呢，我不给供销社主任添好话，你小彩能吃了供应？做啥呢，半天给了我一句顶心口的话，我的脸不是脸？我的脑子是个糊涂脑子？一口回绝了，比劈头给我一巴掌还难堪。不坐你大队会计的椅子了，我屁股上长着针呢，坐你大队会计的椅子我怕生脓呢。万事不讲，就你小彩的长相要是嫁了好人家我倒栽跟头来见你。"两手一揪前襟，立马人站起就要走。

小彩妈急忙从里屋出来拽住柳成土的衣袖，"他叔，你也是好心人，你看中的人能有错？万事总有商量吧，怎么说着就针尖对麦芒了呢？坐下坐下。"

柳成土执意要走。

小彩爸说："条条大路通罗马，世上没有死路，也没有死话。他杨家要真能在暴店盖了屋子，我把小彩嫁给他做媳妇，咱把脚下的路走稳走顺，两年里要盖不下屋子，大路朝天各走一边。"

柳成土揉了揉鼻子，知道话里有话了，一下又从混沌状态中清醒过来。不能不顺应当下，来做啥？说亲。脾气点着了，也得浇灭它。回过身来坐在了椅子上说："我说嘛，能做了大队会计就该有一个宽阔的心膛。两年里我要他盖五间大瓦房，我不怕你不信任，真要把这媒人做彻底了，不怕你不答谢我。"

杨丙西很慎重地回上土沃找哥哥谈话。老弟兄俩坐在河边上，杨丙尧箍水桶，藤条在水里压着早已湿透。杨丙尧话里有话地说："现在磨豆腐都不用石磨了，我还箍水桶，人家都用塑料水桶挑水了，我连铁环都买不起还用藤条箍。"

　　杨丙西说："我下一回来家给你买两只塑料桶就是了。我回来是想商量屋子的事，你侄子大了，有人嫁，人家闺女没额外要求，只求在暴店有房住。"

　　杨丙尧用地上口袋里的锯末捣水桶缝隙，木桶被捣得咚咚响。那声音是叫杨丙西听的。杨丙西也知道，哥哥是胆虚，是想用当下的事掩盖内心的想法呢。事情摆着，火烧眉毛了，事急人也急。

　　"上土沃没好闺女了，要拿屋子去倒贴？"

　　"人家是吃供应粮的。"

　　"噢，有本事人都能吃了供应粮，你儿比吃供应粮的还有本事呢。"

　　"哥，你这不是说风凉话吗？你要是要，屋子就留着，钱打凑一下，借也好咋的也好，我也是万般无奈了。哥，说到明白处，亲兄弟也得明算账。"

　　杨丙尧箍桶，一直不喜欢用铁圈箍，一直用半边藤条箍。藤条韧而硬，干后收得紧，又不易变脆，一劳永逸三年五载都不用换箍子。杨丙尧还有一个绝活儿，破了缝的桶他也敢箍浑全，偶有洞他现用锯末渣填实，绝不漏水。他有手艺，从来没有人敢小看他，就算是箍桶的手艺停止了，以往的技艺却依旧延续在上土沃人的口碑中。一个

"穷"字让杨丙尧在弟弟面前短了半截子。气从心底生出来，更多的是怨气。你在暴店卖豆腐，地里的生活，挑肥挖沟，割麦打豆，犁地撒种，一时半会儿回不来，哪一件不是我和你两个侄儿不误节气先给你下种？当年在暴店创业你的小儿是你嫂子照顾着上学下学，从没敢冷一顿热一顿亏待了他。到如今卖房，一句明白话：亲兄弟明算账，就把事情抵消了。杨家解放后是穷了，再穷，一个万事不求人的信条我杨丙尧还记得，自己能动手将就的，绝不求人。求人要落人情，欠情如欠债，于心不安。欠你的钱可是有亲情顶着呢，敢说出叫我去借？不吭气，就等你下一步做呢。

杨丙尧有两个儿子，两个儿子都当着光棍，大儿叫杨强生，二儿叫杨壮生，单看取的这名字，就知道人长得敦实。还是因为穷，闺女不愿嫁过来。日子挡不住两个劳力电线杆子一样竖在家里。杨丙尧遵循家训：饿死不出外。两个儿子熬着日子，被当爹的阻挡了外出奔富的机会。杨丙尧是真想要弟弟的两间半屋子，口袋里没有票子底气不壮，人家一个不全乎的儿子都有人嫁，还是一个吃着供应的公家人。话不能明说，心里的滋味却泛着酸气。话说到绝处了，再说自己真要明着计较就不像老大了，就没肚量了。杨丙尧说："你看着决定吧。"

没有边缘没有远近的话，杨丙西像得了厌食病一样嘴张着吐不出话来也进不去。

问题摆着，需要让自己心情平缓一阵子，怎么也平缓不下来。头顶的日头明晃晃，擦过他的脸，显得他脸皮皱巴巴毫无光泽。气也虚上了，想出汗，尽量心平气和盯着哥哥看。老了。真老了。哥哥的脖子上眉头下黑乎乎的，头上绾了手巾，显然也是多日没洗了，手掌粗大毛糙，藤条在手里来回动着，目不斜视埋头专注于两腿中间的木桶，能感觉喉结急迫地上下鼓突着，聚着一口气。不费想象就知道哥哥是想要这房子，还不想给钱。河边上的秋蝇子一群一群飞，天要黑了，杨丙西开始哭了。

"哭啥呢？儿子要娶吃供应粮的媳妇了，哭啥呢？你要是哭，我该咋？回。"

弟兄两个收拾了地上的家什往回走，老大在前边，老二在后边。老大前边走着迎风流着泪，老二后边走着唏嘘一片。事情都想绝望了。吃罢晚饭坐到院子里的苇席上，河里的蛙泼妇似的鸣叫着。苇席旁边堆着收割回来的黄豆荚子，不小心脚踩过去，簌簌落了一地黄豆，弟兄俩快要撑不住了，顾不及这亲情了。杨丙西说："哥，你想买，你就得给钱。不是卖了屋子就能在暴店盖得起，我还得借款。"

"谁说我要买了？我是想死去的爹娘，活着时这不放心，那不放心，都过去的人了，埋在了田里，年年十月一送寒衣前都有梦来，死了都不放心，有啥用吗？"

爹娘活着时因为成分不好谨慎做事，希望兄弟平安。这世上，除了爹娘就该是兄弟了。一人伶仃行世间，身边难道无他人？杨丙西回放了自己一天里的事情，是件自寻无趣的事情；回放自己一生的事情，哥哥一直在呵护自己。假如事情真要往绝处去做，那是真要冒被暴店人取笑的风险。哥哥曾经彻骨入血地疼，那是真疼啊。哥哥不说肯定话，是叫自己琢磨、自己想呢，觉得一下子在哥哥面前低矮了许多，这日子过得寒碜粗陋。假如人要不长大，一直是从前，一直是臆想中的幻影多好。碎布头是拼不出绸缎来的呀，日子过得人欲望有了，大了，难了。温暾混沌中爹娘没了，哥哥的心怕也是在考虑他的血脉呢！回转了一下心事，底气又壮了，话团了蛋子在喉咙处要吐了。杨丙尧说："这屋子你卖旁的人好了。我想圆了爹活着时的一个心意，爹活着时想等你生一个健全儿，没等下，临了交代要是你真生不出来一个健全的，就把我的过继你一个。你也老大不小了，弟妹的生育期也过去了，就算圆了爹的一个心愿，活着时疼你，死了还疼你。你看哪个喜欢，我叫你的两个侄子中的一个现在就磕头过户。我什么都不要你的，就是琢磨不透，人家真要是看中你家杨兵了，何苦要在暴店盖屋子，上土沃的屋子就不是屋子了？做事亮家底，要真如你说的那样，人家闺女看中了，不是谎儿，我租赁屋子，咱把五间一起卖了，不信暴店盖不起屋。我怕你的媒人柳成土哄了你。杨家和柳家的从前，外人忘了，自家人忘不了，我是怕你寻不见的苦字还得找字典查呢。"

"人家闺女愿意是真的。"

"嘻，真的假不了。"

杨丙尧要媳妇拿出家里的积蓄来。那是一个满是补丁的粗布衣裳，展开了，在贴里的口袋里掏了半天，掏出一个卷着的布包包，一块两块的，最大的票面是五块，一共七十块，递给了杨丙西。鼻涕一把眼泪一把，杨丙西抬起手来在自己的脸上打了一个巴掌，"我还是人不？！"

杨丙西坐在苇席上，脑子像糨糊一样糊着，哥哥等于是给了他一个空当，让他把自己活过的日子、说过的话滤了一遍。他感觉头顶上倏忽飞过一只什么鸟，院子里的桃树黑着，他的屋子，欢声笑语中长大的屋子，长大，一步步出门闯荡，见了点世面学了点皮毛，就想回来和亲人显摆，叫板。见识短浅的人啊，自己忘记的那些亲情，真要卖给旁人住了，那是良心一生都难活片刻安宁啊。不卖了。院子里有什么东西唰唰跑了过去，月亮在空中吊着，杨丙西说："哥，这屋子留着，不卖了。五间屋，弟兄俩，给入土的爹娘一个应答，屋子比弟兄的情义还重要吗？"

嫂子端了两碗豆腐汤放在席子上，老浆的香味跳出来，内心便有了想哭的冲动。享受这一碗老浆点的豆腐汤，不算殷实的日子，也许才是最大的福分呢。

三

只有杨丙西知道日子是熬过来的。光阴不能恰到好处给他光彩耀眼的一面，他苦心经营的豆腐坊由一斤黄豆做成三斤六两了，豆腐稀软了许多。暴店的人说："你的豆腐不如以前硬实了。"知道啊，省着琢磨着的日子，能省出暴店的青砖大瓦房来吗？一年眼看要过去了，社会不知道要变成啥样了，小彩那闺女的样样在杨丙西的眼前灯笼一样晃着。柳成土说："咋还不见你动工？吃供应粮的闺女在乡下可是金豆豆啊，你不想法子盖屋叫人抢了去，你在暴店的日子就算完蛋了。我老脸不中用不怕，怕的是你杨家的儿子，该收获金豆子的日子，收获了一堆豆腐渣子。"

灯影下的杨丙西望着肮脏的地面，长条桌，矮凳，上面是浸透的老浆。媳妇飞快地在灶前忙碌着，汗流满面，湿漉漉的头发贴在额头上；火苗伸长舌头舔着铁锅，照着她的脸，她不时地用勺子舀着锅里的豆花沫子，两眼深而迷离着。每天的日子就这么过着，忙碌着，到头来盖不起一个屋子。该撑了架势，有钱没钱扎了根基就算是开始了，万事开头难，开了头，头上就套了死死的箍子，让你明白一旦受制于这个箍子，任何挣扎都是徒劳的，只能往前走。开始吧，开始吧。杨丙西打凑了钱买了一块地，春天里扎了根基，单等秋口上起墙，檩条和大梁也买了，应该说是赊了，砖和瓦要瓦窑上烧。日子拧着劲走，杨丙西的两鬓角麻酥酥酥地疼上了。

日子如果能慢一点就好了。可就是慢不下来，前面好像有什么好运之类的东西等着呢。为了走完一程望不到头的路，隐约知道背后有人在嘲笑着，到处是人嘴，来往的人都等着看笑话呢，杨丙西望着扎好的根基心事重重的。杨兵看着爸爸说："她要是真看中我了，心不该大到一个屋子才装得下。她要是看中屋子了，一个屋子也装不下心啊！"杨丙西说："你懂啥？我过的桥比你走的路多，心有时候能装下的就是一个屋子。"

供销社不知道为啥，有一天进货进了两个口琴。小彩买了一个送给了杨兵。傍晚的时候，杨兵拿了口琴走到离暴店很远的对面河岸上，水声把一切都掩盖了，他夸张地一甩头用嘴吸了一下，清脆的音乐就弥漫开来了。月亮出来的时候，月光隐约笼罩着他的动作，各种虫儿和鸣着，他学着，却不知道身后有一个人欣赏着陶醉着。杨兵回过头时盯着她看，"我家盖不起瓦屋，你是非农业户口，我是农业户口，户口划分了我们，你我最后肯定不行。"身后的小彩说："工农结合是最好的。""我拿不了犁锄耢耙，你找了我，我是你的一头沉。"小彩不说话，仰着头，大大方方地伸出手，用期盼的眼睛看着杨兵的脸说："我认定了你了，我就是你那条坏腿。你要我，我就嫁你；你不要我，我就死。"杨兵拉住了小彩的手，那只小手胖乎乎的在他的手心里肉肉的温暖着，一股电流穿过了他的心胸，一种莫名其妙的冲动，有些东西就像闪电一样扑入了杨兵的眼睑，惶惑了一下扭转头，口琴放进嘴里哗啦了一横子，小彩紧紧抱住了他的腰。他开始用力收缩着，胸脯中央的热渐渐上下窜开了，脚上发热，渐感发烫，那双紧搂着他的腰的双臂热辣辣的，他受不了了，想把脚收缩一下，但是，不能够。他说："小彩，你有一天要后悔的。""世上没有后悔药。"杨兵浑身麻木了，仿佛连骨头都酥软了，一股细小的热流经过小腿内侧缓缓上行，流过膝部，上行到大腿内侧，直抵裆部，他的裆部开始膨胀。这是一件难堪的事，好在小彩搂着的是他的后腰。是在不防备的情形下小彩横到他面前的。小彩说："你要了我吧，我给了你，你就知道我再不能后悔了。""你是个傻瓜。""你才是个傻瓜。"小彩推着他倒退着走到了一块河滩石上，天黑了，月亮被云彩吞了去。一切都是匆忙的，也是沿着身体的经脉向四肢喷发的。五彩缤纷的光晕，像雨后初出的阳光一样，让他们俩看到了大地上繁花似锦的春天。痛快得昏天黑地的夜幕下，杨兵闷着声音叫了一声："小彩。"小彩应了一声："哥哎——"

春天真的来了，树叶出来了，慢慢地大到了手掌大，树叶间漏下了斑驳的日光碎块。做了一天的豆腐，杨丙西感到很累了。他挑着水桶到潞水河边去挑水，腰有点痛，坐在了两桶之间横着的扁担上。夜风吹响时，他抽了半包纸烟，没有任何动作，抽完了续接上，暮色沉沉的河岸边，他听到水流的出气声，河边的石头和月光懒懒散散地铺排着，与他不亲近也不拒绝。草不说话，树不说话，水不说话，挤挤挨挨站在他的四周，只有风晃着。他长叹了一声起身担了水往回走。

他不知道，他的命运就要改变了。

几日前，柳成土的屋子里来了一个穿华达呢上衣的男人，那个男人在他的院子里看了半天。柳成土问他："你找谁呢？"那人说："看你家的狗吃得肥。"柳成土给了他一个马扎，那人累了，坐下来递给柳成土一根烟。狗叫了几声被柳成土止住了。"你是哪里的人？来暴店做啥来了？访亲还是探友？"那人说："南方来的，县城做生意的，来乡下买狗，有领导干部胃寒想吃狗肉。你的狗肥啊，卖不？"柳成土看着狗说："给多俩钱？""你想要多俩钱？""我的狗是去年的狗娃，正当青年呢！"那人大笑了两声说："你要不舍得卖就拉倒，暴店有多少狗，你该知道。我是撞见了，不然狗值钱不值钱你也该知道。""十块钱。""贵了。""不贵。它跟我有感情呢。""那好吧，把狗盆也搭上吧，不然就少两块。"柳成土看了看地上的狗盆儿眯了眼睛说："明天你来领走。"那人又掏给柳成土一根纸烟站起来说："明儿一早我来，要它再和你感情一晚上。"

柳成土想着一条狗卖十块钱，值！想着给狗吃一顿面吧，特意要老婆多放了白面，加了豆面、红面（高粱面）。面做好了，往狗盆里倒时看到狗盆脏得狗毛乱飞，想用水冲洗冲洗，不小心提起来时掉在了地上，碎成了三瓣儿，用脚踢到一边去，拿了洋瓷盆倒进了面，狗吃得是浑身颤抖。

那人是一早来牵狗的，看到地上跌碎成三瓣的狗盆，泄了气似的跌坐在了院子里的石板地上。狗攻击他的声音从容了许多，表情冷静地狂野着，它不知道它即将要去赴死了，眼睛在柳成土的吆喝声中游荡着。日头出来了，把院子里的景物照得更显清晰，青色天幕之下，暗色的茬口处发出青铜的光泽，视觉之下来人感觉到了一股浓黑不安的难受。凌晨的风吹透了他的衣裳，白花花的木格子窗前，他把手抬起来放下，抬起来放下，十个指头哀戚幽怨般颤抖着。"你，你怎么胆子这么大呢？""什么胆子大了？""那只狗盆。"不明原因的柳成土看着晨光照亮的那只破烂的狗盆。柳成土睁大了眼睛，从此人奇妙的紧张的深思中，知道那只狗盆有什么内容在里面。"你不是看上狗了，你是看上狗盆了？"铜器的清响，那个人发出了一声绵长的叹息。柳成土后来才知道，那只铜盆何止值十块钱！在内心激动惯性强烈的驱使下，他的牙齿打架般塞塞窣窣地摩擦起来，闭上眼睛，偷尝了一刻轻松快乐：差一点叫狗娘养的哄了我。活该摔烂了，好！柳成土突然想到了什么说："我领你去见一个人，他祖上有一个大个儿的东西，那东西就在他家的祖坟里埋着。""谁？""磨豆腐的杨丙西。"

柳成土没有一丝的犹豫领着那人往杨家的豆腐坊走。

在时间细小的片段上，幸福来得一点都不夸张。

杨丙西先是面对柳成土的提问吓了一跳。柳成土怎么知道坟里有那么个东西？那是在祖坟里埋着的呀，一辈一辈传下来时，只知道祖坟里埋着东西不知道是啥。柳成土很准确说出了埋的是啥，柳成土到底想做啥？那人说："你具体想一想，祖上留下来的话是什么？"杨丙西虚浮着眼睛说："我得回去问我哥。"那人说："要是真有那么一个东西，我给你和你哥一人盖五间大瓦房，就在暴店。"杨丙西看了看天，天是湛蓝的。阳光直射到脸上时是发烫的感觉。他愣了一下，从一个角度说，是什么东西如此值钱？从另一个角度说，要是柳家打出一个幌子呢？坟里啥也没有呢？那是要落刨祖坟的骂名呢。

四

杨丙尧陷入了沉思。诱惑对他的内心形成了极大的干扰。那是祖坟啊！谁敢刨了自家的祖坟？他无力改变现状，也无力放弃诱惑。反反复复地掂量下，他看到了自己的残缺渺小。情绪弥漫的地方也有阳光照不到的地方啊，只因那个地方太贫穷了。那个人掏出一沓子钱放到炕上说："不难为，你们兄弟俩就说是想迁祖坟，想把祖坟迁到一个更好的地方去，一个洞下去啥都明白了。"

夜很长。兄弟俩睡不着，按捺着心情说话。

"爹活着时交代了有那么个东西？"

"爹说是一个战国鼎，我奇怪有没有这么个东西，爹说，传下话来的不是杨家，是外家传来的。"

"祖上谁是咱的外家？"

"谁是？有柳家，还有皮家。"

柳家原来是娶了杨家的闺女，杨家闺女生了儿子，做买卖的商家有了一定的积蓄就想捐官。县太爷喜欢收藏，看中了杨家的铜鼎，杨家也想送了鼎给自己的儿捐官，柳家也想拿了杨家的铜鼎给县太爷送了捐官。当年柳家买通响马盗了杨家的铜鼎，杨家知道了硬逼自己的闺女送回铜鼎，要闺女在半路上上吊死了，事情脱不了手，杨家老爷子死后要铜鼎随了自己下葬，再不面世。为了捐官的事两家结怨并出了人命，还没来得及寻仇，一场又一场的运动就把两家的仇恨简化为泪飞如雨后的一脸茫然。

　　面前有了利益，弟兄俩心事紧得不行，隔壁屋子里收音机传出什么歌曲来，婉转得心里发空似的难受。祖上把宝贝埋在坟里了，泪水一时涌上了弟兄俩的眼睛，不容易啊，人在世道上想混出个人样子来，要想不脱层皮门儿也没有。真要走漏了出去，刨祖坟的事不是光荣的事，换一种说法，刨了祖坟，吹风漏气，后人就不好了。杨丙西若有所思地说："没刨祖坟后人好了多少？"这句话让杨丙尧的心肠变硬了些，不消说多余的话，弟弟是说自己的拐子儿子呢。窗外天黑得摄人心魄，许多惊天的想法都是黑夜出来的，在贫苦面前，人的意志便矮了许多；夜不动，却搅得人心发紧。后半夜，潮气上来了，不知道也好，知道了，背负了沉重，一个坐起来靠了墙，另一个也坐起来靠了墙，不肖子孙的帽子压着，一个不说话，两个不吭气。声音被闷死了。事情就怕在心上。一个下地对着尿桶撒了一泡尿，另一个也下地对着尿桶撒了一泡尿，那声音好像是尿地上了，随后又尿到了桶里，炕上的人心里便有了想哭的冲动，理不清为何而哭。是为了重新覆盖上新土并长出庄稼的坟地吗？心事在地里盘桓着，这点小心事放着一个大主张呢。"你说，他真说了要盖十间大瓦房？""说了。""盖不下呢？""折了钱一手货一手钱。""这事说不得。""叫人指着脊梁骨，骂后人不肖！""我看打个幌子迁坟吧。"

一阵夏风吹过，山崖上几簇桃花开红了，红晕朵朵地灿烂着。杨丙尧两口子在地里吆喝着两个儿子下种。杨丙尧举锄头一个坑一个坑刨，媳妇拿着布袋，三三两两下种。翻起的泥土，有一种清香陶醉着杨丙尧。半晌，不见他有一句话。闷着心只琢磨着怎么和支书说迁坟的事呢。

支书王文化一早起了，开开门伸了个懒腰，点了一根纸烟走到屋前的茅厕里耸着肩尿尿，看到远处走来的杨丙尧。收拾起家当，边系裤带边说："大早来有事了？"杨丙尧说："请示个事儿。"太阳刚从山顶上冒出半个壳儿，王文化说："进屋子讲。"

听杨丙尧说了要迁祖坟，王文化心里可怜上了，曾经的上土沃是人家杨家的天下，现如今的上土沃是我的天下，我管着这一村百姓呢，咱也算是中央政府最小一级了，人家连迁祖坟的事都来和自己请示，明着是咱的权大，有权要权，有啥要啥。"你往哪儿迁？地都包产到户了，要迁也只能迁到你的地里。你这一辈另立坟地不行吗？净是麻烦的事来找我。"杨丙尧说："我净做梦，梦见祖宗了，说自己的屋子上净是闹声，想找一个清净的地方。这梦做了好久了，回回做，回回是一个梦形。"

王文化笑了："一个梦回回做？稀罕呢。不说了，你想迁就迁吧，我是考虑你手头没有钱，新坟新地，墓道也要要钱呀。"

杨丙尧说："丙西卖豆腐存了俩，给祖宗花了，心也就踏实了。"

王文化把头点得和鸡啄米似的，由不得自己又可怜上了眼前人，是一个舍得给祖宗花钱的人，大善人啊。他抬头看着天空，天空有白云，棉絮似的，色彩深浅明暗远近变化不定，有像人影子的，有像动物，在天空虚松着，被什么推着往前走。一只公鸡跳上了院子的墙头，它在墙头上伸长了脖子，探探头又缩了回来。人死了装进棺材，死了的没事了，活着的悲伤着。他把心事最后落脚到了这一层意思上。再看坐在廊檐下的杨丙尧，八字脚叉开，一脸期待，很有做大事的气势，风光得有模有样的。心里便知道：杨家后人是攒了俩钱烧着，再圈坟地还能比过从前？才有几个钱嘛！眼睛狠挤了一下，想要权的意思也就放下了，赞赏着，面子上也绷不住，就答应下了。

杨丙西要哥哥在自家的地里选址。请了阴阳，动土时还放了鞭炮。一镢头下去徒子徒孙们开始挖土，挖好后券了砖窑。该挖自己的祖坟了。父亲在祖父杨德孩的脚头，再往里是曾祖父杨添仓。迁坟的当天云低光暗的，弟兄俩跪在祖坟前叩首，点香，开始刨墓了。

谁也不清楚墓里的东西值钱，早些年是日本人和八路军造子弹，连门搭上的铜都拆走了，后来是废铜烂铁当废品收购，大部分铜当了厚料，烧熔敲打成铜勺、铜盆、铜壶，都只知道电线里的铜丝和铝丝值钱，对锈迹斑斑的铜很是不屑。况且那铜也不是熟铜。

墓挖开了，等放了瘴气，杨丙尧第一个跳了下去，看到墓里什么也没有，周边只是几个瓦罐，瓦罐里放着一轴一轴的字画，他把字画取出来，感觉墓道里有点闷燥，取了打火机点了那一堆泛黄的字画，烟气冒上去，他被烟气呛得很重地打了几个喷嚏。地上有一个人等不得了顺着一层浮土滑下来。杨丙尧看到是想买铜鼎的人。那个人透过烟气看到地上燃着的火苗问："地上烧的是什么？""破字烂画。"

那个人揪着火苗上去拽出一卷轴来，卷轴很快就碎裂了，火苗很快就蔓延上来。那人一把揪了杨丙尧的领口喊："你是死人吗？"杨丙尧吓坏了："你要做什么？"那人咆哮着说："你在烧钱啊！"

在确定什么都没有时，那人用脚踹了一下两口棺材的其中一口，是一口上了红漆的棺材，砖缝里的尘土已经把棺材的颜色荡旧了，那口棺材很轻巧地滑动了一下开了一个口子，手电筒的光柱下现出了一个铜鼎，泛着绿毛。"你胆子大了啊，敢把我祖宗的棺材一脚踢开！我日你先人。"杨丙尧一把揪住了对方的领口。

"好好好，我叫你日我先人。"那人说着跪在了地上，很小心地从错开的口子里取出那只鼎，鼎中间装着煤灰，那人把煤灰倒出来，手电筒的光柱照着铜锈下埋藏的花纹。"就是它了，就是它了！"杨丙尧也弯下腰稀罕地看着，他不觉得有什么好看，想着要是放进石灰水里浸一段时间是不是会好呢？

懂行的人是能够看出铜鼎的寂寞，一个强盛的王朝时代，欣赏它的眼睛和心早已成灰，梦想它的人却一代一代年轻。珍品、孤品，品相完好，但是，那个人却突然地放下了说："我没有想到它锈成这样了，十间瓦房贵了。"

杨丙尧一时吃不准对方的意思，祖坟都刨了，难道就赚了一个新坟新地钱？杨丙尧起身把祖宗的棺材盖子错动好，棺材上的尘土落了他一身，他心里突然有点慌，这东西要是真不值钱，搭了工夫，搭了心情，搭了良心，以后死了怎么来见祖宗？眼神一下忧郁了，背驼起来，手指也开始僵硬了，舌根子不打转，话吐不出来，怕对方反悔。又有点恨自己的祖宗，你们把日子过足了，留下贫穷，要你的后人继承，留下苦难，要你的后人承担，你们曾经的幸福和快乐呢？哪儿去了？咋不留下一点来呢？日子的尽头是什么？恨来了，弯腰提起地上的铜鼎说："我背了刨自家祖坟的骂名，这东西不是正经东西，啥都不说了，十间屋子不要了，各走各自的路。"先人骨子里的傲气一时二时地散不去，当下又冒了出来。

那个人一下抱住了说："十间大瓦房我盖，这东西尽管不是正经东西我也要，我不能叫你一辈子心情不好。"

杨丙尧悬起来的心嗵一声落进了肚子里。他不知道该哭还是该笑，话到嘴边吐出来的是："我的心闷实了，这东西我看果真不值你说的十间大瓦房，迁祖坟把我逼上梁山了，要不要你说了不算，十间瓦房不是一两个钱，等日子不如等当下，我把屋子折了价钱，你给钱，它算你的，你走人，省了惹人眼。"

那人说："你说多少钱够？"

杨丙尧伸出脖子喊了叫丙西下来，弟兄俩合计着窃声算了算，根基、房梁、椽、砖，按时下的价码，五间房得四千五，十间九千，粮食和力气不说，加上烟酒，得一万。

杨丙西说："得一万。"

那人从怀里掏出五六沓子十元钱递给杨丙尧，弟兄俩两只粗糙的手码了码开始舔着唾沫星子数，最后各自把属于自己的塞进了怀里。杨丙西说："哥，叫他拿走吗？""拿走吧。"

所有的都是演戏，只有最后数钱才是激动人心的真实。

那人用布口袋装了，多余的话没有说，嘴当了口绳咬着袋子上了地面迅速离开了。

弟兄俩在墓坑里对视着，不知道是梦还是现实。接下来两兄弟把杨添仓的坟覆上，田野里静悄悄的，一只兔子失魂落魄地向田野的尽头跑去，青苗还没有长出来。弟兄俩挖开了父亲的坟，杨丙尧回村招呼着抬棺材的人把父亲和母亲起出来抬进了新坟。那一沓沓钱在身体的隐秘处藏着，是一种耻辱和难以启齿，也是一种激动和对祖先的感念。所有的一切结束之后，杨丙西看到夕阳挂在坟头新移的一棵松树上，收敛着害羞的脸。四月的杨树还没有太浓密的叶子，微风没有任何障碍便轻略了过去，一刹那间，泪水开始如雨纷飞。

五

杨家终于在暴店镇盖屋了，也许他们的先祖冥冥中助了他的后人，那瓦屋在夕阳余晖下泛着青色的光芒。树丛横呈的潞水河边，暴店人走过去看到了有些嫉妒：杨家发了，发得来路不明。瓦房来年秋天盖起来，比预计的超了一年。杨丙尧没盖，有新房了，上土沃的旧房算在了他的名下，人不能不守着土地，离开土地就算有屋住吃啥呢？喝啥呢？关键的当下是要给两个儿娶媳妇，娶了媳妇便盖不起屋了。入冬，潞水结了冰凌子，草叶上，老树上，村口土路上的驴粪蛋上，冬日的水汽凝出来细霜挂在上面，日头一出煞是好看。

又一个来年，杨丙西终于把儿媳妇小彩娶回家了。人说小彩长了一张旺夫脸。那一年是暖冬，不说冬小麦了，天暖而水润，潞水河边的水草自然青碧得不真实，倒像是年画中的画儿一般。挨近阳坡地上，草不死，柳成土走着，想着，今年的冬日怪了。只有他知道杨家是怎么发了。外界的传说不靠谱，柳成土又不好解释，看小彩成了徒弟的媳妇，心也气势着，认为自己做了大事，与暴店人一起走过杨家的门前，傲气得很，常常打比方："人哪，你们看看我徒弟，腿拐了不怕，就怕脑子好，人勤快，好田好地里什么长不出来。就怕又懒又不长进，再好的模样怕也枉然哩！"这样的话往往很打人，叫人面子难挂。可到底不服不行，人家卖豆腐都能盖起大瓦房，倒也触动了暴店人做买卖的心事。

冬天是来了。早在小阳春时，乡长和一干人走在发软的村路上，风还逼得人敞开了怀。乡长突然地就叹了一口气说："今年的冬比往年冷呢！"那时节，在潞水边上，柳树和杨树叶子还未落光，风的确是见暖的，走过老街，脑门上还会出一层油汗。走过北街，杨家的青砖大瓦房大咧咧耸立着，乡长说："看人家上土沃人，祖上吃得了苦，遗传到后辈上还是吃得了苦。不要小看了地主，那些年的地主都是有智慧的人，贫苦人只想着穷则思变，那个变字不是去思，是去闹，闹翻身了，看把人家老柳家的老屋子四流五散分成啥样子了？"跟着的人就回过身看，看到一山的景象破败得很。乡长说："政策好了，政策面前人人得实惠，你们不要妒忌人家，有本事的拿本事吃饭。咱把暴店都盖成人家那样的青砖大瓦房，暴店就成典型了，就成社会主义新农村了。可惜人和人不能比。"

日子在新屋子里继续着，小彩的肚子里种下了杨家的根，小彩懒懒的不思进食，常感到冷。屋子里怕冷坐在火台上，屋子外面怕冷站在太阳下。马彩霞端吃端喝地伺候着，小彩贤惠地叫一声："妈。"

　　进入腊月，年的景象又显出来了。先是班车一天比一天热闹，背着扛着大包小包的外出人员回来了，不是往年里最后几天拥挤着回来，是搬家一般地回来。大包的是铺盖卷，小包的是换洗衣裳，然后是满身的灰土，神色中有阴郁，原以为出了一年门回乡带着经济回来了，结果什么也没有。暴店热闹了，满街道走着归来的人，男男女女，或在暴店的饭店里喝碗豆腐汤，或在街沿上显出等人的样子。突然有人看到了北街上有五间大瓦房竖起来了，有人打问，那是谁家起的房？最后知道是上土沃的杨家。回乡的女人中间就有心事了。天冷得发蓝，山冷得叫林子变成了穷人，官道上的土路冷实了，发硬，高跟皮鞋走上去叮哪叮哪响。有闺女看到杨家门前站着俩后生，眼睛在杨家门前停下了。杨家两个儿子是来暴店帮忙的，年关豆腐坊里来人多，豆腐需求多了，人手不够，闲着的弟兄俩当了下手。闺女们看着，弟兄俩仿佛被什么叫醒了似的，明白了闺女们看他们的眼神中含了什么意味的东西，猛地就想到了自己：还打光棍呢。可身后的大瓦房明显比城里回来的人更吸引人心。弟兄俩便笑，笑得勾魂，闺女们的心破例动了起来。那是一个不同于往年的年，闺女们打扮各异，都脱了土气，模仿城里打扮。认识小彩的跟了她往杨家去，明里是跟了小彩玩，暗里是相家底，看上土沃杨家是不是真如传说那样成了万元户。五间大瓦房洗去了杨家兄弟往昔种田人的痕迹，他们神色欢快，看那些闺女们夸张的话语和手势，看她们相互显摆着曾经在城里学到的精明。但很快她们彼此的心里就别扭了，明里暗里的，想和杨家两兄弟搭话。

杨家腊月里媒人跑欢了腿。

人活脸，树活皮。杨丙尧打心里明白了什么叫脸，那些被烟熏过了的，被时间装裱过了的，被黄泥糊弄过了的脸叫脸吗？叫！杨丙尧现在脖子上长着的就叫脸，那上面没贴金没贴银，糊了钱，钱能把世上所有的人心收拾干净了！

阴历年一过就是春天了。新年意味着新的开始，种子可以在春天种下去。春天里，两个儿子相继订了婚，都是暴店的闺女。五一一个，十一一个，两个儿娶媳妇了。月圆花好，幸福美满。婚礼是杨家困顿的日子里最美好的全部，后半生的帷幕终于有了一个亮堂的开篇。热闹散尽的时候，那样的明月对杨丙尧来说，前半生是没有见过的啊。杨家把日子过全乎了。杨家牛气的眼神里，全是繁华岁月的自豪，突然顺风顺水了，不懂得守财，也不懂得掩藏喜悦，没有克制的能力，见人手背了屁股上走，往日谦卑的神态不见了，一下子眉眼都立起来了，连早起咳嗽后吐痰的声音都想叫村上的人听到。

谁也没有想到，杨家翻身的喜悦中迎来了一件大到不能再大的事。事出得蹊跷，轰动了暴店，也轰动了县城，市里怕也轰动了一部分想发财的人。

出事那天，连续下了几天雨，上土沃杨家正叫了木匠打家具。屋子一时盖不起来，新家具还得打，不然稳不住新人的心。雨下了几天，木匠从院子里转到了堂屋干活儿，杨丙尧不时走进来递给木匠一根烟，木匠顺势压在了耳根上。木匠不舍得抽，等杨丙尧出门了收起来，攒够一包烟后好出去卖钱。木匠弓背拿起墨斗吊线，吊好线，把左脚架在木凳的木料上，一下一下拉了锯，木屑谷壳一样漏下来。木匠说："两个儿，就做一套家具？"杨丙尧举着纸烟说："两个儿，当然是两套，有你钱赚呢。"话不打折出来了，木匠一时无端地不快乐起来，抬起头却是蛮张了嘴笑："你是吃了啥夜草了，肥得流油？"

这时候，乡长领着县里公安局的便衣走了进来。杨丙尧没有来得及回答木匠的话，乡长是什么人物，人家能来，起码要做出尊敬的举止。况且，咱这也不是政府调查研究停脚歇气的地方啊。紧着吆喝着两个媳妇递烟倒茶，一屋子人都万分荣幸地动了起来。自己反倒不知道该说啥话。乡长说："听说你得了好处？不该做的做了，不该得的得了？"

这叫啥话？

乡长没有表情，来人一脸严肃。

乡长说："人不能由着性子干，黄土都埋脖子的人了，没有学会安分守己。年过半百，倒做下自不量力的事了。你呀，你呀，叫我怎么说你呢。等着双手抱在胸前，挂牌照相吧。"

杨丙尧说："乡长大人，这话？"

乡长说："你一辈子没洗过澡吧？"

杨丙尧点点头满脸茫然。

乡长说："这回叫你用消毒水洗澡。"

杨丙尧说："我咋了乡长？"

乡长说："你咋了你知道，跟了走吧，给你剃个光头，称个体重，量个身高。"

杨丙尧说："乡长是来寒碜我了？"

乡长说："你只有照做的权利。"

声音压得很低，像一块石头一样压得杨丙尧喘不上气来。

杨丙尧被带到了乡派出所，进了这地方，心一下失落了，觉得自己不像一个人，很不正常。所有人的眼睛鼓出来盯着他，杨丙尧不知道自己犯了啥错，胆一下破了，满脑子空白，却看真切了墙上的大字：坦白从宽，抗拒从严。

所有的传说都归总到了一个结局上。说是有一位中央首长到香港访问，看到了一个暴店出土的鼎，追本溯源一下查到了上土沃的杨家。杨家人不是生铁疙瘩，经不起审问全倒出来了。天价的文物，就算你刨了自己的祖坟你也是盗墓。一世没有称道的传奇，进了暴店，杨家落马了。没有参与这件事情的只有杨家的女人们和杨兵生。人们终于明白过来了，一件事情的来龙去脉会如此有意思，说不尽的兴奋，一段时间里杨家成了暴店包括全县的话语主角。

小彩把新生的儿子放到院子里的席子上，院子外老树上的蝉鸣叫着。自从发生了事，杨家的豆腐锅冷灶了，见人的话少了，自家人坐在一起也不多话。不想看见人，见了人装作看不见，快快地走开。倒是杨家的院子里辣子一片，蒜苗一片，小葱一片，西红柿一片；艳阳高照，葫芦和灿黄的南瓜枝蔓胡乱伸爬到了院墙外面，还有几分过日子的喜色。

六

山静河呆的黄昏，柳成土走进了杨家，他先是闻到了炒土豆丝的味道，葱香还有姜香。他站定在院子里说："我闻到香味了，有啥没啥事，我黑里都来吃饭了。"小彩说："柳师父，让我妈给你炒一盘豆腐。"柳成土就了地上的石头坐下，接过一支烟点燃了，心慢下来，有话要说的样子，小彩仰了头等着。柳成土从怀里掏出一个小孩挂在空中的玩具，手里摇了摇，叮叮当当悦耳。他看着席上的小儿，拾掇着自己的表情，末了，灭了烟，脱了鞋抬起屁股坐到了席片上，在孩子的眼睛上空摇晃着，嘴里发出啾啾声。逗闹了半天，手停在半空中，话出来了："我老了，小彩，老了做了下作事，害人精当下了。你是不是也听人谣传说柳家想害杨家？三代人把杨家的祖坟刨了。"小彩不说话，屋子里炒菜响儿停下来，那窗户就像一只耳朵，想探听什么似的。小彩依旧不说话，柳成土无所适从，脸上的神经被什么拽了一下，他感觉周围的环境铁一般陌生。

柳成土看着席片上的孩子说："小彩，人都是枕头这么大，一天天长起来的，一股劲要长到人前头。我也是三尺高的人了，我要真想害你们杨家，就算是世上没有死路，活路我也不想走了。天地良心，我这师父要是真应了谣言生来是来害杨家的，我前脚进，后脚跌落进潞水河淹死算了。小彩，你给师父一句话，你是杨家吃供应粮的，也

343

是杨家当下的主心骨。你不要用那黑豆样的眼仁仁看师父，我不怕你看，心口上巴掌大的良心护着我呢。"

小彩笑了一下说："你是杨兵的师父，一日为师，终身为父。"

这下把柳成土吓了一跳，身体里钟表的发条拧紧了似的奔走，眼泪唰唰地流了下来，一句话把什么经历都看透了。小彩，人心哪里是尺子能量得出来的。

"小彩生娃了，哪一天有个三长两短，小彩啊，柳师父可是求你了，席片上的尿炕娃可是我徒弟的根芽儿，你走，你高飞，师父都不挽留，师父知道，这个家委屈你了，你看在我们师徒一场，把娃给杨兵留下，你留下儿，就等于给他留下腿了。"小彩知道，柳成土是担心自己有一天因为发生的事会离开杨家呢。

小彩寸心不惊地抱起儿子，掏出妈穗儿（乳房），冷漠地看着柳成土。柳成土从来没有见过小彩如此冷冷地看人。想：马彩霞说对了，小彩心事重，是想高飞了。

却听见小彩说："柳师父，这院里院外的菜苗苗，家里看过的每一件什物，咋能丢下？何况，一块石头焐热了，都还舍不得扔呢。柳师父想多了，杨兵的腿漫说是一条细着，就算是两条都坏了，中间的好着呢，我还要给杨家生娃呢。"

这一出戏是柳成土和马彩霞合演的。柳成土来杨家试探小彩走留，没想到，一脸冰霜的小彩，竟有如此张扬的内心。

柳成土想起了爹活着时说过的话：人，心事极远，走不近。人近了容易生分，远了倒有几分敬意。天下吵吵闹闹的都是自家亲的人在唱一台戏。

从前到底发生了啥事情？对于祖宗，柳成土有些恍惚了。

再见小彩。小彩说："叔，你能说舞台上唱的都是戏？"

他思谋着说："不见得。人不知，以为舞台上的都是戏。"

图书在版编目（CIP）数据

我望灯／葛水平著. — 北京：北京十月文艺出版
社，2016.10
　　ISBN 978-7-5302-1601-9

　　Ⅰ. ①我… Ⅱ. ①葛… Ⅲ. ①中篇小说—作品集—中
国—当代 Ⅳ. ① I247.5

中国版本图书馆 CIP 数据核字 (2016) 第 143523 号

我望灯
WO WANG DENG
葛水平　著

出　　版　北京出版集团公司
　　　　　　北京十月文艺出版社
地　　址　北京北三环中路 6 号
邮　　编　100120
网　　址　www.bph.com.cn
发　　行　新经典发行有限公司
　　　　　　电话（010）68423599
经　　销　新华书店
印　　刷　三河市三佳印刷装订有限公司
版　　次　2016 年 10 月第 1 版
　　　　　　2016 年 10 月第 1 次印刷
开　　本　880 毫米 × 1230 毫米　1/32
印　　张　11
字　　数　323 千字
书　　号　ISBN 978-7-5302-1601-9
定　　价　36.00 元
质量监督电话　010-58572393
如有印装质量问题，由本社负责调换。